KB083990

제명 공주

제명 공주 2

일본의 천황이 된 백제 공주

2018년 5월 3일 초판 1쇄 발행
2018년 5월 23일 초판 3쇄 발행

지은이 · 이상훈

펴낸이 · 김상현, 최세현
책임편집 · 이기웅, 정선영, 김새미나
마케팅 · 심규완, 김명래, 권금숙, 양봉호, 최의범, 임지윤, 조히라
경영지원 · 김현우, 강신우
해외기획 · 우정민

펴낸곳 · 박하

출판신고 · 2006년 9월 25일 제406-2006-000210호
주소 · 경기도 파주시 회동길 174 1층
전화 · 031-960-4800 | 팩스 · 031-960-4805 | 이메일 · bakha@bakha.kr

ISBN 979-89-6570-627-4 04810
ISBN 979-89-6570-628-1 04810 (세트)

제명공주

일본의 천황이 된 백제 공주

이상훈 장편소설

2

박하

두 번째 이야기

chapter 10 백제와 왜, 660년

chapter 11 당신의 뿌리, 2018년

두 번째 이야기

chapter 8

해동증자-바다 건너의 사랑, 611년

큰 별이 떨어지다

시커먼 구름이 아스카를 짓누르듯 무겁게 가라앉고 있었다. 81세의 임성 태자가 임종이 가까워졌다는 것을 하늘도 슬퍼해서 눈물을 내리려는 듯 먹구름이 잔뜩 몰려 오고 있었다. 30년 가까운 세월을 일본에서 보낸 임성 태자였다.

임성 태자는 사랑하는 손녀 제명을 따로 불렀다. 제명은 임성 태자의 임종이 다가오는 것을 알고 온갖 생각이 머릿속을 춤추며 날아다녔다. 의자와 자신의 사랑을 막은 할아버지가 한편으로는 원망스럽지만 대의를 위해서 그렇게 할 수밖에 없었던 할아버지, 한평생 대백제의 건설에 모든 것을 바치신 할아버지, 영원히 사실 것만 같았던 할아버지가 세상을 떠난다고 하니 죽음은 아무도 피해갈 수 없는 것이라는 생각이 들어 새삼 제명의 마음을 아프게 했다.

삶은 다시 거슬러 돌아갈 수 없는 시간과도 같았다. 속절없이 흘러 가버린 인생이 무엇인가 하고 혼란스러운 기분이 들기도 했다. 제명은 처소의 보료 위에 누워 있는 할아버지 임성 태자의 바싹 야윈 얼굴을 보고 이승에서의 마지막이라고 생각하니, 눈물부터 쏟아졌다.

"할아버지, 이 제명을 용서하세요. 할아버지를 조금이라도 원망하는 마음이 있다면 그것은 저의 잘못입니다. 저를 용서해주세요."

임성 태자는 울고 있는 제명을 물끄러미 쳐다보았다. 그렇게 아름답고 사랑스러운 제명도 이제 중년의 나이에 접어들어 완숙한 모습이었지만, 고독에 서린 모습이 임성에게는 안쓰러워 보였다. 임성은 제명의 손을 꼭 잡고 떨리는 목소리로 말했다.

"제명은 나를 용서해다오. 너와 의자의 사랑을 알면서도 결혼을 못하게 한 것은 지금도 후회가 되는구나. 그러나 의자가 나에게 한 약속이 있다. 그 약속을 이루고 나면 너를 찾으러 당당하게 올 것이라고 했다. 이제 나는 그 모습을 보지 못하고 죽을 것 같구나. 내가 너희들에게 참 몹쓸 짓을 많이 하고 간다. 이 못난 할애비를 마음껏 원망해라."

"할아버지의 마음을 헤아리지 못한 저를 용서해주세요."

임성 태자는 측은하게 제명을 쳐다보았다. 그리고 제명의 손을 살포시 잡고 말했다.

"의자는 반드시 큰일을 이루어낼 것이다. 잘 도와주도록 하라. 제명은 의자의 아들 중대형과 함께 그 큰 뜻을 이루는데 동참하거라."

"명심하겠습니다."

할아버지가 의자를 도와줄 것을 애원하듯 말하자 제명은 할아버지 평생 소원을 풀어드려야 한다는 신의 계시를 받은 것 같았다.

'한 가지 목표를 위해 평생을 헌신하신 할아버지, 할아버지는 행복하셨다. 그러면 나는 무엇인가? 사랑이었던가?'

제명이 이런 생각을 하고 있는데 임성 태자는 가쁜 숨을 몰아쉬며 말을 이어나갔다.

"제명이 왜왕에 오른 것은 의자왕의 뜻이기도 하다. 제명은 그 뜻을 알고 있겠지? 의자는 삼한을 통일한 후에 너에게 와서 용서를 구하고 너와 함께 대백제를 같이 다스리기를 원하고 있는 게야. 그것이 의자의 간절한 소망이라고 나에게 서찰을 보내 왔어."

제명은 흐르는 눈물을 소매로 닦으면서 가슴이 벅차오르는 것을 막을 수가 없었다.

"의자의 꿈은 전쟁이 없는 요순시절처럼 백성을 평안하고 행복하게 해주고 싶은 것이다. 그러기 위해서는 삼한을 통일하고 강해져야만 하는 것이야."

"어떻게 하면 더 강해지겠습니까?"

제명은 의자를 도와주기 위해 더 강해지고 싶었다. 임성 태자는 제명의 표정을 읽고는 다시 한 번 숨을 돌린 후에 입을 뗐다.

"강한 사람은 군대를 많이 소유한 사람도 아니고, 지위가 높은 사람도 아니다. 막대한 부를 소유한 사람도 아니고, 공부를 많이 한 사람도 아니다. 세상에서 가장 강한 사람은 도와주는助 사람이 많은多 사람이다. 맹자가 말씀하신 '득도다조得道多助'를 명심하도록 하여라."

"네. 할아버지의 말씀을 가슴에 새기고, 본국 백제의 의자 대왕을 도와서 할아버지께서 한평생 이루시려던 꿈을 이루어 드리겠나이다."

"그래, 고맙구나. 나도 이제야 편히 눈을 감을 수가 있겠구나. 삼한을 통일한 후에 의자를 만나거든 이 할애비가 너희 둘의 사랑을 방해한 것은 미안해했다고 전해주거라."

임성은 가냘프게 웃음을 지었다. 제명은 할아버지의 손을 꼭 잡고 말했다.

"할아버지, 의자도 이해하실 것입니다. 빨리 건강을 회복하시어 대백제를 건설한 후에 의자와 제가 함께하는 모습을 보셔야죠."

임성은 웃으면서 말했다.

"내 나이 이미 81세야, 나는 천수를 누렸어. 내가 저 하늘 위에서 너희 둘을 축복해줄 것이야."

제명은 뼈만 앙상하게 남은 임성의 가슴에 얼굴을 묻고 한없이 울었다.

657년, 임성 태자는 제명을 마지막으로 만난 지 일주일 후에 81세의 나이로 세상을 떠났다. 백제를 사랑하고 왜를 사랑한 임성 태자는 이렇게 역사에서 사라졌지만, 임성 태자의 흔적은 아직도 일본 곳곳에 남아 있다. 고류사에는 임성 태자가 일본에 파견될 때 백제왕에게 하사받았다는 검이 보존되어 있으며, 임성 태자가 세웠다는 5층 석탑이 현대까지 전해지고 있다.

의자의 또 다른 아들

할아버지 임성 태자가 돌아가셨다는 소식을 들은 의자왕은 3일간의 애도기간을 정하여 가무와 술을 금지시켰으며, 아들 '부여 풍'을 왜에 조문 사절로 파견하였다. 의자는 할아버지가 살아 계신 동안 대백제 건설의 약속을 지키지 못한 것에 더욱 죄스러운 마음이었다. 이에 의자는 할아버지와의 약속을 지키려고 당나라의 경고도 무시하면서 신라를 계속 공격하였다. 한편 왜에서도 제명왕은 할아버지 임성 태자가 돌아가시자 국상을 선포하고 왕이 직접 상주가 되어 임성 태자의 저승길을 정중히 모셨다. 제명은 조문 사절로 온 의자의 셋째 아들 부여 풍을 보자 또다시 눈물이 쏟아졌다. 할아버지마저 돌아가시고 나자 제명은 부쩍 외로웠다. 그동안 가슴속에 묻어 놓았던 의자에 대한 그리움이 큰 파도가 바위를 때리듯이 제명의 가슴을 멍들게 했다. 사랑하는 의자의 아들 부여 풍을 보니 자신의 아들 중대형과 너무 닮아 있었다. 제명은 부여 풍의 손을 잡으며 말했다

"왕자님은 아버지의 모습을 많이 닮으셨네요."

"중대형 형님과 닮았다는 이야기도 많이 듣습니다."

역시 피는 속이지 못하는 것인가, 중대형과 부여 풍은 눈매와 모습이 누가 봐도 많이 닮아 있었다. 제명은 중대형의 모습을 보고 의자의 모습을 항상 떠올렸다. 의자와 못 다한 사랑을 아들인 중대형에게 쏟았다. 그런데 이렇게 의자왕의 아들 부여 풍을 만나고 보니 왕자에게서 의자의 향기가 나는 것 같아서 제명은 부여 풍을 뚫어지게 쳐다보며 말했다.

"앞으로 왕자님은 왜에 오래 머물며 왜의 실정을 파악하시어 백제에 도움이 되도록 하세요. 백제와 왜는 한 나라이니 우리 왕실끼리 서로 잘 이해해야 합니다."

부여 풍은 제명왕의 모습에서 따뜻한 가족애를 느낄 수가 있었다. 제명은 부여 풍에게는 5촌 고모뻘이 되었다. 그러나 제명과 의자의 관계를 모르는 부여 풍은 왕의 배려가 한없이 고맙기만 했다. 제명은 부여 풍의 손을 잡고 미세하게 떨고 있었다. 의자에 대한 그리움을 말로 표현할 수는 없지만 마음만은 감출 수가 없었던 것이다.

"아버님은 잘 계시지요?"

"아버님께서는 지금 신라를 완전히 멸망시키기 위해 궁지에 몰아넣고 있습니다. 이는 성왕 할아버지를 배반하고 죽인 원수를 갚고 삼한을 통일하기 위한 치밀한 계획에 의한 것입니다. 당황한 신라의 김

춘추는 당나라에 가서 도움을 요청하고, 당나라에서는 삼한의 통일을 원하지 않기 때문에 우리 백제에게 더 이상 신라를 침략하지 말라는 당태종의 경고가 날아왔습니다. 그러나 아버님 의자 대왕 폐하께서는 당나라의 경고를 무시하고 반드시 신라를 병합할 뜻을 굽히지 않고 계십니다."

부여 풍의 이야기를 듣자, 제명은 고집이 센 의자가 걱정이 되었다. 당나라의 말을 계속 듣지 않으면 당나라가 가만있지 않을 것이라는 것을 알고 있기 때문이었다.

"그러면 고구려와는 어떻게 지내고 있습니까? 고구려 장수왕의 침공으로 개로왕 할아버지가 전사하시고 한성을 빼앗기고 남으로 내려온 뼈아픈 과거가 있지 않습니까?"

"지금 고구려는 연개소문이 정변을 일으켜 왕을 무력화시키고 정권을 잡고 있습니다. 의자 대왕께서는 먼저 신라를 멸망시킨 후에 고구려를 병합하여 삼한의 통일을 이룬 후에 요동과 산동에 이르는 대백제의 건설을 이룩하시려고 밤잠도 주무시지 못하고 노력하고 계십니다. 이것은 돌아가신 임성 태자 할아버지와의 약속을 지키기 위함이라고 저희들에게 말씀하십니다."

부여 풍의 이 이야기를 듣자, 제명의 눈에는 다시 눈물이 고이기 시작했다.

'할아버지와의 약속을 지키고 반드시 제명을 찾으러 오겠다던 의자의 약속.'

부여 풍에게 눈물을 보이지 않기 위해 얼른 고개를 돌리고 시녀에게 물을 가져다달라고 했다.

며칠 후에 제명은 당나라의 분위기를 살피기 위해 당나라에 사신을 보냈다. 지금 시점에서는 그것만이 의자왕을 돕는 길이라고 생각했다.

"지금 당장 당나라에 사신을 보내서 당의 정세를 파악하고 오도록 하는 것이 좋을 것 같다. 당태종이 좋아하는 선물을 가득 싣고 가도록 하라. 당태종은 백제에게 더 이상 신라를 침공하지 말라고 이야기하고 있는데 백제의 의자 대왕은 그 말을 듣지 않고 신라를 계속 공격하고 있다. 말을 듣지 않는 백제에 대해 당나라가 앞으로 어떻게 할지에 대한 첩보를 알아내어야 한다. 아주 능력 있는 사람을 당나라에 보내도록 하라."

중대형은 어머니가 무엇 때문에 걱정하시는지를 금방 눈치챘다. 의자왕의 고집을 아시기에 미리 당나라의 상황을 알아보고 백제에 알려야 한다고 보신 것이리라.

"네, 어머니 염려하지 마시옵소서. 사신을 가장하여 당나라의 일거수일투족을 보고 올리도록 하겠나이다."

중대형은 자신의 심복 중에서 두 사람을 불러서 은밀히 지시를 내렸다.

"너희들은 당나라 사신의 일행으로 들어가서 당나라와 신라가 주고받는 모든 정황들을 수집하도록 하라. 당태종의 신임을 받는 신하들을 뇌물로 구워삶고 그들의 정보를 일일이 기록하여 보고하도록 하라."

　중대형은 대규모 사신단을 꾸려 당나라로 향하게 했다. 배에는 당나라 황제에게 줄 왜의 진기한 선물들이 가득 실려 있었다.

비극의 씨앗-중대형과 대해인

중대형은 부여 풍을 데리고 왜의 각 지역을 구경시켜주었다. 부여 풍은 왜의 건축 양식이나 의복 등이 백제와 통일되어 있어서 전혀 낯설지가 않았다. 부여 풍은 아스카 지역을 돌면서 이런 생각을 했다.

'왜의 아스카 지역은 백제의 산수를 그대로 닮아 있군. 중간에 흐르는 내천의 이름이 백제천이라고 한다. 왜에 살고 있는 백제인들이 얼마나 고향을 그리워하면 이렇게 백제와 모든 곳을 똑같이 하고 살고 있을까?'

부여 풍은 이곳에 살고 있는 백제인들이 오히려 더 백제를 사랑하는 사람들이 아닐까 하고 스스로에게 반문해보았다. 옆에 있던 중대형이 허물없이 이야기했다

"동생은 이곳 왜의 아스카가 백제와 너무 닮았다고 생각하지 않는

가? 나도 백제에 갔을 때 백제의 산하를 보고 깜짝 놀랐네."

"네, 형님 저도 그렇게 생각하고 있었습니다."

"동생의 얼굴에 그렇게 표시가 되어 있어. 하하하!"

중대형과 부여 풍은 허물없는 사이가 되었다. 중대형이 백제에 왔을 때, 부여 풍은 어린 마음에도 중대형을 보고 좋아하고 잘 따랐다. 중대형도 태자 부여 융과 함께 유독 자기를 잘 따르는 부여 풍을 좋아했다. 이것이 인연이 되었는지 이번에 부여 풍이 임성 태자의 승하 조문사절로 참석하면서 둘의 사이는 형제처럼 가까워졌다. 둘이 있을 때는 중대형은 부여 풍에게 동생처럼 대하였다. 물론 공식적인 자리에서는 백제 본국의 왕자로서의 예의를 깍듯이 지키지만 사석에서는 허물없이 지내었다.

그러나 대해인은 소심하고 내성적이어서 남 앞에 나서는 것을 좋아하지 않았다. 그래서 부여 풍은 나이가 비슷한 대해인과 오히려 서먹하였다. 대해인은 제명과 조메이왕 사이에 태어난 아들로 성격이 중대형과는 완전히 달랐다. 내성적이어서 혼자 있기를 좋아하며, 그러나 마음 한구석에는 형에 대한 경쟁심도 없지 않았다. 과격하고 용맹스러운 형의 기에 눌려서 살고 있지만 그도 남몰래 야망을 키우고 있었다. 호족의 세력을 억누르는 중대형의 개혁정책에 반기를 드는 귀족들이 몰래 대해인을 꼬드겨서 차기 왕의 자리에 앉히려고 음모를 꾸미고 있었다. 그러나 대해인은 형 중대형의 성격을 알기에 그들을 가까이 하지는 않았지만, 언젠가 때가 올 거라 생각하고 가슴에 칼을 품고 야심을 키우고 있었다. 그러한 대해인은 중대형과 가까이 지내는 부여 풍이 그리 달갑지만은 않았다. 부여 풍은 그 속도 모르고 대해인과 가깝게 지내려고 노력하였지만, 대해인은 끝내 마음을 열지 않았다. 어머니 제명왕도 둘째 아들 대해인이 그냥 온순하고 내성적인 아들로만 알았지 그 아들이 가슴에 칼을 품고 있는지는 전혀 눈치채지 못하였다.

"동생 대해인을 잘 보살피도록 해라."

제명은 큰아들인 중대형에게 조용히 말했다.

"어머님, 하나밖에 없는 동생입니다. 걱정하지 마시옵소서."

중대형은 어머님이 무엇 때문에 그런 말씀을 하시는지 잘 알고 있었다. 소가노 이루카를 죽이는 장면을 보았기 때문이다. 중대형의 과격한 성격을 제명은 누구보다도 잘 알고 있었다.

"너에게 반대하는 세력들 가운데 너의 동생 대해인에게 접근하는 자가 있다고 하는구나. 그러나 대해인은 학문만 좋아하는 연약한 아이니까 절대로 그런 무리에게 휩쓸리지 않을 것이다."

"어머님, 대해인은 제 동생입니다. 제가 잘 보살피겠습니다. 걱정하지 마시옵소서."

중대형은 성격이 과격하고 남자다웠지만 효심만큼은 누구보다도 두터웠다. 어머님의 마음을 잘 알기에 대해인을 잘 챙기려고 했지만 왠지 모르게 가까워지기가 힘들었다. 둘 사이에 작은 벽이 항상 도사리고 있는 느낌이었다. 제명도 의자의 아들이자 첫째인 중대형 위주로 자식을 키웠기 때문에 둘째 아들 대해인에게는 약간 미안한 마음이 있었다. 열 손가락 깨물어 안 아픈 손가락이 있겠느냐만은, 중대형에게 가는 마음은 제명으로서도 어쩔 수가 없었다. 대해인은 어릴 때부터 차별받고 살아왔다는 피해의식이 가슴 깊이 뿌리박혀 있었다. 이 깊은 뿌리가 왜에서 백제의 운명을 바꿀 줄이야 그 누가 예상했겠는가?

부여 풍이 왜에 머문 지 6개월이 지나고 본국 백제로 돌아갈 준비를 하고 있는 동안 제명은 두 아들과 부여 풍을 불러 셋이서 만찬을 하였다. 부여 풍이 백제로 돌아간다는 소식에 제명은 안타깝고 의자에 대한 인연을 조금이라도 주고받고 싶었지만, 세월은 그 마음을 알아주지 않았다. 세 사람과 마주 앉아보니, 제명은 모두가 비밀스럽게 피로 나눈 형제로 연결되어 있다는 생각이 들었다. 중대형과 부여 풍은 의자왕의 아들이고 중대형과 대해인은 제명의 아들이었다. 중대형과 부여 풍은 서로가 형제인 줄 모르고 있지만 제명이 보기에는 중대형은 대해인보다 부여 풍과 더 닮았다는 생각이 들었다. 제명은 미소를 띠며 말하였다

"앞으로 대백제의 미래가 너희들의 어깨에 달려 있다. 특히 부여 풍 왕자는 이번에 6개월 동안 왜에 머무르면서 왜의 실정을 파악했으므로 백제로 돌아가거든 의자 대왕 폐하께 우리의 사정을 잘 이야기하고 앞으로 백제와 왜의 가교 역할을 해주어야 할 것이야."

부여 풍은 왜에 머무르면서 제명왕의 따뜻한 마음에 감화되어 저도

모르게 어머니 같은 마음을 갖게 되었다. 제명왕의 의자왕에 대한 관심과 애정이 사촌누나 이상이라는 생각이 들었다. 그래서 부여 풍은 제명에게 아들처럼 자신을 대해달라고 부탁했다. 부여 풍은 중대형의 손을 잡고 말하였다.

"걱정하지 마시옵소서, 전하께서 걱정하시는 마음을 대왕 폐하께 꼭 전해 올리겠나이다. 그리고 저도 이번 왜에 6개월 머무는 동안 왜와 백제는 하나라는 것을 많이 느끼고 갑니다. 제가 다리가 되어 백제와 왜를 하나로 묶는 데 목숨을 바치겠나이다."

옆에서 중대형이 웃으며 말을 받았다.

"네가 다리가 되면 내가 그 다리를 신나게 걸어 다니마."

모두들 크게 웃음을 터뜨렸다. 그러나 대해인만은 분위기에 맞추려고 억지로 웃는 모습이 역력했다. 제명이 대해인을 보고 한마디 하였다.

"대해인은 부여 풍과 나이도 비슷한데 친구처럼 잘 지내느냐?"

"네."

대해인의 대답은 형식적이었다. 대해인은 여기서도 소외감을 느끼는 듯 잘 어울리지 못했다. 어머니인 제명은 대해인이 불쌍하기도 하고 미안하기도 했다. 중대형도 대해인을 어린애 취급하고 의논 상대로 인정하지 않았다. 제명은 세 사람을 보고 다시 말했다,

"중대형은 동생 대해인을 잘 챙기고, 부여 풍도 다음에 대해인을 백제로 한번 초대하도록 하라."

"알겠사옵니다. 어머님."

그리고 중대형은 대해인을 쳐다보고 한마디 했다.

"너도 부여 풍 왕자처럼 좀 남자답게 행동해라. 네가 항상 여자애처럼 수줍어하니까 어머니가 걱정을 하시지 않느냐?"

중대형이 한마디 툭 쏘아붙였다. 분위기가 이상해지자, 부여 풍이 분위기를 바꾸려는 듯 웃으며 말했다.

"제가 백제에 가면 대왕 폐하께 청을 드려서 대해인을 꼭 백제로 초대하겠습니다. 대해인은 꼭 와줄 거죠?"

대해인은 조용히 대답했다.

"제가 배 멀미가 심해서 먼 길을 못 갑니다. 죄송합니다."

옆에서 듣던 중대형이 소리쳤다.

"어머니, 얘는 항상 이 모양이라니까요. 저렇게 정중하게 초대하면 배 멀미가 있더라도 '네, 감사합니다'라고 해야지 저게 무슨 말버릇입니까? 어머니께서 너무 오냐오냐 하고 키우시니까 버릇이 없어진 것입니다."

제명은 중대형에게 조금 목소리가 높아졌다.

"너는 부여 풍 왕자도 있는데 동생에게 말을 그렇게 하느냐? 동생을 이해하려고 해야지. 부여 풍 왕자 앞에서 이 무슨 부끄러운 짓들이야?"

제명은 중대형의 마음을 알지만 대해인이 가여워서 항상 둘째의 편을 들었다. 중대형도 어머니의 마음을 알지만 어머니가 대해인의 편을 들 때는 동생이 더 버릇없고 얄미워졌다. 분위기가 이상해지자 부여 풍이 끼어들었다.

"제가 큰 배를 준비해서 멀미가 나지 않도록 하겠습니다."

제명이 다시 부드럽게 이야기했다

"대해인은 부여 풍 왕자의 성의를 봐서라도 초청에 응하도록 하라."

"네."

대해인은 마지못해 대답하였다. 중대형은 측은한 눈빛으로 동생을 쳐다보았다. 부여 풍은 중대형의 모습을 옆에서 지켜보면서 왕권을 강화시키고, 귀족 세력을 누르고 과감한 개혁정치를 실천하는 모습이 아버지 의자왕과 너무 닮았다는 생각이 들었다. '중대형에게서 아버지 의자왕의 향기가 나는 것은 무슨 의미일까?' 부여 풍이 한참 이런 생각을 하고 있을 때 제명이 부여 풍에게 말하였다.

"내일 백제로 돌아가면 대백제 건설에 우리 왜가 무엇을 하면 좋은지 지시를 내려 달라고 대왕 폐하께 꼭 전해주도록 하라. 왜에서도 중대형이 군사를 조직하고 준비를 잘 하고 있다고 전해주길 바란다."

"네 마마, 반드시 전달해 드리겠나이다. 그리고 대왕 폐하께서는 마마의 마음을 이미 다 알고 계실 것입니다."

제명은 부여 풍에게 왕실로 보낼 선물과 함께 의자왕만 볼 수 있는 비밀 편지 한 통도 건넸다. 부여 풍이 왜에서 보내는 마지막 그믐달도 서서히 저물어갔다.

의자의 향일암

640년 아버지 무왕이 돌아가시고 의자가 백제의 대왕이 되었을 때 의자의 머릿속은 어느 때보다 복잡했다. 생각은 꼬리에 꼬리를 물고 이어져 웅덩이에 돌을 던진 것처럼 원을 그리며 끝없이 퍼져 나갔다.

할아버지 임성 태자의 집에서 제명과 함께 어린 시절을 보내고 아버지 무왕이 백제로 떠난 후에도 백제가 안정될 때까지 왜에 있어야만 했던 자신의 어린 시절을 떠올려 보았다. 사촌누나 제명과의 뜨거웠던 사랑과 그녀와 헤어질 수밖에 없었던 사연들, 그리고 왕권이 약할 때마다 호족들에게 살해된 수많은 조상들을 지켜보면서 의자는 자랐다.

의자가 대왕이 된 이후에 첫 번째로 시도한 것이 철저한 왕권 강화였다. 아버지 무왕도 의자 자신도 왕권 강화를 위해 정략 결혼을 할 수밖에 없었던 뼈아픈 사연을 가슴에 새기면서 앞으로 후손들에게는 이러한 시련을 남겨두지 않으리라 다짐했다.

하지만 의자는 자신의 처지를 알기에 사랑하는 여인 제명을 왜의 왕으로 앉힘으로서 백제와 왜를 하나로 확실하게 만들었다. 그렇게나마 제명과의 연을 이어가고 싶었던 것이기도 했다. 어린 시절 왜에서 보냈기에 의자의 왜에 대한 애정은 각별했다. 사랑하는 제명이 있는 왜에게 모든 것을 해주고 싶었다. 백제에 있는 학자와 기술자를 왜에 파견하여 왜의 문화와 기술을 백제의 수준으로 올릴 수 있도록 제명을 적극 도왔다. 그리고 백제와 왜의 단결된 힘으로 삼한의 통일을 이루는 게 의자의 꿈이었다. 그것이 곤지왕에서부터 임성 태자 할아버지가 꿈꾸시던 대백제의 건설이었다.

의자의 첫 번째 목표는 배반자 신라를 멸망시키는 것이었다. 그 당시 신라는 소국으로 백제를 대국으로 섬기며 백제에게 조공을 바치는 작은 나라였다. 그런데 신라가 고조할아버지 성왕을 배신하며 한성을 차지한 것이다. 의자는 아버지 무왕이 이룩한 탄탄한 백제의 힘과 왜의 힘을 합하여 먼저 신라 공략을 시작하였다.

의자는 대왕이 된 그 이듬해 신라의 9개 성을 빼앗았으며 경주를 공략하기 위해 김춘추의 사위가 지키는 대야성을 함락시키고 김춘추의 딸과 사위를 죽였다. 대야성은 경주로 가는 길목이었다. 다급해진 신라는 당나라에 도움을 요청하였다. 당나라는 삼한이 쪼개져서 힘이 분산되는 것이 자신에게 유리했으므로 당나라 고종高宗이 조서를 내려 의자왕을 타일렀다. 이것은 일종의 경고였다.

　해동의 세 나라는 나라를 연 지 오래되고 국토가 나란히 붙어, 국경이 복잡하게 얽혀 있는 상태이다. 근래에 이르러 마침내 사이가 벌어져 전쟁을 번갈아 일으켜 거의 편안한 해가 없다. 이리하여 마침내 세 나라의 백성들은 목숨을 칼도마 위에 올려놓은 상황이 되었으며, 무기를 쌓아놓고 분풀이하는 일이 아침저녁으로 이어지고 있다. 짐은 하늘을 대신하여 만물을 다스리는 입장으로서 이를 매우 안타깝게 생각한다. 지난해에 고구려와 신라의 사신들이 함께 와서 조회하였을 때, 나는 이와 같은 원한을 풀고 다시 화목하고 돈독하게 지내라고 명령하였다. 신라 사신 김법민金法敏(문무왕)이 아뢰기를 '고구려와 백제는 입술과 이빨처럼 서로 의지하면서 병사를 일으켜 번갈아 우리를 침범하니, 우리의 중요한 진을 모두 백제에게 빼앗겨 국토는 날로 줄어들고 나라의 위엄과 힘도 떨어졌습니다. 원컨대 백제에 조칙을 내려 빼앗은 성을 돌려주라고 해주십시오. 만일 명령을 받들지 않는다면 즉시 우리 스스로 맞서 싸울 것입니다. 잃었던 옛 땅만을 되찾으면 바로 화친을 맺겠습니다'라고 하였다. 그의 말이 도리에 맞았기 때문에 짐은 승낙하지 않을 수 없었다.[35]

　당나라 고종의 조서를 받고도 의자는 고집을 굽히지 않았다. 이제 곧 신라를 멸망시키고 고구려의 연개소문을 쳐서 삼한을 백제의 나라로 만드는 날이 다가오고 있었기 때문이었다. 그즈음 신라는 선덕여왕이 비담의 난으로 죽자 그 사촌동생인 진덕여왕이 즉위하여 김춘추의 도움으로 가까스로 비담의 난을 평정하였다. 의자는 신라의 주위를 정벌하고 호시탐탐 경주를 정벌할 기회를 노리고 있었다. 그때 의자왕에게 진덕여왕이 보낸 한 통의 밀서가 전달되었다.

"대왕 폐하께 아뢰나이다. 대국인 백제가 소국인 신라를 어여삐 여기시어 보살펴 주시기를 앙망하나이다. 본디 신라는 백제를 대국으로 섬겼으며 조공을 바쳤나이다. 선조 진흥왕의 배반을 다시 한 번 용서해주시고, 여자인 저를 봐서라도 신라사직을 지키게 도와주소서. 이 진덕은 의자 대왕 폐하께 모든 충성과 사랑을 드리기로 약속하겠나이다."

진덕여왕의 편지를 받고 의자는 의미심장한 웃음을 지었다. 이미 신라는 멸망한 것이나 다름없다. 의자는 이 기회를 놓치지 않으려고 신라 공격에 총력을 기울렸다. 그런데 신라에서는 진덕여왕의 눈물어린 편지가 소용이 없음을 알자 적극적으로 그들의 생존을 위해서 당나라에 매달리기 시작했다. 진덕여왕은 649년 처음으로 중국의 의관衣冠을 착용하였다. 650년 신라의 독자적 연호인 태화太和의 사용을 중지하고 당나라의 연호인 영휘永徽를 사용하며 당나라를 향한 구애

35　당 고종의 조서 원본.

十一年 遣使入唐朝貢 使還 高宗降璽書 論王曰 海東三國 開基日久 並列疆界 地實犬牙 近代已來 遂構嫌隙 戰爭交起 略無寧歲 遂令三韓之氓 懸命刀俎 築戈肆憤 朝夕相仍 朕代天理物 載深矜憫 去歲 高句麗新羅等使 並來入朝 朕命釋玆讎怨 更敦款睦 新羅使金法敏奏言 高句麗百濟 脣齒相依 竟擧干戈 侵逼交至 大城重鎮 並爲百濟所併 疆宇日蹙 威力並謝 乞詔百濟 令歸所侵之城 若不奉詔 卽自興兵打取 但得古地 卽請交和 朕以其言旣順 不可不許

작전에 돌입하였다. 진덕여왕이 당나라 고종에게 보낸 태평송太平頌을 보면 그 구애작전이 눈물겹도록 애처롭다.

위대한 당나라 왕업王業을 여니, 높고도 높은 황제의 길 창창히 빛나네.

전쟁을 그쳐 천하를 평정하고, 문물을 닦아 백대를 이어가리.

하늘을 본받음에 은혜가 비 오듯 하고, 만물을 다스림에 도리와 한 몸 되네.

지극히도 어지시어 해와 달과 같으시며, 운까지 때맞추니 언제나 태평 하네.

크고 작은 깃발들은 저다지도 번쩍이며, 징소리 북소리는 어찌 그리 우 렁찬가.

당나라 명령을 거역하는 오랑캐들은, 칼날에 엎어지는 천벌을 받으리라.

당나라의 풍속이 이곳까지 퍼지니, 먼 곳 가까운 곳 상서로움 다투네.

사계절이 옥촉玉燭처럼 조화롭고, 해와 달과 별들이 만방에 두루 도네.

산악의 정기 받아 어진 재상 내리시며, 황제는 충후한 인재를 등용하도다.

삼황과 오제의 덕망이 하나 되어, 우리 당나라를 밝게 비추리라.[36]

마침내 진덕여왕의 구애작전이 성공하여, 신라는 김춘추를 당나라 에 사신으로 파견하여 나당동맹羅唐同盟을 체결하게 되었다. 의자는 북쪽의 고구려가 있는 한, 당나라가 쉽게 백제를 쳐들어 올 수 없다고 보았다. 이에 당나라의 수차례 경고를 무시하고 신라에 대한 포위망을 좁혀 나갔다. 의자의 야망을 위한 계획이 착착 진행되고 있었다.

너무나 자신감에 차 있던 백제 본국의 의자왕을 바라보며 왜의 제명은 걱정이 되었다. 제명은 여자의 세심함으로 당나라에 상인들을 보내 당나라와 신라의 관계를 정탐하였다. 당 고종이 신라 진덕여왕의 끈질긴 구애작전에 넘어가 나당동맹을 체결하고 당나라의 군사가 신라를 돕기 위해 백제로 내려올 수 있다는 불안감에 잠을 이룰 수가 없었다. 제명은 고민 끝에 의자에게 편지를 보내었다.

대왕 폐하 건강은 어떠하신지요? 한 가지 걱정이 있어 편지를 올립니다. 당나라가 백제를 보는 눈이 좋지 않사옵니다. 당나라에 사신을 파견하여 백제는 당나라와 아무런 원한도 없고 당나라와 싸울 의사가 없다는 것을 꼭 전달하시기 바랍니다. 그리고 신라와도 계속 전쟁을 하지 말고 기회를 엿보았다가 일시에 신라를 멸망시키는 전략이 나을 듯합니다. 신라가 공격 받을 때마다 당나라에 고해 바치니까 백제가 당나라 말을 듣지 않고 언젠가는 당나라와도 전쟁을 불사할 것이라는 의견이 당나라 조정에 파다하다고 하옵니다. 저는 대왕 폐하의 뜻을 누구보다도 잘 알고 있사옵니다.

---

36   650년(진덕여왕 4년) 신라 진덕여왕이 당나라 고종에게 보낸 한시로 ≪삼국사기≫ 권5에 수록되어 있다.

大唐開洪業 巍巍皇猷昌 止戈戎威定 修文繼百王 統天崇雨施 理物體含章 深仁偕日月 撫運邁時康 幡旗何赫赫 鉦鼓何鍠鍠 外夷違命者 剪覆被天殃 淳風凝幽顯 遐邇競呈祥 四時和玉燭 七曜巡萬方 維嶽降宰輔 維帝任忠良 五三成一德 昭我唐家光

당나라의 개입 없이 삼한을 통일한 후에 요서까지 진출해서 옛 백제의 영광을 되찾으시려는 폐하의 뜻을 잘 알고 있사옵니다. 부디 너무 서두르지 마시고 외교관계도 잘 살피시어 그 뜻을 이루시기를 간절히 기원합니다. 그리고 폐하의 아들 중대형 왕자도 아버지의 뜻을 받들어 백제와 왜가 하나 되어 싸우겠다는 결의를 다지고 있사옵니다. 신라를 멸망시킬 모든 준비가 갖추어지면 저의 왜군들은 바다를 건너 신라의 경주로 군사를 몰고 갈 것입니다. 한 번의 공격으로 신라를 멸망시켜야 합니다. 그리고 백제에 신라와 당나라의 첩자들이 많이 있다고 하옵니다. 첩자들을 먼저 처결하시어 비밀이 새지 않도록 조치를 취하셔야 할 것으로 사료되옵니다. 끝으로 옥체를 보존하시어 폐하의 뜻을 이루신 다음 저를 한번만 찾아주시기를 부처님께 간절히 기도 드립니다.

제명의 편지는 의자의 가슴을 찔렀다. 남자는 야망을 좇아서 사랑을 잊을 수는 있지만 여자는 사랑을 좇아서 꿈을 버린다고 했다. 제명의 가슴속에는 일편단심 의자밖에 없었다. 의자는 제명의 편지를 읽고 그동안 전쟁 때문에 잊고 있었던 첫사랑을 생각하게 되었다. 아직도 의자는 제명만 생각하면 가슴이 뜨거워졌다. 그렇게 뜨겁게 사랑하고 잊지 못해서 제명이 있는 동쪽 바다를 보고 눈물짓던 그날이 떠올랐다. 한참 울고 난 후, 새벽에 제명이 있는 곳에서 해가 뜨는 것을 보고 그 자리에 향일암을 지어서 제명을 보고픈 마음을 달랬다. 향일암은 644년 의자가 대왕의 자리에 오른 지 4년 후에 지어진 절이다.

의자왕은 그 절의 의미를 혼자만 간직하고 싶었다. 제명과의 사랑을 향일암에서 혼자만 가슴으로 느끼고 싶었던 것이었다. 제명의 편지를 읽고 제명의 사랑이 아직도 그 옛날과 같음을 안 의자는 제명에게 부끄럽고 미안한 마음이 들었다. 그 다음날 의자는 사냥을 핑계로 여수의 앞바다로 향했다.

'몇 년만에 찾은 향일암인가?'

그곳에서 의자는 제명이 옆에 있는 것처럼 아침에 해가 떠오를 때, 그 풍경을 제명이라고 생각하면서 중얼거렸다.

"제명, 내 반드시 당신을 찾아가리라. 돌아가신 임성 태자 할아버지와 약속한 그 뜻을 이룬 다음에 당신을 찾아가리라. 나이가 들수록 인생이란 게 무엇인가, 스스로에게 질문을 던진다오. 부처님께 그 대답을 가르쳐 달라고 열심히 불교의 경전을 읽었지만 그 대답을 구할 수가 없었소. 그러나 나는 생각하오. 인생이란 것은 사랑의 흔적들이라고. 내가 그토록 사랑한 당신이 있기에 내 인생은 아름다웠소. 이렇게 만나지 못하고 그리워하고 있지만 당신에 대한 사랑과 그리움이 내 인생의 활력소가 되었소. 세상을 모두 얻은들 사랑하는 여자 하나 지키지 못한다면 그것이 무슨 의미가 있겠소? 조금만 기다려주오. 내가 뜻을 이룬 후에 그동안 못 다한 사랑을 몇 갑절 당신에게 갚아주겠소. 사랑하오, 제명!"

의자는 떠오르는 해를 향해서 기도하듯이 중얼거렸다. 그의 나이 불혹의 중반을 향해 달려가고 있었다. 늦게 대왕이 되었으니 더 나이를 먹기 전에 선왕들의 꿈을 이루어야 한다고 생각했다. 그래서 그는 쉬는 법이 없었다. 어느 땐 왕좌에 앉아 잠깐 눈 붙이는 것으로 수면 을 대신할 정도였다.

흑치상지의 야망

당나라 고종은 처음에는 진덕여왕의 끈질긴 구애에 그냥 형식적으로 대답만 하고 신라와 백제의 전쟁에 간섭하고 싶은 생각이 없었다. 그래서 백제 의자왕에게 싸움을 말리는 사자를 보내는 것이 전부였다. 고구려의 배후가 두려웠기 때문이었다. 그런데 657년 서돌궐을 정벌하고 돌아온 소정방은 이제 당나라를 위협하는 세력은 고구려밖에 없다고 판단하고 고구려를 공격했으나 실패했다. 소정방은 전략을 바꾸기로 결심하고 당 고종에게 이렇게 간언했다.

"폐하, 우리 당나라가 고구려에 얼마나 수모를 당했습니까? 폐하의 선친이신 태종께서도 고구려 정벌에 나섰지만 뜻을 이루지 못하고 그들이 쏜 화살을 이기지 못하고 돌아가셨습니다. 그 원한을 풀 길이 없어 소장 잠을 이루지 못하고 있나이다. 이제 서쪽의 돌궐을 정벌해서

서쪽은 방비가 튼튼해졌으니 이 힘을 몰아서 동쪽의 고구려를 정벌해
야 한다고 생각하옵니다."

당 고종도 아버지 당 태종이 몇 번이나 고구려를 침공했지만 뜻을
이루지 못하고 고구려와 굴욕적인 외교관계를 이어가는 것이 치욕스
러웠다. 당 고종 역시 소정방에게 고구려 침공지시를 내렸지만 소정
방은 연개소문에 밀려 고전하고 있는 상황이었다.

"그래 무슨 뾰족한 수가 있소?"

"폐하 이이제이以夷制夷라는 말이 있습니다. 지금 신라가 저렇게
우리에게 매달리고 있으니 신라를 이용하여 삼한을 통째로 정벌하는
방법이 있사옵니다."

"힘이 없는 소국인 신라를 이용하여 어떻게 큰 나라인 고구려와 백
제를 멸망시킬 수 있다는 말이오?"

잠시 뜸을 들인 다음, 소정방은 그가 머릿속에 그리는 치밀한 작전
을 당 고종에게 설명해 나갔다.

"신라와 연합해서 고구려의 배후에 있는 백제를 먼저 치는 것입니
다. 고구려와 백제는 원래 조상이 같은 나라이므로 고구려를 치기 전
에 백제를 먼저 쳐서 멸망시킨 다음에 남과 북에서 협공으로 고구려
를 무너뜨리는 것입니다."

당 고종은 난공불락의 고구려가 걱정되었다. 전쟁에서 몇 번 패하
고 나면 적이 무서워지듯이 고구려에 대한 묘한 심리적 열등감을 가
지고 있었다.

"우리가 신라와 함께 백제를 칠 때, 고구려가 가만히 있겠소?"

"백제와 전쟁을 할 동안 고구려에게도 국지전을 벌여서 고구려가 백제에 지원할 수 없도록 속전속결로 백제를 기습 공격하여 수도 사비성을 일주일 안에 점령하고 의자왕을 포로로 삼는다면 고구려도 어쩔 수가 없을 것이옵니다."

당 고종은 소정방의 말에 자신감을 얻고 백제 정벌을 극비리에 추진시켰다. 이런 사실도 모른 채 의자왕은 당나라가 백제를 침공하지 못할 것이라는 확신 속에서 신라 정벌의 고삐를 늦추지 않았다. 소정방은 간계에 능한 자로서 서돌궐 정벌 때에도 서돌궐의 장수를 첩자로 이용하였다. 소정방은 돌궐 왕족 출신의 아사나미사阿史那彌射를 적의 진영에 깊숙이 투입하여 적의 정보를 상세히 알아내어 그의 간계로 돌궐을 무너뜨렸다. 소정방은 돌궐정벌 때와 마찬가지로 백제의 간자로 백제 좌평 출신의 신흥호족인 젊은 흑치상지[37]를 이용하였다.

소정방은 흑치상지가 15세에 당나라로 유학 와서 당나라에 호감을 품고 있는 것을 알고 미리 친당파로 만든 후 당나라에 백제의 사신으

---

[37] 흑치상지黑齒常之(630년~689년)는 백제의 의자왕 때 달솔을 지낸 백제·당나라의 무장이다. 소정방의 회유로 의자왕을 배신하였으며, 백제부흥군 편에서 싸우던 별부장 사타상여와 함께 당에 항복했다. 이때 그는 당으로부터 좌령군원외장군左領軍員外將軍·양주자사佯州刺史로 임명되었으며, 유인궤의 주선으로 백제 부흥군의 마지막 근거지였던 임존성 공격에 앞장서는 등 당의 장수로서의 삶을 살게 된다. 686년 돌궐의 카간인 쿠틸룩骨咄祿이 하동도河東道를 공격하자 흑치상지는 좌응양위대장군左鷹扬衛大将軍 연연도부대총관燕然道副大总管이 되어 양정兩井에서 돌궐군을 상대로 전투에서 승리하고 많은 가축을 노획한다. 이 공으로 연국공燕国公 식읍 2천 호의 작에 봉해졌다.

로 와 있는 동안 철저하게 자기의 사람으로 만들었다. 흑치상지는 돌궐의 아사나미사가 돌궐 정벌의 공로로 당 고종에게 최고의 대우를 받고 당나라 대장군으로 활동하고 있는 것을 눈으로 확인한 후에 소정방에게 충성을 약속하였다. 흑치상지가 백제로 떠나기 전날 소정방은 흑치상지를 불러 놓고 이렇게 말했다.

"너는 백제로 돌아가거든 의자왕에게 이렇게 고하라. '당나라는 절대로 백제와 싸울 의사가 없다. 그냥 신라가 하도 징징대니까 그냥 들어주는 척만 할 뿐인 것 같다. 당나라는 고구려와 전쟁 중인데 어떻게 백제를 침공하겠느냐? 의자 대왕께서는 당나라 걱정은 하지 마시고 신라를 침공해도 좋을 것 같습니다'라고 백제 의자왕에게 말하도록 하라."

흑치상지는 소정방이 무엇을 원하는지 이미 알고 있었다.

"소장, 대장군의 말씀을 목숨을 걸고 지키겠습니다. 필요하신 사항은 지시만 은밀하게 내려주시면 그대로 따르겠나이다."

"먼저 백제 의자왕과 장군들에게 신임을 얻도록 하라. 아무도 너를 의심하는 사람이 없어야 한다. 일이 조금이라도 틀어지면 이는 큰 화를 부를 것이다. 백제가 완전히 멸망한 후에 너의 공로를 황제께 보고할 것이다. 그 이전에는 너는 백제의 충신처럼 보여야 한다. 내 말 알겠느냐? 내가 백제로 쳐들어갈 때도 너는 백제의 장군으로 백제 멸망의 순간까지 최후의 정보를 나에게 알려주어야 한다. 알겠느냐?"

백제 멸망이라는 말을 들었을 때 흑치상지의 마음이 조금 흔들렸다. 지금 소정방이 하는 말은 백제의 군사기밀을 알아내라는 것이 아니라, 백제 멸망의 배신자가 되라는 말이었다. 흑치상지의 흔들리는 마음을 눈치챈 소정방은 이렇게 말하였다.

"아무도 네가 백제의 배신자라는 사실을 모르게 추진할 것이다. 백제가 멸망한 후에도 역사는 너를 백제의 충신으로 기록할 것이다. 그만큼 너는 의자왕과 백제의 백성들에게 믿음을 줘야 한다. 이 사실은 너와 나만 아는 비밀이다. 너의 첩자에 관한 기록은 어디에도 없을 것이다. 만약에 백제 정벌에 실패하는 한이 있더라도 너의 정보는 노출되지 않을 것이다. 당나라에서는 너 같은 인재가 반드시 필요하기 때문이다."

흑치상지는 어릴 때 당나라에 유학 와서 이렇게 큰 나라에서 큰뜻을 펼쳐보고 싶었다. 당시 당나라는 인도, 아라비아, 유럽에서 온 사람들이 모여서 인종의 집합소처럼 느껴졌다. 흑치상지는 이 큰 세상에서 그의 뜻을 펼치고 싶다는 생각을 줄곧 해오고 있었다. 그것을 소정방은 교묘하게 이용하였다. 그러나 자신의 조국을 팔면서까지 이 일을 해야 하는지에 대한 자책감이 들었다. 그도 인간인지라 조국을 배신하는 일에 마음의 고통을 느끼지 않을 수가 없었다. 백제의 좌평 집안으로 무왕 이후 신진 세력으로 성장한 흑치 가문은 중앙의 핵심 세력인 사택 씨에게 밀려나서 지방의 성주로 백성들에게 존경받는 집안이었다. 백제 사람들도 흑치상지가 첩자라는 사실은 꿈에도 모를 것이었다. 흑치상지는 소정방과의 이러한 간계를 아무에게도 이야기하지 않고 철저하게 비밀리에 진행하기로 결심하였다.

멸망의 단초

의자왕은 백제로 돌아온 흑치상지를 사비성에서 극진히 대접했다. 선대로부터 충성을 다해온 흑치상지가 가슴에 칼을 품고 있으리라고는 의자왕은 꿈에도 생각을 못하였다.

"그래 당의 상황을 소상하게 이야기하거라."

흑치상지는 주위를 돌아보고는 큰소리로 대답하였다.

"폐하, 소신이 당나라에 있는 동안 신라에서 수차례 사신이 다녀갔습니다. 소신은 신라의 사신이 올 때마다 귀를 쫑긋 세우고 당나라의 반응이 어떠한지 첩보를 입수하였사옵니다."

"당나라 황제가 신라의 공격을 그만두지 않으면 가만히 두지 않겠다고 협박하고 있는데, 그들이 전쟁이라도 일으킬 기세더냐?"

흑치상지는 의자의 질문에 다시 한 번 심장이 떨리며 찬 기운이 온

몸을 펴져나갔다.

"소신이 보기에 당나라는 신라가 하도 귀찮게구니까, 폐하께 시늉만 하는 것이라 생각되옵니다. 북쪽의 고구려가 버티는 한, 절대로 백제를 공격하지는 못할 것이옵니다."

의자는 흑치상지의 말을 듣고 더욱 자신감이 솟아올랐다.

"그래, 너의 말을 듣고 나니 이제야 확신이 서는구나, 이제 신라를 멸망시킬 일만 남았구나. 임성 태자 할아버지가 그렇게 원하시고 아버님 무왕께서 꿈꾸시던 날이 다가오고 있구나."

의자는 자신의 계획대로 한 발 한 발 신라 정벌의 계획을 추진하기로 하였다. 그 당시만 해도 신라 정벌은 당나라를 자극시켜 위험하다고 만류하던 성충과 흥수를 지방으로 보내고 모든 것을 의자의 뜻대로 진행하게 되었다. 이것이 백제 멸망의 단초가 될 것이란 것을 까마득히 모른 채 의자는 이성을 잃고 전쟁에 광분하였다.

의자는 신라를 멸망시키기 위해 경주를 포위하여 대야성을 기점으로 김해까지 공격을 시도하였다. 의자가 신라를 맹공격하고 있는 사이 당나라의 군대는 은밀하게 움직이기 시작하였다. 660년 6월, 13만 명의 병력을 이끈 당의 소정방은 산둥 반도의 성산成山에서 황해를 건너 덕물도에 닿았다. 신라의 태자 김법민(문무왕)과 협동작전으로 당나라는 해로를, 신라는 육로를 통해 양쪽에서 백제의 수도 사비로 곧장 쳐들어가기로 하였다. 드디어 신라의 김유신은 백제의 북동쪽에서 공격하고 당나라의 소정방은 13만 군대를 이끌고 황해를 건넜다.

황해를 지키는 백제의 초소에서 봉화가 오르자, 의자는 흑치상지를 급하게 불렀다.

"당나라의 군대가 황해를 건너고 있다는데 이게 어찌 된 일이냐?"

흑치상지는 침착하게 말했다.

"소신이 보기에는 당나라에서 육로를 이용해서 몇 번이고 고구려를 공격했지만 번번이 실패했습니다. 그래서 해로를 이용해서 고구려를 치자는 이야기를 들은 적이 있사옵니다. 당나라 고종은 아버지 당 태종의 복수를 위해서 어떻게 해서든 고구려를 치고 싶다는 이야기를 입버릇처럼 하였습니다. 소신의 생각으로는 해로를 이용하여 고구려를 공격하는 것이라 사료되옵니다."

"만일에 너의 주장이 틀리다면 어떻게 하겠느냐?"

"소신의 의견을 하문하시기에 저의 의견을 솔직하게 대답하였을 뿐이옵니다. 만일 저들이 뱃머리를 돌려 백제로 쳐들어온다면 소신이 목숨을 걸고 선봉에 서서 저들을 물리치겠나이다."

의자가 보기에는 흑치상지의 말에 진심이 느껴지는 것 같았다. 그러나 옆에 있던 계백장군은 앞으로 나서며 말했다.

"폐하 당나라의 군대가 육지에 상륙하기 전에 선수쳐서 불화살로 적들의 배를 불 지르는 것이 좋다고 소장은 생각하옵니다."

"당나라가 우리에게 싸울 의사가 없는데 우리가 먼저 공격하는 것은 더 큰 화를 자초하는 것이 아니겠소?"

멸망의 단초

의자왕은 계백에게 말하였다. 그러나 계백은 주장을 굽히지 않고 계속 말을 이어갔다.

"아무리 고구려를 공격하기 위해 해로를 이용한다고 하지만 만약 저들이 뱃머리를 돌려 백제로 향한다면 막을 길이 없사옵니다. 우리가 먼저 선수를 쳐야 하옵니다."

옆에서 듣고 있던 흑치상지가 말했다.

"폐하, 황해에 있는 당나라 군사들에게 폐하의 사자를 보내는 것은 어떠할지요? 사자를 보내서 저들이 우리를 공격할 의사가 있는지 알아보는 것이 좋을 듯하옵니다."

"흑치상지 장군은 무슨 말씀을 그리하시오, 지금 시간이 없소. 그렇게 우물쭈물하는 사이에 저들이 육지에 상륙한다면 어떻게 방어를 할 수 있단 말이오?"

계백과 흑치상지의 이야기를 듣고 있던 의자왕은 흑치상지의 편을 들었다.

"먼저 당나라의 의중을 아는 것이 중요하다. 저들이 우리와 싸울 의사가 없는데 우리가 먼저 공격하는 것은 당나라와 전면전을 하자는 이야기인데, 아직까지 당나라와 전쟁을 하기에는 힘이 부족하다. 사신을 당나라의 군대에 보내도록 하라."

13만의 당나라 군대가 기벌포를 지나 백강을 따라서 부여의 사비성 근처에 진을 친 후에야 당황한 의자가 군사를 돌리려고 하였으나 이미 때는 늦었다. 의자가 거느리는 중앙의 정예병 중에 2만은 이미 신라와 북쪽에서 전쟁을 하고 있었는데 당나라를 막기 위해서는 지방 호족들의 군대가 절실히 필요했다. 흑치상지는 의자에게 군사를 모아서 오겠다는 약속만 하고 차일피일 시간만 끌고 있었다. 의자는 계백에게 말했다.

"황산벌에서 정예 5천의 군사로 버텨주면 흑치상지의 군대가 지방에서 구원병을 이끌고 올 것이니 일주일만 버텨주시오."

계백은 의자의 말을 듣고 있었지만 흑치상지가 오지 않을 것이란 것을 알고 있었다. 하지만 의자에게 그런 사실을 말하지 않고 자신의 5천 결사대로 황산벌에서 신라를 막아내겠다고 다짐했다.

"폐하 제가 목숨을 걸고 백제를 지키겠나이다."

의자왕은 계백에게 술잔을 건네며 말했다.

"그대에게 큰 짐을 맡기는구려. 장군이 황산벌에서 버텨주면 흑치상지 장군이 남쪽에서 군사를 모아서 신라의 뒤를 칠 것이오. 그러면 신라의 김유신은 독안에 든 쥐가 될 것이오. 신라의 군대가 없으면 저 당나라 군대는 힘을 쓸 수 없을 것이오. 신라를 먼저 무찌르면 당나라와는 협상이 쉬어질 수가 있소, 장군만 믿겠소."

계백은 의자왕의 눈빛에서 아직 희망이 남아 있다는 것이 안쓰러웠지만 그 희망을 목숨으로 보여주고 싶었다.

'흑치상지는 오지 않을 것이다.'

계백은 마음속으로 생각했지만 의자왕의 희망을 꺾고 싶지 않았다.

"폐하, 신이 실망시키지 않겠나이다."

계백의 5천 결사대는 황산벌에서 목숨을 걸고 끝까지 항쟁했으나 수적인 열세로 황산벌은 피로 물들었다. 계백이 황산벌에서 전사한 후에 사비성으로 밀려오는 나당연합군을 지대가 낮은 평야지역인 사비성에서 수비하는 것이 불리하다고 판단한 의자는 장기전을 대비하기 위해 산악지형의 요새인 웅진성에서 결전하기로 하였다. 웅진의 공산성은 천혜의 요새로 고구려 장수왕의 침공 때도 남하하는 고구려 군을 물리친 성곽으로 장기전에 유리한 성이었다. 거기에서 고구려와 왜에 사신을 보내서 구원병을 요청하고 시간을 끌면 승산이 있다고 판단했다. 의자는 지방의 성주들에게도 공격보다는 방어를 하라고 지시를 내렸다. 지금은 공격보다는 방어가 최선이었다. 몇 달만 버티면 당나라의 군대는 식량도 바닥이 날 것이고 그들이 지칠 때를 기다려서 왜와 고구려의 원군이 도착하면 일시에 공격하는 작전에 돌입하였다.

흑치상지는 의자가 웅진성으로 옮긴 것을 알고 군사를 이끌고 의자를 돕는다는 명분으로 웅진성으로 왔다. 의자는 흑치상지가 군사를 이끌고 자신을 도우러 온 것에 감동하여 그를 꽉 껴안았다. 황산벌에서 계백을 죽게 하고 구원병을 보내지 않은 흑치상지를 잊어버렸다.

"장군 그대가 진정한 백제의 장군이오."

흑치상지는 짐짓 눈물을 보이면서 무릎을 꿇고 의자왕께 아뢰었다.

"소장의 판단 착오로 백제가 백척간두의 위기에 처하게 되었사옵니다. 소장 폐하께 사죄하는 마음으로 목숨을 걸고 적들을 물리치겠나이다.”

의자는 위기에 처한 백제를 구하기 위해 5천의 군사를 이끌고 온 흑치상지가 비록 당나라의 상황은 오판했으나, 목숨을 걸고 백제를 지키겠다는 그를 보자 충성심만 보였다.

“흑치상지 장군 그대만 믿겠소, 우리가 이 웅진성에서 버티기만 하면 지방의 호족들과 왜에서 군사를 이끌고 이리로 몰려들 것이오. 몇 달만 버텨주기를 바라오.”

계백을 잃고 혼란에 빠진 의자에게는 흑치상지가 구원의 빛으로 보였다.

의자는 철옹성 같은 웅진성에서 두 달만 버티면 고구려와 왜에서 원군이 올 것이라는 것을 알고 있었기에 식량을 비축하고 장기전에 대비하였다.

웅진성의 성주는 예식襧植으로 웅진의 토착세력이었다. 그는 마음속으로 의자왕에 대한 불만은 있었지만 겉으로는 내색하지 않았다. 흑치상지가 예식을 은근히 포섭하기로 작정하고 예식을 떠보았지만 서로를 경계하는 눈빛으로 예식은 마음을 열지 않았다. 그러나 흑치상지의 유혹은 집요했다. 늦은 밤 부엉이 소리가 웅진성 주위를 애처롭게 울고 있는데 흑치상지는 예식 장군을 조용히 불러서 술을 한잔했다. 그리고 예식의 눈치를 살피면서 무겁게 입을 열었다.

“장군은 이 싸움이 승산이 있다고 생각하오?”

예식은 말없이 술잔만 들이켰다. 그때 예식의 예쁜 딸이 안주를 가지고 들어왔다. 흑치상지는 웅진성 성주인 예식 장군의 딸을 보자 화제를 딸로 돌렸다.

"따님이 정말로 예쁘시네요. 눈에 넣어도 아프지 않겠습니다. 이 전쟁에 저 따님이 애처롭기만 합니다."

예식은 딸의 이야기가 나오자 눈빛이 흔들리기 시작했다. 흑치상지는 이때를 놓치지 않고 말을 이었다.

"만약에 이 성이 함락되면 저 이쁜 따님이 당나라군의 노리개로 끌려 다닐 수 있다는 생각은 해보시지 않았습니까?"

완강하던 예식도 딸의 이야기가 나오자 마음이 약해지기 시작했다.

"이미 싸움은 끝이 났습니다. 더 이상 버티는 것은 개죽음이나 다름 없어요. 예식 장군, 의자 대왕께서 우리 호족들을 얼마나 무시하고 홀대했습니까? 이 전쟁이 끝나면 다시 왕권회복을 위해 우리를 억누를 것입니다. 오히려 항복하여 우리의 힘을 키우는 것이 어떻겠습니까."

예식은 순간 당황했다

"백제를 망하게 하자는 것입니까?"

"백제는 망하지 않습니다. 왕을 바꾸자는 것입니다. 귀족정치 중심의 초기 백제로 돌아가자는 것입니다."

예식은 흑치상지를 쳐다보며 말했다.

"당나라 황제의 약조를 받았습니까?"

"당나라 군사는 싸우고 싶어 하지 않습니다. 항복하면 우리의 뜻대로 하기로 약조하였습니다."

흑치상지는 가슴에서 종이를 꺼내 예식에게 보여주었다. 예식은 순간 눈이 흔들렸다.

의자의 눈물

　신라와 당나라의 연합군이 성을 포위하고 항복을 권유하는 소리가 성안을 동요하게 만들었다. 의자왕은 목숨을 걸고 700년 사직을 지키기로 다짐하였다. 의자왕은 웅진성으로 모여든 모든 백성들에게 소리쳤다.

　"온조왕께서 만드신 700년의 백제는 절대로 쉽게 무너지지 않는다. 우리가 힘을 합쳐 목숨을 걸고 몇 개월만 버티면 고구려와 왜에서 원군이 도착할 것이다. 그때는 우리가 성문을 열고 신라군을 추격할 것이다. 당나라 군은 겁을 먹고 도망칠 것이 뻔하다. 당나라를 물리치고 신라를 멸망시켜 우리 백제의 세상을 만들자. 겁먹지 말고 끝까지 버텨주기 바란다."

　의자왕의 강한 의지에 군사들과 백성들은 환호성을 질렀다. 그 사이 흑치상지는 유언비어를 퍼뜨려 민심을 동요시켰다.

"우리 성 안의 군대는 2만밖에 남지 않았고 사비성도 이미 함락되었으며 성 밖의 당나라 소정방 군대 13만과 김유신의 신라군 5만, 18만 명의 군사가 우리를 포위하고 있다. 이렇게 버티다가는 모두 죽고 말것이다. 성안의 식량도 한 달이면 바닥이 난다. 항복해서 뒷일을 도모하는 것이 옳은 일이다."

흑치상지는 부하를 통해서 이런 유언비어를 퍼뜨려 민심을 동요하게 만들었다. 흑치상지는 웅진 공산성의 성주 예식의 마음이 흔들리는 것을 알고 더욱 다그쳤다.

"장군, 시간이 없소. 이 시기를 놓치면 당나라와 신라의 연합군이 총공세로 나올 것이오. 그러면 우리는 개죽음을 당할 것이 분명하오. 당나라 황제께서 이미 예식 장군에게 큰 벼슬을 하사하셨소."

예식은 드디어 입을 열었다.

"그러면 대왕 폐하를 설득해봅시다."

"설득이 통하지 않으면 대왕은 우리의 목을 벨 것이오. 그러니 설득하기 전에 미리 군사를 대비시켜 놓고 대왕이 우리의 말을 듣지 않으면 대왕을 감금해야 하오."

"꼭 그렇게까지 해야만 하오? 내가 대왕을 잘 설득해보리라."

"장군은 참 순진하오. 대왕 폐하는 절대로 항복을 하지 않을 것이오. 항복을 권유한 우리는 결국 역적이 되는 것이오. 내가 당나라 황제의 약조를 이미 받았소. 대왕 폐하도 죽이지 않고 백제도 멸망시키지 않겠다고 약조를 받았단 말이오."

예식은 밤하늘의 수많은 별처럼 성 밖에 진을 친 당나라와 신라의 군사를 쳐다보고는 무겁게 입을 열었다.

"흑치상지 장군의 뜻대로 하십시오. 저는 따르겠습니다."

흑치상지는 회심의 미소를 지었다.

"빠를수록 좋습니다. 오늘 밤에 결행을 하시지요."

제명의 눈물

660년, 당나라와 신라가 협공으로 백제를 공략해서 왜의 원군이 필요하다는 소식을 알리기 위해 사자가 뱃길과 육로를 쉬지 않고 달려와 제명에게 알렸다.

"신라 김춘추 놈의 사악한 농간으로 당 고종이 13만의 군사를 보내어 백제를 치게 했습니다. 이에 의자 대왕 폐하께서는 죽기를 각오하고 싸우기로 명을 내렸습니다. 하루 빨리 왜의 원군이 필요하옵니다."

제명은 이 소식을 듣자 하늘이 무너지는 것 같았다. 중대형을 불러 떨리는 목소리로 말했다.

"한시가 급하다. 빨리 군사를 소집하여 백제 본국으로 보내서 신라와 당의 군대를 물리쳐야 한다."

중대형은 어머니가 저렇게 흔들리는 모습은 본 적이 없었다. 중대형은 어머니께 말했다.

"지금 당장 군사를 보내려고 해도 군사를 실어 나를 배가 부족하옵니다. 먼저 급한 대로 선발대 6천 명을 보내도록 하겠습니다."

"군사를 실을 배를 빨리 만들도록 하고, 어선이라도 징발해서 원군을 보내지 않으면 위험하다."

제명은 가슴이 답답해지고 머리까지 어지러웠다. 중대형은 제명의 표정을 살피고는 어머니가 걱정이 되어 말했다.

"어머니, 너무 걱정하지 마시고 잠시 쉬세요. 원군을 보내는 일은 제가 알아서 하겠습니다."

제명은 중대형이 물러난 후에 당과 신라의 공격으로 위기에 처한 의자왕을 생각하니 눈물이 자신도 모르게 흘러 내렸다. 그 자존심 강하고 총명한 의자가 이 위기를 어떻게 넘길 것인가? 만약에 의자가 전사라도 한다면 제명은 생각만 해도 소름이 끼칠 정도로 온몸이 오싹해졌다.

'의자가 죽으면 내 삶의 의미가 없어진다. 내 목숨보다도 더 사랑한 의자를 지켜내야 한다.'

제명은 부여 풍을 불렀다. 부여 풍은 657년 임성 태자의 조문 사절로 왜를 방문한 이래 백제와 왜를 오가면서 가교 역할을 하고 있었다. 잠시 후 부여 풍은 무거운 얼굴을 하고 내전으로 들어왔다.

부여 풍의 얼굴을 보자 제명은 말보다 먼저 눈물부터 나왔다. 부여 풍은 그 마음을 아는지 먼저 말을 했다.

"중대형 형님께 이야기를 들었습니다. 원군의 대장으로 저를 보내주십시오. 제가 목숨을 바쳐 백제와 대왕 폐하를 지키겠나이다."

제명은 부여 풍의 손을 잡고 떨리는 목소리로 말했다.

"6천의 군사를 이끌고 먼저 출발해서 아버지를 도와주세요. 조금만 버텨주면 내가 왜에 총동원령을 내려서 백제를 도우러 직접 가겠습니다. 대왕 폐하께 나의 뜻을 꼭 전해주고 옥체를 잘 보존하시라고 말씀 해주세요."

제명은 의자를 구해야겠다는 생각 외에는 아무 생각이 없었다.

"그리고…."

제명은 마음속으로 외쳤다

'살아만 계셔주세요.'

의자를 보고 싶은 마음이 여기서 이렇게 폭발할 줄은 제명도 몰랐다. 보고 싶고 사랑한다는 말을 전해 달라고 가슴은 말하고 있지만 목소리는 나오지 않았다. 부여 풍은 제명의 그런 마음을 알지 못했다. 대신 제명왕의 깊은 백제 사랑에 적잖이 놀랐다. 제명은 다시 부여 풍의 손을 꼭 잡고 아무 말 없이 눈물만 흘렸다. 그렇게 제명의 눈물에 가려 해가 지고 슬픈 듯이 달이 떠올랐다.

다음날 부여 풍은 군사 6천을 이끌고 백여 척의 배를 모아서 검푸른 바다를 향해 돛을 올렸다.

웅진성에서

의자는 비장한 각오로 성의 망루에 올라 18만 군대가 성 밖을 에워싼 모습을 바라보았다. 하늘을 원망해도 소용이 없었다. 마지막까지 버티다가 이 웅진성에서 죽을 각오를 하고 있었다. 의자는 하늘을 쳐다보며 혼잣말이 한탄스럽게 흘러나왔다.

성 안의 군인들과 백성들은 오랜 전쟁에 지치고 힘들어 보였지만 그들의 눈빛 속엔 백제인이라는 자존감은 사라지지 않고 빛나고 있었다. 병사들과 백성들은 서로를 응원해주고 있었다.

제대로 씻지 못해 꾀죄죄한 아이들이 전쟁 속에서도 뛰어다니며 놀고 있었고 여인들은 제 매무새를 잃지 않으려 애썼다. 이 와중에도 아이들은 태어났다. 어디선가 세상을 향한 아이의 첫 울음 소리가 들렸다. 대신들이 달려가 확인해보고 아들이 태어났다는 소식을 전해주기도 했다.

전쟁 속에서도 평온한 삶은 이어지고 있었다. 이 평온을 대대손손 이어주기 위해 시작된 전쟁이었다. 증오와 미움과 시기를 모두 버리고 안정된 하나의 나라를 만들기 위해 달려온 길이었다. 그런데 그 길이 너무 멀게만 느껴졌다.

"하늘이 나를 도와주지 않는구나. 고구려에서 원군을 보내줄까? 왜의 제명은 군대를 보내더라도 2개월이 걸릴 것 같은데 과연 그때까지 2만의 군사로 저 18만의 군사를 막아낼 수 있을까?"

그런 생각에 이르자 싸늘한 기운이 의자의 몸을 감쌌다.

"후세의 역사는 나를 어떻게 평가할까? 헛된 욕심에 나라를 지키지 못한 비운의 군주로 묘사될까?"

자신의 인생이 너무 서글퍼졌다

'모든 영웅호걸들의 이름은 후세에 빛난다. 인생은 과연 무엇일까? 내가 후세에 무엇을 남기든 그것은 덧없는 환상에 지나지 않는다.'

인생의 마지막 종점에 이른 의자의 머릿속에 수많은 생각이 스쳐지나갔다.

'내가 무엇 때문에 이렇게 전쟁을 하고 사람을 죽이고 살아왔는가? 죽음 앞에 이르면 인간은 모두 이렇게 숙연해지는 것일까? 사람은 모두 어차피 한 번은 죽는다. 영원히 살 것처럼 천하를 호령하던 진시황도 죽음 앞에서는 한낱 작은 인간의 모습이었다. 그러나 한 번 살다가는 인생에 무엇인가 좋은 흔적을 남겨야 하지 않을까? 내 이름 의자가 후세에 비웃음거리가 되지 않기 위해 마지막까지 용감하게 싸우다가 죽자. 역사의 기록에서 나를 비웃음거리로 만들더라도 나 자신에게 떳떳한 사람이 되자.'

의자의 머릿속에는 온갖 생각들이 실타래가 풀리듯 하나씩 정리되기 시작하였다. 죽기를 각오하니까 무서운 것이 하나도 없었다.

'어차피 인간은 모두 죽는 법, 구차하게 항복하느니 명예롭게 끝까지 싸우다가 조상들과 후손들에게 부끄럽지 않도록 여기서 인생을 마무리하자.'

의자의 마음은 점점 편해지기 시작하였다.

갑옷을 입고 내전으로 들어가니 태자와 왕비가 겁에 질려 떨고 있었다. 그 모습을 보자 의자는 안쓰러운 마음에 죄책감마저 들었다

"우리는 대백제의 왕족이다. 겁먹지 말고 끝까지 싸우다가 여기서 죽어야 한다."

태자와 왕자들은 겁먹은 표정으로 고개를 조아렸다. 아무것도 모르는 어린 손자가 의자를 보고 신기한 듯 웃는 모습을 보니 의자의 가슴은 더욱 찢어지는 것 같았다. 옆에서 이를 지켜보고 있던 왕비는 통곡을 하며 의자에게 때릴 듯 대들었다.

"이 어린 것들이 무슨 죄가 있단 말입니까? 세상에 태어나 꽃도 피어보지 못한 꽃망울이 시드는 것을 어찌 대왕은 자신의 입장만 생각하시고 그런 결정을 내리시려 하옵니까? 어린 왕자들이 불쌍하지도 않사옵니까? 저들이 우리가 항복만 한다면 우리 왕족을 보호하고 백

제의 왕통을 잇겠다고 약속하지 않습니까? 대왕 폐하 한 번만 더 헤아려 주시옵소서."

그렇게 순종적이고 착하던 왕비는 신이 내렸는지 소리치고는 기절했다. 겁에 질려 울고 있는 어린 왕자를 보고 있노라니 죽는 것마저 쉬운 일이 아니었다. 의자가 고민에 쌓여 있는 가운데 북쪽 성을 지키는 달솔 복신이 의자에게 아뢰었다.

"대왕 폐하 조금만 더 버티시면 왜에서 구원군이 온다고 하옵니다. 그리고 지방의 성들이 견고하게 버티고 있습니다. 몇 개월만 버티면 저들은 지칠 것입니다. 온조께서 건국하시고 근초고왕이 대륙을 호령하였던 대백제의 꿈을 여기서 접을 수는 없사옵니다. 소장은 목숨을 걸고 끝까지 싸우겠나이다."

'목숨을 걸고 지키겠다는 저런 신하가 있는 한 백제는 절대로 멸망하지 않을 것이다.'

의자는 스스로에게 최면을 걸고 웅진성의 성주 예식을 불렀다.

의자왕의 부름을 받은 예식 장군은 왕의 근위대를 물리치게 하고 군사를 왕의 처소 앞에 배치시키고 의자왕에게로 갔다. 흑치상지는 만일의 사태에 대비하여 군사와 함께 대왕의 처소 앞에 머무르고 웅진성주 예식은 의자왕의 내전으로 들어갔다. 갑옷을 벗지 않은 의자왕은 예식에게 물었다.

"얼마를 더 버틸 수 있겠소?"

예식은 대왕의 눈치를 살피고는 무겁게 입을 열었다.

"대왕 폐하, 모든 사람들이 싸워야 한다고 말하고 있지만 이미 그들도 이 싸움이 승산이 없다는 것을 잘 알고 있사옵니다. 소신 예식도 대왕 폐하와 함께 목숨을 바쳐 이 나라를 지키고 싶나이다. 하오나….."

의자는 예식의 말을 끊었다.

"하오나? 그러면 항복하자는 말이요?"

예식은 의자의 표정에 분노가 차오르는 것을 느끼면서도 입 밖에는 자신도 모르는 말이 튀어 나왔다.

"폐하, 이미 사비성도 함락되었고 더 이상 버티다간 몰살될 것이옵니다. 한순간의 굴욕을 참으시고, 부디 옥체를 보존하시어 뒷일을 도모함이 마땅한 줄 아뢰옵니다."

화를 참지 못한 의자는 앞의 탁자를 집어 던졌다.

"이 성의 성주라는 작자가 입에 항복이라는 말을 담다니 그대를 용서할 수 없다. 여봐라 이자를 포박하여 감옥에 가두도록 하라."

이 소리를 들은 예식의 군사들이 왕의 내전으로 들어와서 의자왕을 포박했다.

의자는 예식을 향해서 소리쳤다.

"네 이놈 예식, 네놈이 어찌 이럴 수가 있단 말이야?"

예식은 포박된 의자왕 앞에 무릎을 꿇고 아뢰었다.

"이렇게밖에 할 수 없는 저를 용서해주시옵소서. 이것이 폐하를 살리는 길이고 백성을 구하는 길이옵니다."

"닥쳐라 이놈, 저놈의 목을 베어라."

손발이 꽁꽁 묶인 의자는 발악을 하였지만 이미 때는 늦었다. 예식은 의자왕이 자결할 수 있다고 생각해서 손을 묶고 방 안의 모든 무기는 압수하였다. 손이 묶인 채로 왕의 처소에 갇힌 의자는 하늘을 향해 피 끓는 심정으로 읊조렸다

　"패자는 말이 없다. 후세의 역사가 나를 어떻게 평가하든 나는 개의치 않겠다. 다만 내가 비겁한 백제의 마지막 왕으로 역사에서 비웃음거리가 되더라도 나는 이것을 남기고 싶다. 백제는 정정당당하게 배신하지 않고 나라의 도리를 지켜왔다. 명분을 중히 여기고 대백제로서의 명예를 잃지 않으려고 당나라와 타협도 하지 않았으며, 고구려와 더불어 조선과 부여의 정통 후손으로 삼한의 뿌리가 된 것을 지금도 자랑스럽게 생각한다. 우리의 보호를 받던 변방의 조그만 나라 신라가 배신을 하여 당과 손을 잡고 우리의 등 뒤에서 칼을 꽂으니 그 대비를 하지 못함이 나의 큰 불찰이다. 그러나 백제는 삼한의 정통을 이어받고 있으며 절대로 멸망하지 않을 것이다. 왜에 있는 우리의 백제가 다시 삼한을 통일하여 대백제를 이어갈 것이다. 이것은 할아버지 임성 태자와 곤지왕이 준비해두신 우리 대백제의 꿈이다. 오늘 반도에서 내가 죽고 반도의 백제가 없어지더라도 왜에 있는 백제가 다시 백제의 불씨를 살려서 내가 이루지 못한 대백제의 꿈을 이룰 것이다."

　의자는 자신의 심장에 난도질을 하고 있는 기분이었다. 곧 대백제를 부활시키고 제명을 불러올 희망에 젖어 있었는데 신라의 간계로 이처럼 허망하게 꿈이 무너질 줄은 몰랐다.

의자는 제명에게 이 큰 짐을 맡긴다고 생각하니 그녀에게 더 큰 죄를 짓고 있는 것 같아서 가슴이 아파왔다

"전생에 내가 제명에게 무슨 큰 잘못을 했기에 이렇게 아픔만 남기고 떠나야만 하는가?"

왜에 있는 제명을 생각하니 의자의 가슴속에서 어린 날의 사랑과 추억들이 오롯이 다시 살아났다. 마지막 순간에 생각나는 사람이 가장 사랑하는 사람이라고 했다. 이승에서 다하지 못한 사랑을 저승에서 같이 할 수 있기를 바라는 열망이 제명을 불러온 모양이었다. 의자는 저도 모르게 눈물이 핑 돌면서 입가에 옅은 미소가 피었다. 하지만 그는 눈물을 삼켰다.

명예로운 죽음을 다오

다음날 아침 웅진성 숲에서 꾀꼬리 울음소리가 처량하게 들렸다. 의자의 마음을 아는지 오늘따라 더욱 처량하게 울어댔다. 의자는 마지막으로 예식 장군을 불렀다.

"짐을 명예롭게 죽게 해달라."

의자왕이 자결할 것을 알기에 군사를 항상 옆에 대기시켜 감시를 하고 있었다. 예식이 엎드려 말하였다.

"폐하, 신들도 백제의 사직을 위해서 눈물을 머금고 하는 일이옵니다. 오늘의 굴욕을 참으시고 뒷일을 도모하셔야 하옵니다. 폐하께서 명예 때문에 자결하시면 백제의 사직은 어떻게 되겠사옵니까? 당나라는 폐하께 신라와 사이좋게 지내라고 명령만 하고 백제를 그대로 보존시켜주기로 약속했다고 하옵니다. 뒤의 큰일을 위해 오늘의 치욕은 참으셔야 하옵니다."

옆에 있던 예식 장군의 부하들도 엎드려 아뢰었다.

"폐하, 저희들의 충심을 헤아려 주시옵소서."

의자는 아무 말이 없었다. 날이 밝자, 웅진성의 성주 예식은 흰 깃발을 앞세우고 의자왕을 말에 태운 채 성문을 열고 당나라 소정방 앞으로 갔다. 의직義直 장군을 위시한 백제의 군사들은 의자왕이 예식 장군의 배반으로 항복했다는 소식을 듣자, 북쪽 성문을 열고 남쪽의 주류성으로 군사를 이동시켜 끝까지 항전을 다짐하였다. 백제의 백성들은 예식이 당나라와 내통하여 의자를 감금해서 항복하게 만들었다고 알고 있었다. 그 배후에 흑치상지가 있었다는 사실은 모르고 있었다. 그만큼 흑치상지는 자신을 드러내지 않은 채 뒤에서 조용히 조종을 하고 있었다.

예식이 의자와 함께 항복한 다음날 당 군대의 진영 내에서 소정방은 큰 잔치를 벌였다. 소정방이 당 고종을 대신하여 중앙에 앉고 왼쪽에는 신라의 태종무열왕 김춘추, 그리고 오른쪽 편에 의자왕이 앉았다. 소정방이 거만하게 의자에게 비웃듯이 말했다.

"의자왕 그대는 어찌하여 우리 황제 폐하의 말도 듣지 아니하고 방약무도하게 신라를 정벌할 생각을 하였는가? 우리 황제 폐하께서는 삼한의 안정을 원하는 것이지 전쟁을 원하는 것이 아님을 명심하시오."

의자는 고개를 숙이고 아무 말도 하지 않았다.

"자, 항복의 술을 황제 폐하께 따르도록 하시오."

소정방은 황제를 대신하여 잔을 내밀었다. 의자는 눈물을 삼키며 소정방에게 술을 따랐다. 소정방은 의자가 따른 술을 한 번에 들이켜고는 그 빈 잔을 김춘추에게 주었다.

"의자왕은 신라에게도 항복의 의미로 김춘추 공에게 술을 따르도록 하시오."

순간 의자는 눈에 핏발이 서며 분노가 역류했다. 김춘추는 조롱하듯이 웃으며 말했다.

"자, 반성하는 의미로 한잔 따르시오."

김춘추의 조롱에 의자는 그 분노를 참지 못하고 김춘추의 얼굴에 술을 퍼부으며 소리쳤다.

"이 비겁한 놈, 야비하게 당나라까지 끌어들여 삼한을 어지럽히느냐? 이 삼한을 당나라에게 넘겨줄 생각이냐? 장군이면 정정당당하게 싸워서 이겨야지 당나라에게 아양이나 떠는 계집애보다도 못한 놈에게 내가 죽으면 죽었지 술은 못 따른다. 알겠느냐?"

의자는 미친 듯이 흥분하면서 그 자리에서 호위병의 칼을 뽑아서 김춘추를 베고 자신도 자결하려고 하였지만 근위병들의 제지에 막혀서 성공하지 못하였다. 분을 못 이겨 바닥에서 소리치는 의자를 향해서 김춘추가 한마디 했다.

"패장은 말이 없는 법이오. 그대가 그렇게 발악하는 것은 화친을 맺을 의지가 없다는 것이 분명하구려. 여기서 화친한다 해도 당나라가 물러나면 또 신라를 침공할 것이 분명하오. 우리 신라는 평화를 원하오.

명예로운 죽음을 다오

그대의 꼴이 독에 빠진 생쥐가 발악하는 모습 같아서 참 안타깝소."

김춘추는 소정방 앞에서 의자를 마음껏 조롱하였다. 김춘추는 다시 정색을 하고 소정방에게 말하였다.

"대장군께서는 방금 저 의자왕의 행동에서 화친할 의사가 전혀 없음을 알았으니 그냥 두시면 안 될 것이옵니다. 백제를 없애고 당나라와 우리 신라가 같이 다스리는 것이 좋을 듯하옵니다."

의자는 마지막으로 소리쳤다

"나를 더 이상 욕되게 하지 말고 빨리 죽여라."

김춘추와 소정방은 미친 듯이 절규하는 의자의 모습을 즐기며 서로 술을 들이켰다. 이를 지켜보는 백제의 신하들은 통곡하지 않을 수가 없었다. 삼한을 통일하겠다는 의자의 꿈이 산산조각이 나 백제의 하늘을 뒤덮고 있었다.

chapter 9

한국에는 없는 한국의 역사, 2018년

역사적 진실은 무엇인가?

문 교수와 마사코 그리고 조민국은 오사카 간사이공항으로 향했다.

"저는 한국에 처음 가는 겁니다. 딱히 가야 할 이유를 찾지 못했었는데 결국 가게 되네요."

"아마 임성 태자님께서 좋아하실 겁니다. 한국으로 출발하기 전에 자신에게 먼저 들렀다고 기특해하실 것 같네요."

조민국의 말에 두 사람이 작게 탄성을 쏟아냈다.

"매사 무뚝뚝하고 딱딱하던 인간이 어쩐 일이신가?"

문 교수가 마사코와 조민국을 번갈아 보며 그를 놀렸다.

"교수님도 참, 저 원래 부드러운 남자라는 거 아시잖아요."

조민국이 너스레를 떨었다. 마사코는 두 사람을 힐금거리며 미소를 지었다. 조민국이 몰던 차는 어느새 간사이공항으로 들어서고 있었다.

비행기의 좌석이 공교롭게도 두 좌석이 붙어 있었고 통로 건너에 한 좌석이 배정되었다. 문 교수는 망설이지 않고 따로 떨어져 앉았다. 붙어 있는 두 자리를 조민국과 마사코에게 양보했다. 문 교수는 순간 자신이 임성 태자나 소가 대신이 된 기분이 들었다. 그들은 일본과 백제의 관계를 긴밀하게 이어주기 위해 왜에서 태어난 여식과 백제의 후손을 혼인시켜 더 단단히 결합되게 만들었다.

마사코가 임성 태자의 후손이니 엄밀히 말하자면 그녀 역시 한국 사람이지만 그녀에겐 일본인의 피가 흐른다고 봐도 무방했다. 마사코와 조민국의 결합이라? 문 교수는 절로 웃음이 나왔다.

"…의자왕이 웅진의 공산성에서 항복한 기록을 역사서에서 찾아본 적이 있었습니다. 문 교수님께서 내주신 과제이기도 했고요."

조민국은 통로 건너의 문 교수에게 잠깐 시선을 주었다. 문 교수는 무심한 척하면서 그의 이야기에 귀를 기울였다.

"저는 그런 기록이 있는지도 모릅니다."

"그럴 겁니다. 중요하게 여기지 않았던 문서인데다 묘한 문구까지 있어서 논란이 좀 있기도 하거든요."

"논란이오?"

문 교수는 귀를 쫑긋 세웠다. 조민국이 말한 논란이 무엇일지 궁금했다.

"《삼국유사》〈백제본기〉에 보면 의자왕이 항복할 때, '의자왕 및 태자 효가 제 성주들과 함께 항복했다王及太子孝與諸城皆降'라고 기록되어 있거든요. 그런데 《신당서》**38**에는 '그 대장 예식이 의자왕을 데리고 와서 항복했다其大將植 又將義慈來降'라는 특이한 기록이 나옵니다."

"예식이라는 장군이 의자왕을 데리고 가서 항복했다고요?"

조민국이 빠르게 고개를 끄덕거렸다.

"중국의 역사학자인 산시대학의 바이근싱 교수는 공산성의 장군 예식이 '왕을 사로잡아서 당나라에 투항했다'라는 뜻으로 해석하고 있더군요. 우리가 역사 교과서에서 배운 것처럼 의자왕은 스스로 항복한 것이 아니라 부하 장군의 반란에 의해 체포당한 것이라는 말이죠."

문 교수는 내심 기뻤다. 그런 말이나 자료를 조민국에게 전달해준 적이 없었다. 자료를 바탕으로 그런 추론을 해낸 게 기특했다. 그리고 그의 추론은 그다지 틀리지 않았다.

"의자왕은 분명 비운의 왕이죠. 어떻게 삼천궁녀가 나오고 낙화암에서 뛰어내렸다고 나오는지 알 수가 없습니다. 아무리 역사가 승자의 기록이라고 해도 그 안엔 권력의 오만이 들어 있는 게 아닌가 싶기도 하고요."

문 교수는 항상 백제 멸망에 의심을 품었었다. 의자왕이 사비성에서 웅진의 공산성으로 옮겼을 때는 그 나름의 전략이 있었다. 사비성은 평지에 지어진 성이었으므로 방어하기에 조건이 좋지 않았다. 그

---

38   중국 당唐나라 때에 관한 정사(正史). 《구당서舊唐書》와 《신당서新唐書》를 합쳐 당서唐書라고 한다. 《신당서》 225권은 1060년 북송北宋의 구양수歐陽修 등에 의해 완성되었다.

래서 의자는 웅진의 공산성으로 옮겨서 시간을 벌면서 끝까지 항전할 계획을 세우고 있었다. 공산성은 천하의 요새로 앞으로는 금강을 뒤에는 험준한 산을 두고 있었기 때문에 적이 쉽게 함락시킬 수 없었다. 이 공산성에서 조금만 버텨주면 지방에 있는 성주들과 왜에서 지원군을 보내줄 것이기에 승산이 있는 싸움이었다. 공산성 우물에서 발견된 찢어진 갑옷이 의자가 장기전에 대비해 치열한 전투를 했음을 증명하고 있다. 의자가 선택한 공산성은 한성백제가 고구려 장수왕에 의해 함락된 후에 문주왕이 남쪽으로 내려와서 고구려의 공격에 대비해서 3년 동안 쌓은 산성이었다. 풍전등화 같은 나라의 운명을 생각해서 절실한 각오로 만든 성이었다. 천년이 지난 후에도 가장 완벽한 산성으로 평가받고 있었다. 조선시대에도 이 산성은 훌륭한 역할을 해냈다.

조선 인조 때 이괄의 난[39]이 일어나자 인조가 가장 안전한 웅진의 공산성에서 난을 평정했다는 기록도 나오고 있다.

"…그 성은 저도 가봤는데 놀랄 정도로 완벽했어요. 그런데 이렇게 완벽한 공산성에서 의자왕이 왜 항복을 했느냐는 거죠. 지방 성주들이 구원군을 끌고 올 것이고 왜에서도 구원군이 오고 있는 중이었으니까요."

조민국은 문 교수가 궁금해했던 의문을 대신 말해주었다. 그리고

39　1624년(인조 2년) 정월 이괄이 주동이 되어 일으킨 반란. 이괄이 인조반정 때 공이 컸음에도 불구하고 2등 공신으로 책봉되고 외지에 부임하게 된 데 앙심을 품고 사전에 치밀히 계획해 일으킨 반란이다.

그 점은 백제 멸망의 가장 큰 미스터리 중 하나였다. 그 미스터리의 정답은 공산성 성주였던 예식진과 달솔 흑치상지에 있었다.

문 교수는 그 단서를 중국의 역사서인 《당서》에서 찾았다. 결정적인 단서는 2006년 중국 시안에서 예식진의 묘지명이 발굴되었는데, 묘지명의 주인공은 대당좌위위대장군이란 정3품의 고위직을 지낸 예식진이었다. 그 내용을 보면 예식이 왕을 붙잡아 항복했다는 사실이 나온다. 이로써 의자왕과 백제의 멸망이 기존의 사실과 다르다는 게 알려지게 되었다.

묘지석에는 예식이 김일제보다 더 큰 공을 세웠다고 기록하고 있다. 김일제는 흉노 휴도왕休屠王의 장남으로, 휴도왕을 설득하여 한나라에 항복하게 한 일등공신으로 김씨 성을 하사받은 인물이었다.

현대 사학계에서는 웅진 방령이었던 이 예식이라는 인물이 의자왕과 태자를 사로잡아 놓고 당군에 항복한 것으로 보고 있었다. 그는 의자왕을 강제로 항복하게 만든 백제 멸망의 1등 공신이었다. 예식은 끝까지 항전하려는 의자왕이 잠자는 틈을 타서 사지를 묶고는 꼼짝 못하게 한 다음 당나라 소정방에게 넘긴 인물이었다.

문 교수가 생각하기에도 사비성이 함락되었다고 쉽게 무너질 백제는 아니었다. 옛날 위례한성이 고구려에 함락되었을 때도 남쪽 웅진으로 이동해서 살아남은 백제였다. 남쪽의 평야를 중심으로 한 백제의 성들이 온전히 남아 있는 상황에서 의자왕이 어이없게 항복한 것은 이 예식진의 배반이 없고서는 불가능한 일이었다. 당 고종은 예식진의 공을 높이 사서 그를 후하게 대접하였다. 반역자 예식진은 당나라 고종으로부터 궁궐의 경비와 호위를 담당하는 정3품 벼슬에 해당하는 좌위위대장군左威衛大將軍에 제수되어 당나라에서 조국 백제를 판 대가로 호위호식하면서 지냈다. 사서기록에 별다른 공이 없는 예식진이 당나라에서 이민족으로 정3품 벼슬까지 오른 이유는 '의자왕 체포'라는 엄청나게 큰 공을 세웠기 때문일 것이라고 기록하고 있다. 문 교수는 예식진의 기록을 뒤지면서 씁쓸한 감정을 감출 수가 없었다.

"…그렇죠. 예식진이라는 인물이 개인의 안녕과 행복을 위해서 나라를 팔았던 겁니다. 의자왕이 믿었던 인물이기에 아마 상심이 더 컸을 겁니다. 그 자리에 오르기까지 백제를 위해 싸운 수많은 사람들이 죽어 나갔습니다."

문 교수는 역사가 말해주는 씁쓸한 교훈을 생각하며 비행기 창밖으로 눈길을 돌렸다. 흰 구름과 청명한 하늘이 펼쳐져 있었다.

조민국은 신이 나서 마사코에게 열강을 하는 중이었다.

"소정방이 정림사지 5층 석탑 비문에 글을 남겼습니다."

"뭐라고 적혀 있었나요?"

마사코도 내용이 흥미로운 모양이었다. 문 교수는 창밖으로 시선을 둔 채 귀는 조민국과 마사코가 앉아 있는 쪽으로 열어두었다.

"그 비문에 의하면 말이죠. 백제 멸망 당시의 인구가 약 500만 정도로 신라 인구의 4배가 넘었으며, 고구려의 인구보다 많은 대제국이었다는 겁니다."

이 사실은 7세기 무렵 일본의 폭발적 인구 증가를 설명할 수 있는 기록이기도 했다.

"백제 멸망 후에 당나라에 끌려간 사람이 기록상으로 수만 명 정도이고, 백제의 귀족과 학자들, 기술자들은 신라의 탄압을 피해서 대거 왜로 이동하였죠. 어마어마한 피난의 행렬이었을 겁니다. 학자들은 그 당시 왜의 인구 절반에 해당하는 인구의 유입이 백제에서 건너왔다고 밝히고 있잖아요. 실제 일본국립민속학 박물관 고야마 슈조 교수는 백제 멸망 후, 왜 인구의 자연증가율로는 절대 불가능한 인구의 대이동이 있었다고 연구결과를 발표했고요. 그는 조사에서도 660년에서 670년의 10년 사이에 일본 인구의 폭발적인 증가가 있었다고 주장했잖아요. 백제의 문화와 그 문화를 만든 사람들이 대거 왜로 몰려가서 오늘의 일본을 만드는데 밑거름이 되었다는 걸 누구도 부인할 수 없을 겁니다."

열변을 토하는 조민국의 얼굴이 발갛게 익어 있었다. 마사코는 그런 그의 말을 열심히 들어주었다.

"전 사실 일본과 백제의 관계도 그렇고 그 시대에 관한 공부 역시 매우 짧아요. 민국 씨 이야기를 듣다 보니 예전에 자료로만 보았던 것들이 어떤 의미였는지 충분히 깨닫게 되네요."

마사코가 호응을 해주자 조민국은 더 신이 났다. 문 교수는 조민국이 그렇게 백제의 역사와 문화에 자부심을 갖고 있다면 더 바랄 게 없었다.

역사적 진실은 무엇인가?

"백제 인구가 그렇게 많았느냐고 반문할 수도 있어요. 중국 당나라의 정사인 《구당서》에 의하면 백제 멸망 당시 76만 가구가 있었다고 표기하고 있어요. 그 당시에 한 가구에 6명 정도가 살고 있었다고 가정하면 백제의 인구는 최소한 5백만 명이 넘는 거대국가였다는 거죠."

A.D. 3세기경 일본의 야요이 시대彌生時代 후반에 총 20만 명 정도의 인구가 일본에 살고 있었다. 그런데 A.D. 7세기경, 백제와 고구려 멸망 직후에 인구가 4백만 명 정도로 폭발적으로 늘어났다. 이는 세계에서 그 유래를 찾아볼 수 없는 인구증가율로 폭발적인 외부의 유입이 없으면 불가능한 일이었다. 백제 멸망 후에 왜로 백제의 찬란했던 문화가 이어졌다. 백제의 우수한 인력들이 왜로 건너갔다. 물론 그 이전부터 조금씩 왜로 건너갔던 백제인들이 있었다. 그렇게 먼저 일본에 정착한 도래인들과 백제 멸망 후 왜로 건너간 귀족들의 대거 유입으로 일본은 찬란한 문화를 꽃피울 수가 있었던 것이다. 지금 일본의 우수한 인재들은 모두가 백제의 피를 이어받은 것이라 해도 아무런 문제될 게 없었다.

"하긴 임성 태자도 백제 분이셨고. 저 역시 엄밀히 따지자면 백제인이죠."

마사코가 손으로 입을 가리고 웃었다. 멀리 창밖으로 반도의 땅이 보이기 시작했다.

"일본과 한국은 정말 가까운 나라예요."

마사코가 혼잣말을 했다. 문 교수는 문득 기이한 생각이 들어 마사코에게 질문을 했다.

"혹시 마사코 양 나이가 어떻게 됩니까?"

"저요? 여자 나이를 묻는 건…."

마사코는 잠시 생각에 잠긴 듯하다가 다시 입을 열었다.

"제가 올해 서른둘이에요."

"민국이 네가 올해 서른 살이지?"

"네, 맞는데요. 갑자기 나이는 왜?"

문 교수는 별거 아니라고 손사래를 친 후 창밖으로 시선을 돌렸다. 조민국은 잠깐 고개를 갸웃거렸지만 마사코는 문 교수 질문의 의도를 알아차린 듯했다. 제명이 의자왕보다 두 살이 많았다는 사실. 제명과 의자왕 그리고 마사코와 조민국을 연결할 일은 아니었다. 하지만 문 교수가 나이를 물었던 건 왜 그런지 제명과 의자왕의 영혼이 지금 이 자리를 함께하고 있다는 기분이 든 때문이었다.

문 교수의 기분이 그러거나 말거나 조민국은 입을 한 번 훔친 후 계속해서 말을 이어갔다. 마사코도 열심히 들을 자세를 갖추었다.

"신채호 선생의 《조선상고사》[40]를 보면요. 당시 웅진의 수비대장 예식이 끝까지 결사 항전을 주장하는 의자왕을 감금하고 항복하기를 강요했다고 기록되어 있어요. 이때 의자왕이 자살하려고 스스로 칼로 목을 찔렀으나 동맥이 끊어지지 않아서 죽지 못하고 소정방에게 끌려 갔다는 내용도 들어 있죠."

조민국이 언제 《조선상고사》까지 들여다보았을까. 비행기는 어느

새 공항에 착륙하고 있었다.

신채호 선생은 이미 의자왕의 심정을 이해하고 있지 않았을까? 삼천궁녀의 대명사로 환락을 즐기다가 백제를 망하게 한 타락한 군주로 의자왕은 알려져 있다. 승자는 영웅이 되고 패자는 역적이 되는 냉정한 역사의 심판에서 위대했던 의자왕이 안타까웠다. 문 교수는 의자왕에게 인간적인 연민도 들었고 한편으로는 진실을 밝혀내지 못한 죄스러움도 들었다.

'의자왕, 그도 인간이기에 완벽할 수는 없었겠지. 그러나 패자는 말이 없는 법. 그의 웅장한 뜻을 후손들이 알아주지 못하고 사치와 향락의 대명사가 되어 버린 비운의 백제 대왕 의자왕, 역사에서 조롱거리로 전락한 그는 지금 지하에서 무슨 생각을 하고 있을까?'

문 교수는 그 생각을 하면 1,400년이 지난 지금도 고독하고 외롭게 평생을 살아갈 수밖에 없었던 의자왕의 혼령이 한반도를 떠돌고 있는 것 같아서 가슴이 찢어지는 듯했다. 일제 식민지 사관에 물들어 있는 우리의 사학계도 원망스러웠다. 의자왕은 외교에 실패를 했을지언정 결코 무능한 군주, 타락한 군주는 아니었다.

세 사람이 공항을 빠져나왔다. 비행기로 한 시간 남짓 걸린 거리이지

---

40 신채호 申采浩가 우리나라 상고시대의 역사를 기록한 책으로 단군시대로부터 백제의 멸망과 그 부흥운동까지 서술하고 있다. 총론은 1924년에 완성되었으며, 1930년의 《조선사연구초》 발간에 이어 1931년부터 〈조선일보〉에 연재되었다. 민족주의에 입각하여 전통적인 유교사학과 개화기사학, 일본황국사학의 한국사 왜곡을 시정하고 이들의 역사인식 및 역사연구방법을 극복하려 한 한국근대역사학의 중요한 저작이다.

만 백제 시대에는 두 달이 걸리는 거리였다. 마사코는 출구를 빠져나와 지하철을 타러 가기 전 창 밖에 펼쳐진 한국의 하늘을 쳐다보았다.

"드디어 제가 한국엘 왔군요."

문 교수와 조민국은 그녀가 상념에서 빠져나오기를 기다렸다.

전설의 청동거울

조민국은 마사코의 숙소에 각별하게 신경을 썼다. 부여롯데 리조트의 내부 사진을 여러 차례 스마트폰으로 보여주며 확인을 받았다. 무령왕릉을 보러 온 길이니 굳이 서울에 숙박을 잡을 필요가 없겠다 싶어 정한 숙소였다.

문 교수와 조민국도 서울을 거쳐 마사코와 공주로 내려왔다.

"안내해주시는 건 고마운데, 바쁘시지 않나요?"

저녁을 먹기 위해 리조트 내 식당에 자리 잡은 후 마사코가 물었다.

"아직 개학 전이라 좀 한가합니다. 개학하려면 한 달은 더 남았고요."

"맞아요. 이런 방학 때가 아니면 저희 교수님은 어디 움직이지 못하세요. 학기 중에는 항상 바쁘시거든요."

문 교수는 한국을 처음 찾은 마사코를 위해 한정식을 주문했다. 오사카에서 먹었던 한정식과 한국에서 먹는 한정식은 다를 터였다. 문 교수는 마사코를 바라보며 1,400년 전의 제명 공주를 생각했다. 제명 공주는 결국 백제의 땅을 밟아보지 못했다. 제명 공주의 영혼이 마사코를 한국에까지 오게 만든 것인지도 모르겠다는 생각이 들었다.

부드러운 음식부터 차례대로 나왔다. 그 동안 마사코는 백제와 연관되어 한국에서 들를 만한 곳들에 대해 질문했다. 여러 곳을 조민국이 설명했는데 그녀는 백제의 마지막 수도가 있었던 사비성에 꼭 가보고 싶다고 말했다. 그리고 의자왕이 마지막으로 거처했던 웅진성도 안내를 부탁했다. 지금 마사코의 반짝이는 눈은 임성 태자요, 제명 공주의 눈이었다. 고향으로 돌아가기를 갈망했던 백제 도래인 모두의 눈이자 마음이었다.

문 교수는 괜히 마음이 아려 소주를 들이켰다.

"난고촌이라고 들어보셨죠?"

문 교수는 들어본 마을이었다. 하지만 조민국은 처음 들어본 이름이었다.

"규슈의 미야자키에 있는 작은 마을입니다. 산골마을이라 인구도 많지 않고요. 여기에 전설이 있습니다."

문 교수는 알고 있는 전설이었다.

1,400년 전 백제가 멸망하고 얼마 지나지 않아 백제의 왕자 정가왕이 규슈로 피난을 오던 중 폭풍우를 만나 배를 피신시키기 위해 정박한 곳이 난고촌이었으며 그곳에 정착했다는 전설이었다. 하지만 함께

떠났던 그의 장남인 복지왕은 다른 배로 피난을 오고 있었는데 그의 배는 난고촌에서 90km 떨어진 다른 해안에 정박하게 되었고 그곳에 정착했다고 한다. 오늘날 기조정이라고 불리는 지역이었다.

조민국은 마사코의 이야기를 진지하게 들었다.

"두 사람이 서로 행방을 알게 되었어요. 서로 왕래를 하고 지냈다고 합니다. 그런데 정가왕과 복지왕을 제거하려는 추격자들이 난고촌으로 들어왔고 복지왕이 달려가 아버지를 도와주었지만 결국 난고촌 뒷산에서 두 왕이 죽음을 맞이하죠. 이 이야기가 전설인지 사실인지 알 순 없지만 아무튼 두 왕이 죽은 뒷산의 돌이 두 사람이 흘린 피 때문에 붉게 물들어서 지금도 그쪽 산의 돌은 붉다고 하네요."

문 교수가 덧붙여 설명해 나갔다.

"지금도 매년 12월이면 난고촌 사람들하고 기조정 사람들이 자리를 함께하는 행사를 하고 있지. 한바탕 놀고 헤어질 때 인사를 하는데 그들은 자신들이 하는 말의 뜻을 제대로 알지 못해."

"오사라바!"

문 교수의 말에 마사코가 추임새를 넣듯 한 마디를 거들었다.

"뭐라고요?"

"오사라바. 일본인들은 정작 그 말뜻을 몰라. '살아봐'라는 뜻도 있고 '살아서 보자'라는 뜻도 있지. 그 말을 그대로 전달한 거야."

마사코가 냅킨으로 입을 닦았다.

"일본에서 먹는 한정식보다 훨씬 담백하네요."

"한국의 정식이니까 그렇겠죠."

조민국이 마사코 앞으로 식혜를 슬그머니 밀어주었다. 마사코는 못 본 척했다. 문 교수 역시 모른 척했다.

"그런데 전설인 줄로만 알았던 이야기가 사실일 수도 있다는 유물들이 나왔어요."

"그게 뭐죠?"

조민국이 테이블 앞으로 바짝 몸을 붙였다.

"정가왕을 모시는 미카도신사라는 곳에서 고대 청동거울 33개가 나왔어요."

"청동거울이오?"

조민국이 의자에서 벌떡 일어났다.

"그럼 그게 전설이 아니고 사실이라는 말이잖아요. 고대에서 청동거울이라면 강력한 왕권의 상징이잖아요."

난고촌 일대에는 정가왕과 복지왕 말고도 백제왕이 왔었다는 전설이 곳곳에 흩어져 있었다. 기조정에서 남쪽으로 대략 50km 내려간 지역에 다노정이라는 마을이 있고 그 마을에 신켄신사라는 신사가 있었다. 이곳에 왕의 죽음을 알리는 돌비석이 있다. 하루는 왕이 말을 달리다 우물에 빠져 죽었다는 전설이 있는 신사였다. 백제 멸망 후에 왜로 건너온 백제 왕자들의 이야기가 일본 곳곳에서 전설처럼 떠돌아다니고 있었다. 그만큼 백제 왕족들이나 귀족들이 백제 멸망 후에 일본으로 대거 피난을 온 것이었다. 백제 왕족들의 신사가 일본의 각 지역에 퍼져 있는 것은 그 당시 왜의 사람들은 백제왕족을 신성시해서 왕이라는 호칭을 붙이면서 신사를 짓고 숭배하였던 증거 중의 하나였다.

"그 다노정의 신켄신사에서 문서가 하나 발견되었어요. 백제국의 왕이 다노정으로 왔다는 문서요."

"그만큼 그 시절에는 백제와 왜가 이웃처럼 가까웠다는 말이지."

"혼슈의 아스카 지역은 무덤들이 전방후원분의 형태를 띠고 있어요. 일본 학자들은 이게 일본 고유의 고대 왕족의 무덤 양식이라고 말하곤 했죠. 그런데 함평과 나주 등 전라도 지역에서 전방후원분이 발견되면서 그 주장은 꼬리도 없이 사라져버렸어요. 일본의 고대 왕들의 무덤은 백제의 무덤을 그대로 옮겨놓은 양식이었거든요."

"그리고 그 무덤에서 나온 유물들이 무령왕릉에서 나온 유물과 쌍둥이처럼 닮아 있지."

"아, 그래서 마사코 양이 무령왕릉을 보러 온 거군요."

마사코가 가볍게 고개를 끄덕였다.

"꼭 그것만은 아니에요. 백제를 느끼고 싶었고, 무령왕은 임성 태자의 할아버지로 제게도 선조이니 후손으로서 뵈러 온 것이에요."

마사코는 갑자기 고개를 숙이고 손으로 입을 가렸다. 그러더니 어깨를 조금 떨었다.

"저 피곤해서 먼저 일어나겠습니다."

마사코는 의자를 뒤로 빼더니 목례를 한 후 방을 빠져나갔다.

"교수님, 갑자기 왜 저러죠?"

조민국은 좌불안석이었다. 문 교수의 짐작대로라면 조민국은 마사코에게 마음을 뺏기기 시작한 듯했다.

"그럴만한 이유가 있겠지. 내일 말해줄 것도 같은데."

"교수님은 이유가 뭔지 아시는 것 같네요."

"나도 몰라. 우리도 피곤한데 그만 올라가 쉬자. 내일 송산리 고분군을 다 돌아다니려면 힘을 비축해놔야지."

두 사람도 자리를 정리하고 식당을 빠져나왔다. 문 교수와 조민국은 말없이 리조트의 정원으로 향했다. 시골이라 그런지 밤하늘에 쏟아져 내릴 듯 별이 가득했다.

"임성 태자의 46대손이 무령왕을 만나러 왔다! 역사적인 사건이네. 내일 왕릉 참배는 올릴 수 있다고 했지?"

"네, 문화원장님하고도 이야기가 되었고 시청에도 말해뒀고 공원관리소에서도 허락을 받아놨습니다."

"그래야지. 일본에서 백제를 그리워하며 살았던 후손이 찾아왔는데 참배를 드려야지."

문 교수는 오랫동안 밤하늘을 쳐다보았다. 서편 먼 곳에서 유성 하나가 떨어지는 걸 보았다.

가문의 유언

　제복을 입은 마사코가 무령왕의 능 앞에 섰다. 제단에 간소한 음식이 차려져 있었다. 실로 역사적인 순간이 아닐 수 없었다. 문 교수와 조민국 그리고 공주문화원 관계자들은 물론 시청 담당자까지 나와 이 광경을 지켜보고 있었다.

　문 교수는 언론에 알려야 한다는 문화원 관계자들을 설득하느라 애를 먹었다. 일본 역사학계가 잔뜩 경계하고 있어서 굳이 외부로 알릴 필요가 없을 것이라고 설명했다. 다행히 언론엔 알리지 않고 몇 명만 참석하기로 결정이 되었다. 그렇게 대여섯 사람만 무령왕의 능 앞에 섰다.

　백제 고유의 전통복장을 입은 마사코는 술을 따르고 무령왕에게 절을 올렸다. 날은 더웠지만 어쩐 일인지 능 주변으로는 시원한 바람이 맴돌았다.

문 교수는 한 번 절을 하고 두 번 절을 한 후 일어서는 마사코의 어깨가 떨리는 걸 보았다. 그녀는 무덤에 술을 뿌리고 다시 한 차례 절을 올린 후 뒤돌아섰다. 문화원 관계자가 돗자리며 준비된 음식들을 싸들고 돌아갔다. 누군가는 마사코를 중심으로 사진도 몇 장 찍었다. 무령왕릉에는 문 교수와 조민국 그리고 마사코만 남았다.

세 사람은 나무 그늘 아래 앉아 작은 동산 크기의 무령왕릉을 올려다보았다.

"아버지의 유언이셨어요."

마사코가 뜬금없이 입을 열었다.

"오우치 기미오가 저희 아버지세요. 아버진 1990년엔가 한국에 다녀가셨죠."

"아버님은 언제 돌아가셨나요?"

"반년쯤 전에 돌아가셨어요."

마사코는 담담하게 말했다. 그녀가 무령왕에게 절을 올리며 흐느꼈던 이유가 아버지 때문인지도 모르겠다는 생각이 들었다. 아버지의 유언을 지키러 온 사실과 1,400년 전의 조상에게 처음 얼굴을 보이고 있다는 감상까지 보태져 그녀를 더욱 슬픔에 젖도록 만들었던 것이리라.

"아버진 거의 평생을 백제사에 묻혀 지내셨어요. 백제 유물이 발견되면 어디를 막론하고 달려가셨고요. 아마 일본 내에서는 백제에 관한 자료를 가장 많이 가지고 계신 분일 겁니다."

"임성 태자 후손이셨을 테니까."

"전 아버지가 그렇게 사시는 거 정말 싫었어요. 온통 백제, 백제, 백제뿐이었으니까요. 엄마도 저도 안중에 없으셨어요."

그녀는 한 차례 길게 한숨을 내쉬었다.

"돌아가시기 사흘쯤 전에 저를 불러놓고 말씀을 하셨어요. 곤지왕에서부터 백제의 멸망까지. 그리고 제명 천황과 의자왕에 대해서도. 마지막으로 백제 부활에 평생을 바친 임성 태자에 대해서도요. 어렸을 때도 많이 들었을 텐데 기억이 나지 않았어요. 그런데 묘하게도 서른이 넘은 나이에 그분들의 삶에 대해서, 그리고 잃어버린 백제의 역사에 대해서 듣기 시작하자 가슴이 너무 아픈 거예요. 저는 임성 태자는 물론 제명 천황, 의자왕, 곤지왕, 동성왕 그리고 지금 제 앞에 있는 무령왕을 부정하면 저라는 존재 자체가 의미가 없다는 걸 깨달았죠. 전 이분들의 정통 후손이었던 거죠."

문 교수와 조민국이 고개를 끄덕거렸다.

"여기에 잘 오셨네요. 무령왕께서 마사코를 기다렸는지도 모르겠어요."

"6개월 전에 아버지가 마지막으로 남긴 유언 중 하나가 《씨족기》를 찾으라는 거였어요. 아버지는 평생 찾지 못했던 족보를 제게 맡기신 거죠. 그래서 요즘 유적지를 많이 돌아다니고 그랬던 겁니다. 어디엔가 그 단서가 있을 거 같아서요."

그 말을 듣고 문 교수는 오우치 마사코가 왜 그렇게 학술발표에서 일본 학자들의 반대를 무릅쓰고 강하게 이야기했는지, 그리고 자신을 미행했는지 이해가 되었다. 문 교수는 무령왕릉 위로 내려앉는 햇살을 보았다. 멀리 일본에서 손녀가 왕을 보러 왔다고 말해주었다. 환영이었을까? 그동안 사료에서 보았던 왕들이 무령왕의 능 주변에 둘러서서 담소를 나누고 있는 모습이 보였다. 곤지왕, 동성왕, 무령왕, 성왕, 위덕왕, 아좌 태자, 임성 태자, 무왕, 의자왕 그리고 제명 공주. 그들은 분명 문 교수와 조민국 그리고 마사코 쪽을 쳐다보며 이야기를 나누었다. 그들이 세 사람에게 백제의 혼을 전달해주려 하는 것만 같았다.

무령왕릉

"1971년 송산리 5, 6호 고분의 배수로 공사 중에 우연히 무령왕릉이 발견되었습니다. 축조연대는 물론 피장자가 분명했고 부장품이 한 점도 도굴 당하지 않은 채 고스란히 발견되었는데 정말 기적 같은 일이었죠. 더군다나 일제 강점기 때부터 능의 대부분이 도굴을 당했는데 무령왕릉은 무사했던 겁니다."

문 교수는 송산리 고분군[41] 전시장으로 들어서며 말했다. 무령왕릉은 결로 등의 현상이 일어나며 보존을 위해 영구 폐쇄한 상태였다. 아쉽지만 모형으로라도 볼 수 있다는 게 다행이었다. 발견되지 못했거나 누

---

[41] 송산리 고분군은 충청남도 공주시 송산리(현재 행정구역명은 웅진동)에 위치한 백제의 왕릉들로 추정되는 고분들로 현재 1, 2, 3, 4, 5, 6, 7호 분이 복원되어 있다. 이중 7호 분은 무령왕릉으로 더 널리 알려져 있다. 무령왕릉은 공주 송산리 고분군 가운데 7번째로 발견된 고분으로, 백제 무령왕과 그 왕비의 능이다. 1971년 7월 7일 처음 발굴되었다.

군가에게 이미 도굴을 당했다면 무령왕을 볼 낯이 있었겠는가.

"이 왕릉에선 부장품들이 거의 원형 그대로 발견이 되었는데 그중에 주목할 만한 게 바로 동경일 겁니다."

왕이 백성들 앞에 설 때 청동거울을 목에 걸고 나갔다고 한다. 햇빛을 받아 거울은 더욱 빛이 났을 터였다. 왕은 빛과도 같은 신성한 존재로 여기던 시절이었다. 거울은 그 역할을 충실히 해낸 물건이기도 했다.

세 사람은 고분 안까지 들어왔다. 밖은 제법 더웠지만 안은 서늘할 정도로 시원했다.

"고분의 구조는 중국 남조에서 유행하던 벽돌무덤博築墳의 형식입니다. 왕과 왕비를 합장했는데 왕이 동쪽, 왕비가 서쪽에 놓였고 머리 방향은 입구 쪽인 남쪽을 향하고 있죠. 이 능에서 가장 중요한 유물 중 하나가 바로 청동거울[42]입니다. 아시다시피 거울은 강력한 왕권의 상징이죠."

세 사람은 천천히 전시실을 빠져나와 편의점 앞의 간이 테이블 앞에 앉았다. 멀지 않은 곳에 하늘을 향해 솟은 능들이 보였다. 이곳엔 모두 7기의 능이 있는데 그 피장자를 알 수 있는 경우는 무령왕릉이

---

[42] 무령왕릉에서 3개의 청동거울이 출토되었다. 첫 번째가 청동신수경靑銅神獸鏡으로 발받침 쪽에서 발견되었다. 두 번째 거울은 의자손수대경宜子孫獸帶鏡으로 왕의 머리 쪽에서 발견되었으며 이 거울이 무령왕릉에서 출토된 거울 중에 가장 크며 가운데 고리구멍에는 직물의 조각을 접어서 만든 끈이 부식된 채 붙어 있었다. 세 번째 거울은 수대경獸帶鏡으로 왕비의 관장식 아래에서 발견되었다. 지름이 각각 17.5cm, 21cm, 18.1㎝로 거울의 규모가 제법 큰 편이다.

　　　　　　　　　　　　　　　무령왕릉

유일했다. 다른 무덤들은 도굴의 과정에서 훼손되거나 사라져버렸다. 그래서 무덤의 주인을 알지 못했다.

"그래요. 모르고 보면 그냥 조금 큰 무덤에 지나지 않지만 알고 보면 이 능은 굉장히 많은 이야기를 함축하고 있어요. 특히 백제와 일본의 역사를. 우리가 알지 못한 채 왜곡되어버린 역사를 말이죠."

문 교수나 조민국이 하면 어울렸을 법한 말이 마사코의 입에서 흘러나왔다.

백제 부활의 노래

세 사람은 물을 마시며 능 위에 내려앉는 노을을 바라보았다.

"곧 문 닫을 시간입니다."

"그래요. 사실 아버지가 돌아가시기 전에 무령왕릉을 다시 한 번 보고 싶어 하셨는데. 제가 대신 왔으니 됐네요."

세 사람이 주차장으로 향했다. 마사코는 말없이 걸었고 조민국은 불안하게 걸음을 옮겼다. 그런 두 사람을 보며 느긋한 사람은 문 교수 뿐이었다. 세 사람은 인근의 '무령가든'이라는 곳으로 향했다. 고기를 주재료로 하는 음식점이었다. 오전 늦게 아침과 점심을 겸해 먹었던 터라 저녁을 일찍 먹기로 했다.

방에 앉은 세 사람은 음식을 주문했다.

"우린 적어도 곤지왕 시절부터 역사적 사료들을 다시 재정립해야 할 겁니다. 그래야 지금 우리가 마주한 무령왕릉의 찬란함이나 그 가치를 이해할 수 있을 겁니다."

문 교수가 먼저 입을 열었다. 그는 한동안 곤지왕의 아버지 개로왕이 수도였던 한성을 빼앗기고 전사하면서 백제의 운명이 풍전등화에 놓였을 때 백제의 선택에 주목해 연구를 했었다. 개로왕은 전장에서 최후를 맞이하기 전에 왕자들을 불러 놓고 마지막 백제를 살리기 위해 여러 가지 대안을 만들었을 것이다. 나라를 운영하는 왕이라면 의당 그랬을 가능성이 컸다. 당시의 일본 즉 왜는 가야나 백제에서 가족 단위로 건너가서 왜의 원주민을 정복하여 부족 국가 단위의 형태로 소규모 집단을 이루고 있었다. 개로왕의 전사 이후에 백제인들이 대규모로 왜로 건너간 것은 처음이었다. 따라서 일본학자들도 고대국가로서의 틀이 이 시기부터 시작되었다고 보고 있었다.

그 사이 밑반찬들이 상 위에 깔렸고 신선로에 담긴 불고기가 나왔다. 세 그릇의 돌솥밥과 공주의 명주로 알려진 백일소주가 상 위에 올라왔다.

"왕의 수라에 올라가던 술이랍니다. 도수가 좀 높긴 한데 뒤가 깨끗하고 담백한 술이죠. 숙취도 거의 없는 술이라네요."

도자기 병에 담긴 술을 조민국이 따르며 설명했다.

"넌 이런 잡다한 지식을 어디서 주워들은 거냐?"

"교수님도 참, 주워들은 거 아니고요. 교수님 모시고 다니려니까 가는 곳마다 우리 문화가 배어 있는 물건이나 음식 등에 대해서 미리미리 공부해둔 겁니다."

다시 보아도 기특했다. 조민국과 같은 청년 몇 명만 있으면 왜곡된 한국의 고대 역사는 금방 바로 잡힐 것만 같았다.

술잔이 돌고 각자 입에 맞는 찬과 밥을 안주 삼아 입에 넣었다.

"일본의 사료를 뒤져보면 분명히 곤지왕의 큰아들이 동성왕이고, 둘째가 무령왕이고, 다섯째가 게이타이 천황이 되었다는 기록이 나와 있어요."

마사코가 문 교수의 이야기에 추임새를 넣듯 말을 이어나갔다.

"그런데 곤지왕은 유령과 같은 인물이 되어 버렸죠. 아시겠지만 한국의 역사책에도 일본의 역사책에도 사라진 유령과 같은 인물이 되어 버린 겁니다. 곤지왕에 대한 연구를 하면 할수록 그가 얼마나 대백제를 꿈꾸었는지를 짐작할 수가 있어요. 그나마 《일본서기》엔 몇 줄이라도 그분에 대한 기록이 나오는데 한국의 역사학계는 곤지왕의 존재를 인정하지도 않더군요. 왜냐하면 《삼국사기》에 나와 있지 않으니까 인정할 수 없다고 하던데 그 말이 사실인가요?"

마사코가 문 교수를 바라보았다.

"사실이에요. 《삼국사기》에 곤지왕에 대한 기록은 없어요. 김부식이 백제가 멸망한 후에 500년이 지난 다음에 기록한 역사서인데다 승리자 신라 위주로 쓰인 역사서로 백제를 축소시킬 수밖에 없었을 테지요. 게다가 왜로 건너가 고대 국가의 기틀을 닦은 곤지왕에 대해 기록해줄 리가 없겠죠."

백제 부활의 노래

"그나마 《일본서기》와 《백제신찬》, 《신찬성씨록》에서는 곤지왕으로 높여 부르고 있어요. 이것은 그가 당시의 야마토에서는 매우 중요한 인물임을 보여주고 있다는 이야기죠. 당시 천황이라는 말이 없었다는 점을 감안해본다면, 그분이 왜왕倭王 위에서 관리했을 가능성이 매우 커요. 그래서 개로왕은 왜에서 백제 왕실의 확고한 지배력 강화를 위해 자신의 아들인 곤지왕을 보낸 것으로 여겨지고 있죠. 어떤 의미에서 곤지왕은 본국 백제의 왕으로부터 왜의 야마토 지역에 대한 지배권을 위임받아 간 것으로 봐도 좋을 겁니다. 곤지왕 이전에는 왜에서 백제의 지방관리 중의 하나인 담로가 다스리던 것을 개로왕의 아들 곤지왕이 건너가면서 백제 왕족이 직접 왜를 다스리게 된 것이죠"

"일종의 담로 수장으로 왜로 건너간 거군요."

조민국이 빈 잔에 다시 술을 채우며 말했다.

"술이 제법 독하네요."

"40도짜리라 그래요. 그래도 뒤가 깨끗하니 나쁘지 않을 겁니다."

술을 비운 마사코가 코끝을 찡그렸다.

"술을 못하시면 안 하셔도 됩니다."

"많이는 먹지 못하지만 그래도 어느 술자리든 취하지 않고 끝까지 앉아 있기는 합니다. 간간이 술도 마시면서요."

"그럼, 아주 못하시는 건 아니네요."

조민국이 빙글빙글 웃으며 대응했다. 그의 얼굴이 반들거리며 빛났다. 다시 대화가 곤지왕에 대한 이야기로 돌아갔다.

"일본에는 곤지왕에 대해 민간 기록도 많이 남아 있습니다.《일본서기》에서도 조금밖에 언급이 안 되고 있지만, 이 책도 백제 멸망 후에 새롭게 쓰였기 때문에 의도적으로 천황을 내세우기 위해서 백제의 대왕을 폄하하기 시작했을 겁니다. 그렇지만 곤지왕을 그들 천황의 조상으로 인정하는 문서가《신찬성씨록》에서 발견되면서 일본 역사학계는 술렁거렸고 일제 강점기 이후로《신찬성씨록》을 허구의 문서로 만들어 일부러 사이비문서로 만들어버리기도 했죠."

마사코의 고대 일본과 백제에 대한 지식은 학자 수준이었다. 문 교수는 그런 그녀가 고마웠다.

"《일본서기》는 정치적인 목적으로 편찬된 사서이잖아요. 초기의 천황들에 대해 중요한 역사적 왜곡이 많을 수밖에 없었을 겁니다. 천황의 가계도를 설명한 부분의 기록들을 보면 납득하기 어려운 부분도 매우 많고요. 한 가지 분명한 것은 6세기 고구려 장수왕의 남하정책으로 백제가 수도 한성을 잃고 남쪽으로 피난을 갈 무렵, 왜로도 대거 군사가 이동한 기록이 나오고 있다는 겁니다. 다시 말해서 개로왕 전사 이후에는 백제왕족인 부여계가 확고히 왜를 장악했다는 사실입니다. 근초고왕 당시에 일본을 공략하여 조공을 받기도 했고 담로를 통해서 지배했지만 실효적實效的 지배를 하지는 못했죠. 그런데 고구려의 남하가 계속되자 왜를 보다 실질적으로 지배하지 않으면 안 되는 절박감이 쌓인 겁니다. 개로왕의 아들인 곤지를 직접 파견하게 한 것으로 추정되는 이유입니다. 그러려면 토착화된 많은 반부여계 세력의 대대적인 숙청이 필요했을 테고요. 그 임무를 곤지에게 맡겼을 거라 생각되어요."

백일소주 한 병을 거의 다 비웠지만 세 사람은 전혀 취기를 느끼지 못했다. 술이 좋아서이기도 하겠지만 알려지지 않은 백제의 역사에 대해 밝히려는 그들의 열정이 술의 취기를 몰아낸 때문이기도 했다.

"그런 곤지의 둘째 아들이 바로 오늘 우리가 만난 무령왕입니다."

문 교수의 말이 숙연하게 들렸다.

"부여 사마. 한동안 일본에서 지낸 시절이 있었죠. 그런데 형님이자 백제의 왕이었던 동성왕이 고구려 침공을 반대하는 웅진의 토착귀족들의 음모에 희생되면서 부여 사마가 백제로 건너오고, 이후 백제의 25대 왕인 무령왕이 된 것입니다. 그리고 그의 동생인 계체(게이타이)를 왜왕으로 임명하게 됩니다."

테이블 위를 오가는 말들은 고대 백제 역사의 진실들인지도 몰랐다.

"곤지왕의 무덤도 백제의 횡혈식 석실고분입니다. 곤지왕도 결국엔 백제로 돌아가지 못했죠. 그때만 해도 호족 세력들이 득세를 했는데 그나마 왕실에 우호적이었던 목가 집안의 병력과 힘을 합하면서 반대세력을 정리하고 부여 사마가 백제 25대 무령왕으로 등극하죠."

문 교수와 조민국은 역사학자 못지않게 꼼꼼하고 정확하게 말을 이어가는 마사코를 넋놓고 쳐다보았다.

"정말 연구를 많이 하신 모양이네요."

"공부를 많이 한 건 아니고요. 우리 집안에 전해져 내려오는 이야기들을 그냥 주위들은 거예요. 집안 어른들이 모이기만 하면 온통 그 시절 이야기밖에 안하시거든요. 그리고 집안 어른들이 어딜 다녀오시면 득달같이 아버지를 찾아와 유적과 유물에 대해 이야기를 전해주시곤 하셨어요."

503년 무령왕은 백제에서 안정을 찾은 후에, 어릴 때 이름이 남대적 男大迹이라고 불렸던 동생, 계체왕에게 선물을 보냈다. 자신을 대신해 왜를 잘 다스리고 있는 사실에 대한 선물이자 형이 동생에게 보내는 애정의 표시이기도 했다.

"일본에 오셨을 때 보셨겠지만 그때 제작한 게 바로 인물화상경이라는 거울이었습니다. 거울을 동생에게 선물한 거죠."

백일소주가 한 병 더 방으로 들어오고 병이 반쯤 비워졌을 때, 훈훈한 취기가 올라왔다.

"무령왕에 대해서는 《일본서기》에도 상세하게 기록이 나와 있어요. 군사 5천 명을 이끌고 본국 백제의 목만치 장군의 후손들과 손을 잡고 형님인 동성왕을 시해한 백가를 위시한 반역 세력을 진압하기 위해서 바다를 건넜다는 기록이에요."

"그 일을 두고 식민사관의 일본학자들은 왜에서 왕을 파견한 거라고 보기도 합니다. 무령왕이 형님 동성왕의 복수를 한 것을 두고, 백제가 왜의 속국이었다는 황당한 논리죠."

세 사람이 자리에서 일어났다. 밤이 늦은 때문이었다. 마사코는 하루 종일 긴장한 탓인지 피곤해 보이기도 했다.

"그래, 뭔가 좀 얻으셨습니까?"

문 교수가 물었다.

"하나 둘 마음에 쌓이고 있는 것 같아요. 제가 해야 할 일들에 대해 마음을 다지는 거죠. 이렇게 쌓다보면 어느 순간 문득《씨족기》의 행방을 알 수 있지 않을까요? 그《씨족기》만 나오면 일본 사학계는 물론 한국의 사학계에서도 인정하지 않는 일들에 대해 인정하게 되겠지요. 그보다는 우선 진실이 밝혀지겠지요."

문 교수와 조민국은 그녀를 방 앞까지 배웅해준 후 부족한 술기운을 채우러 호프집으로 향했다. 두 잔의 생맥주와 마른안주를 주문했다. 무엇보다 두 사람의 안주로는 아무래도 우리나라 고대 역사가 제격이었다.

"민국아,《고사기》나《일본서기》에 보면 게이타이 천황의 전임인, 부레쓰 천황에게 자손이 없어 '오진 천황의 5세 손'인 게이타이를 천황으로 맞아들였다고 기록되어 있어. 게이타이 천황의 특수한 즉위 사정을 둘러싸고 여러 논의나 추측이 존재하고 있는데, 기존의 기록을 존중하더라도, 게이타이 천황을 오진 천황 집안의 5대 후손으로 인정해줄 수는 있겠지. 하지만 일본 패망 후 민주주의가 일본에 정착되면서 일본 자국의 역사, 특히 천황과 관련한 자유로운 연구가 활발하게 이루어진 거야. 게이타이는 그전의 천황 집안과는 혈연이 없는 신왕조新王朝의 새로운 천황이라는 설이 제기되기에 이르렀던 거지. 이것이 미즈노 유우水野祐가 주장한 삼왕조교대설三王朝交替説이야.

이 경우 오늘날의 천황가로 이어지는 천황의 계통은 일체의 변동이나 단절 없이 하나의 피로만 이어져 내려왔다는 이른바 '만세일계 萬世一系'는 부정되는 거지. 역사에서 갑자기 등장한 제26대 게이타이 천황에서부터 야마토 왕권의 새로운 천황 왕족이 이어진다는 이야기이니까. 《일본서기》는 백제 멸망 후에 백제와의 단절을 시도하면서 일부러 백제의 흔적을 지우기 위해서 지어졌기 때문에 그 당시에 천황으로 불리지도 않았는데 천황이라는 호칭을 억지로 갖다 붙이고 천황의 신성함을 강조하기 위한 만세일계를 역사적 사실로 만들려는 의도가 깔려 있지. 미즈노 유우의 주장처럼 게이타이 천황은 백제 개로왕 전사 이후에 왜로 건너온 개로왕의 둘째아들 곤지왕이 기존의 담로왕을 폐지하고 그의 아들을 왜의 왕으로 임명하는 시점과 동일하기도 하고. 일본은 게이타이 천황이 어디에서 왔는지 얼버무리고 있어. 백제 곤지왕의 아들이라는 사실이 양심 있는 일본 학자에 의해 밝혀졌지만 정설로는 인정되지 않고 있지."

조민국은 취기가 올랐음에도 눈을 말똥말똥 뜨고 문 교수를 바라보았다.

"우리나라 젊은이들이 진짜 불쌍합니다."

"왜?"

"저는 그래도 교수님을 만나서 우리 고대사의 진짜 역사를 알게 되었지만 다른 젊은 친구들은 이런 고대사를 전혀 모르잖습니까."

"그러니까 나랑 너랑 얼른 역사의 진실을 알려야지. 그리고 진실된

백제 부활의 노래

역사로 우리 젊은이들이 공부할 수 있게 만들어줘야지."

"그 말씀은 맞는데 그게 쉽지 않습니다."

"쉽지 않겠지. 나만 해도 벌써 30년 세월 동안 고대사 연구를 해왔지만 우리 학계가 별로 바뀌지 않았으니까."

문 교수는 씁쓸한 기분을 떨쳐내려고 맥주를 한 모금 들이켰다.

공주의 밤이 깊어갔다. 문 교수는 공주에서 밤을 맞이할 때마다 죄스러움을 떨쳐낼 수가 없었다. 고대사를 특히 백제사를 연구해온 학자로서 누구보다 의자왕의 주검이 어디에 있는지 밝혀내지 못한 때문이었다. 그나마 제명 공주의 능은 밝혀졌지만 의자왕의 무덤은 어디에 있는지 아무도 알지 못했다. 추론만 할 뿐이었다. 그 역시 문 교수와 조민국이 밝혀내야 할 일이었다.

두 사람이 자리에서 일어서려는데 마사코로부터 전화가 걸려왔다.

"전해 내려오는 이야기가 더 있는데 전해 드리지 못한 것 같아서요. 이제 와서 후회한들 소용없는 일이지만요. 아버지나 다른 어른들한테 집안 이야기를 들을 때마다 기록을 해놓았으면 이런 번거로움이 없었을 텐데요."

"아직 안 주무셨나요?"

"잠이 안 오네요. 이런저런 생각 때문에…."

마사코는 잠깐 뜸을 들였다. 조민국이 문 교수 곁에 바짝 다가와 앉았다.

"무령왕의 죽음을 전해들은 게이타이 천황은 3년의 국상을 선포했어요. 게이타이 왕과 무령왕이 연관이 없었다면 아마 그런 선포도 안 했겠죠. 형님의 죽음을 애도하기 위해서였다는 말을 들었던 것 같아요. 게이타이는 형님 무령이 죽은 후, 삼년상을 치르고, 형님의 뜻을 이어받아 526년 야마토에 도읍을 정했다고 해요. 이때부터 야마토 정권이 시작되었던 겁니다. 그는 야마토에 도읍을 옮기고 본국 백제의 도움을 받아 지방의 귀족 세력들의 힘이 강화되는 걸 억제하면서 왕권을 강화시켰다고 해요. 게이타이 천황은 백제 본국의 조카인 성왕에게 대왕의 예로서 섬겼다는 게 우리 집안 이야기예요. 그러다 531년 게이타이 천황도 아버지 곤지왕과 형님 무령왕의 뜻을 이루지 못하고 세상을 떠나게 되죠. 천황의 자리는 장남 안칸에게 물려주고 생을 마친 것입니다. 게이타이 천황이 죽은 후에 그의 세 아들이 왜의 왕을 이어갔고요. 안칸 천황, 센카 천황, 긴메이 천황이 바로 그들이에요. 그리고 긴메이 천황의 아들과 딸이 비다쓰, 요메이, 스슌, 스이코로 이어졌으며 곤지왕의 증손녀인 스이코 천황이 자손이 없어 임성 태자의 아들이 조메이 천왕이 되며 왜 왕실과 백제 왕실은 곤지왕의 후손으로 끈끈하게 이어져 오고 있었습니다."

마사코는 역사적 사실의 발생 연도까지 정확하게 기억하고 있었다.

"기억력이 좋으시네요."

"하도 많이 들어서 그런 거예요. 어른들이 모이시면 백제와 왜에 관한 이야기밖에 안 하셨으니까요. 밥을 먹을 때도 백제 술을 마실 때도 백제. 지긋지긋했는데, 이제와 생각해보니 지긋지긋해 할 일이 아니었어요. 내일 사비성에도 같이 가주실 거죠?"

"네! 그래야죠."

조민국이 느닷없이 대꾸했다. 마사코도 곁에 앉아 있던 그의 목소리를 들었는지 웃었다.

"푹 자요. 우리가 찾고자 하는 기록들이 발견되도록 무령왕께서 도와주실지도 몰라요. 의자왕도 도와주실 거고요."

문 교수는 마사코와 통화를 끝낸 후 남은 맥주를 단숨에 들이켰다. 갈 길이 멀지만 그래도 빛이 보이는 것 같아 행복한 저녁이었다. 문 교수는 호프집 벽에 걸린 달력에 자연스럽게 눈길이 갔다. 무령왕이 머리에 썼을 금관의 사진이 담긴 달력이었다.

"민국아, 오늘이…."

"7월 18일입니다."

"아!"

문 교수는 절로 신음이 터져 나왔다.

오늘은 백제가 멸망한 날이었다. 웅진성에서 예식 장군의 배신으로 백제의 마지막 왕이 붙잡히며 백제가 멸망한 날. 의자왕의 영혼이 마사코를 공주로 부른 것인지도 모르겠다는 생각이 들었다.

chapter 10

백제와 왜, 660년

백제로 가라

660년 7월 18일.

제명은 의자가 붙잡혔다는 사실을 모른 채, 백제를 돕기 위해 왜 전 지역에 총동원령을 내려 전시체제로 전환하고 군사를 실어 나를 1천 척의 배를 만들기 시작했다. 99자(30m) 길이의 배를 만드는 작업이었다. 배 한 척을 만들려면 제작 전문가 여섯 명과 잡부 네 명이 벌목에서부터 가공 건조까지 2년을 꼬박 매달려야 했다. 제명은 백제의 위기를 대비해 미리미리 배를 만들어 나가고 있었다. 그런 와중에 의자가 친히 도움을 요청하자 본격적으로 배 만들기에 돌입했던 것이다. 그렇다 쳐도 2년간 매일 인부 1만여 명이 필요한 대역사였다. 나라 전체의 결단이 필요한 역사였다.

제명은 말과 무기를 조달하게 하고 농민들에게까지 동원령을 내려서 백제의 원군에 참여하게 하였다. 농번기철에 제명왕의 이런 총동원령은 지방에 기반을 둔 호족 세력들의 반감을 사기에 충분했다. 본국 백제와 거리를 두자는 왜의 토착세력들은 은근히 제명에게 반기를 들기 시작했다.

하지만 효심이 강한 중대형이 어머니의 뜻에 따라 강력하게 밀어붙이기 시작하자, 둘째 왕자인 대해인을 부추기는 세력이 생겼다. 중대형은 의자왕의 큰 꿈을 알기에 그에게 더욱 끌렸던 반면 대해인은 의자왕에 대한 어떤 존경심도 없었다. 백제와 왜의 운명을 공동운명체로 여기고 함께 죽고 함께 살자는 의지를 중대형은 가슴에 품고 있었지만 대해인은 그런 형에게 냉소적이었다.

하루는 물자를 조달하기에 정신이 없는 중대형에게 동생 대해인이 찾아왔다.

"형님, 제가 한 말씀 드려도 되겠습니까?"

중대형은 대해인이 무슨 말을 하려는지 이미 알고 있었다. 대해인이 지방 호족 세력들과 자주 모인다는 사실도 중대형은 알고 있었다.

"무슨 일이냐? 말해 보거라."

"지금 백성들은 공포에 떨고 있습니다. 아무리 우리의 원군이 가더라도 당나라의 15만 군대를 어떻게 막을 수가 있겠습니까? 백제와 왜가 같이 망하는 길이라고 수군대고 있습니다."

"너도 그렇게 생각하느냐?"

대해인은 중대형의 단도직입적 질문에 순간 당황하였다.

"저의 뜻이 그런 것이 아니라, 백성의 소리에 귀를 기울여야 한다고 생각합니다."

"백성은 그냥 편하게 살고 싶은 것이야. 백성이 편하게 살려면 먼저 나라가 살아야 하지 않겠느냐? 나라가 있어야 백성을 보호할 수 있는 것이야. 그 나라를 이끄는 왕실은 백성과 달라야 하지 않겠느냐? 이때까지 백제가 당으로부터 우리를 보호해주었지만 백제가 사라지면 우리도 안전하지 못할 것이야."

대해인은 형님의 단호함에 더 이상 말을 할 수가 없었다. 중대형은 동생의 표정을 읽고는 다시 말을 이었다.

"대해인아, 너는 너무 유약하고 용맹스러움이 없다. 네가 군사를 이끌고 앞장서야 할 판에 네가 끌려 다녀서야 되겠느냐? 어머니가 저렇게 상심하고 눈물로 지세고 계신데, 너는 어머니가 불쌍하지도 않느냐?"

중대형은 대해인이 가슴속에 권력을 향한 음흉한 칼을 품고 있다고는 꿈에도 생각하지 못하였다. 단지 유약한 동생이 호족들에게 휩싸여 이용당하고 있다고 생각했다.

"대해인, 너를 이용해서 우리 사이를 이간질시키려는 무리들이 있다. 너는 책이나 보면서 그들에게 휩싸이지 않도록 조심하라."

대해인은 항상 형의 이러한 말투가 싫었다. 형은 어머니의 사랑도 독차지하고 용맹스럽고 총명했으며 자신보다 못하는 것이 한 가지도 없었다. 형님에 대한 열등감으로 항상 형에 대한 반발심이 가슴에 가득했다. 그러나 형의 무서운 성격을 알기에 대들지는 못하고 겉으로는 복종하는 듯하면서도 뒤로는 형의 반대세력들에게 은근히 동조하고 있었다. 오늘도 자신의 입장이 하나도 받아들여지지 않자 대해인은 언제나 그랬던 것처럼 더 이상 자신의 주장을 펼치지 않고 순순히 형의 말에 복종하였다.

"형님의 뜻을 받들겠습니다."

중대형은 대해인이 책만 좋아하고 우유부단하지만, 좋은 학자가 될 것이라고 생각했다. 둘의 나이 차이는 다섯 살이었지만, 중대형은 대해인을 항상 어린아이처럼 대했다. 성격이 너무 다른 두 형제의 비극은 태생에서부터 결정지어진 것 같았다. 의자왕의 아들인 중대형은 친아버지를 닮아서 용맹하고 총명한 반면, 조메이왕의 아들인 대해인은 아버지 조메이를 닮아서 내성적이며 남과 어울리기를 싫어하고 혼자 있기를 좋아하는 조용한 학자풍의 사람이었다. 그러나 같은 어머니인 제명의 기풍도 나누어 가지고 있었다. 대해인이 아버지 조메이와 다른 점은 그 부드러움 속에 제명의 강함을 가지고 있었다. 그것이 권력욕이었다. 형에 대한 열등감에서 시작된 대해인의 마음은 복수심으로 자리 잡게 되었고, 그것이 왜의 역사를 바꾸는 단초가 될 줄은 아무도 몰랐다.

제명의 눈물

한 달의 긴 항해를 거쳐 왜의 선발대가 백제에 도착했다. 부여 풍이 속한 선발대였다. 백제의 마지막 웅진성은 부여 풍의 왜 원군이 도착하기 전에 이미 예식의 반란으로 항복을 한 상태였다. 한 달만 버텼으면 되었는데 그 한 달을 버티지 못한 것이었다. 부여 풍은 백제에 도착하자마자 최대한 빨리 왜로 전갈을 보냈다. 제명은 전갈을 받고 분을 참지 못하고 잠시 혼절하였다. 웅진의 공산성 성주가 의자를 포박하여 항복을 하였다는 소식은 제명에게는 청천병력 같은 소리였다. 그리고 김춘추에게 항복의 술을 따르다가 김춘추를 죽이려 했다는 소식을 듣자 제명은 가슴이 뛰어서 더 이상 들을 수가 없었다. 의자가 소정방에 의해 당나라로 압송되었다는 보고를 받고, 제명은 당나라에 먼저 사신을 보내서 의자왕의 사정을 알아보라고 명령한 다음 사자에게 물었다.

"그래 구원군을 이끌고 백제로 갔던 부여 풍 왕자는 어떻게 되었느냐?"

"당의 소정방과 신라의 김춘추는 사비성과 웅진성을 함락하고 대왕 폐하에게 항복만 받으면 끝난 줄로 알았는데, 당나라와 신라의 극악무도함에 지방에 있는 온 백제의 백성이 들고 일어났습니다. 지금 부여 풍 왕자는 그 부흥군의 으뜸에 서서 임존성과 주류성을 거점으로 신라와 당의 군사와 싸우고 있습니다. 그 기세가 강해서 신라와 당에서 어쩔 줄을 모르고 있다고 하옵니다."

제명은 희망의 끈을 찾았다. 당나라로 끌려간 의자왕이 아직 죽지 않았으며, 부여 풍을 중심으로 부흥군이 적들을 물리치고 있다면 이는 승산이 있는 싸움이었다. 의자왕이 부하장군 예식의 반란으로 허무하게 무너졌지만, 백제는 아직 살아 있는 것이다. 백제가 살아 있고 사랑하는 의자가 아직 살아 있다는 것은 제명에게 삶의 의미를 충족시키기에 충분하고도 남았다. 제명은 중대형을 불러 중대 결심을 발표하였다.

"수도를 백제와 가까운 규슈의 쓰쿠시筑紫로 옮기고 총력전으로 백제의 부흥군과 힘을 합하여 백제를 살리고 대왕 폐하를 살려야 한다."

수도를 옮기면서까지 전면전을 하겠다는 제명의 의지는 왜의 운명을 걸겠다는 의미였다. 어머니의 중대결심이 흔들리지 않는다는 것을 알기에 중대형은 어머니께 머리 숙여 말하였다.

"어머니께서는 여기 아스카궁에 계십시오. 제가 군사를 이끌고 쓰쿠시로 가겠습니다."

"아니다. 온 백성에게 우리 왕실의 의지를 보여줘야 한다. 수도를 쓰쿠시로 옮기고 총력전을 펼쳐야 할 것이다."

"몸도 좋지 않으신데, 여기서 쓰쿠시까지 가신다면 건강에 좋지 아니하옵니다. 수도를 옮기더라도 어머니는 이곳에서 옥체를 보존하심이 옳은 줄 아옵니다."

"수도를 옮기는데, 왕이 가지 않는다는 것이 말이 되느냐? 내 몸은 내가 안다. 걱정하지 말고 전시체제를 선포하고 수도를 쓰쿠시로 옮길 준비를 하도록 하라."

어머니의 말 한마디 한마디가 신이 내리는 목소리 같았다. 중대형은 어머니의 뜻을 따르기로 하고 신하들의 반대에도 불구하고 천도계획을 발표하였다. 나라의 아스카 지역에 기반을 둔 호족 세력들에게 수도를 남쪽의 섬으로 이동한다는 소식은 천척벽력과도 같았다. 중대형 왕자의 추상같은 명령 앞에서는 복종하는 듯했지만 자기들끼리 모여서 대책을 논의하기 시작하였다.

왜의 수도를 남쪽 규슈의 쓰쿠시로 옮기면 나라와 아스카 지역에 기반을 둔 호족들의 세력은 힘을 잃을 것이 뻔하기 때문에 그들은 목숨을 걸고 반항했다. 은밀하게 그 반항의 중심에 대해인이 있다는 것을 중대형은 알지 못했다.

당나라로 가는 의자

당의 소정방은 정림사에 있는 오층석탑에 대당평백제국비명 大唐平百濟國碑銘[43]을 새기고는 군사 3만을 남겨두고 서둘러 당나라로 돌아갔다. 그는 승리에 도취해서 막대한 전리품을 챙기고 의자왕을 위시한 포로들 2만을 이끌고 당나라로 향했다. 당나라로 가는 배에서도 소정방은 의자왕의 옆에 무사들을 배치하여 그가 자살하지 못하도록 감시하였다. 그의 전리품 중에 가장 큰 것이 의자왕이었다. 당 고종 앞에서 의자왕이 무릎 꿇도록 만드는 게 그의 마지막 임무이기도 했다.

당나라로 끌려가는 배 안에서 의자는 소정방에게 독대를 청하였다.

---

43 부여 정림사지오층석탑은 국보 제9호로 미륵사지석탑과 함께 유일하게 남아 있는 백제 석탑이다. 탑의 탑신에 당나라 소정방蘇定方은 전승기공문戰勝紀功文인 대당평백제국비명大唐平百濟國碑銘을 사방에 새겨놓았다.

소정방도 이미 의자의 용맹함을 인정하고 마음속으로는 존경하고 있었지만 내색은 하지 않았다. 소정방은 호위병을 배치하고 배 안에서 의자왕을 위한 작은 술자리를 마련하였다. 의자가 들어오자 소정방은 일어나서 자리를 권하며 말하였다.

"대왕, 이리로 앉으시오."

의자는 아무 말 없이 자리에 앉아서 소정방이 따라주는 술을 단숨에 들이켰다.

"우리 황제께서 대왕을 소중히 모시라 하셨습니다. 부디 자결하시겠다는 말씀은 삼가 주시면 고맙겠소."

의자는 소정방을 쳐다보고는 힘없이 말했다.

"패장이 무슨 말이 필요하겠소. 장군께 마지막 부탁이 하나 있소."

"죽겠다는 말 이외에는 무엇이든지 들어드리리다."

의자는 소정방을 똑바로 쳐다보고 말했다.

"명예롭게 죽게 해주시오. 마지막 부탁이오. 장군도 무사의 명예를 알 것이라 생각하오. 우리 백제에서는 개로왕과 성왕께서도 전쟁에서 돌아가셨지만 백제는 망하지 않았소. 700년을 내려온 우리 백제는 다시 일어날 것이오. 여기서 내가 구차하게 목숨을 부지한다면 나는 죽어서도 조상들을 뵐 낯이 없소."

소정방은 의자의 진심을 알고 있었다. 그러나 그의 입장에서는 반드시 의자를 당 고종황제 앞에 무릎을 꿇어야 한다는 생각이 앞섰다.

"아니 되옵니다. 대왕의 마음은 충분히 이해가 되지만 나의 입장도 있으니까 이해해주시오."

의자는 소정방에게 다시 한 번 말했다.

"그렇다면 장군의 뜻대로 황제를 만난 후에는 내가 명예롭게 죽을 수 있는 기회를 주시오. 그것은 약조해주실 수 있겠소?"

소정방은 순간 당황했다. 황제를 알현한 후에 명예롭게 죽는다는 것이 무엇을 의미하는지는 정확히 몰랐다. 그러나 그의 임무는 의자를 황제 앞에 무릎을 꿇리는데 있으므로 웃으며 약속했다.

"좋소. 무슨 말씀인지 정확히 모르겠으나 우리 황제 앞에서 사죄한 다음의 일은 내가 도와주겠소. 자, 한잔 받으시오."

의자는 소정방이 따라주는 술을 마시면서 검푸른 황해 바다를 쳐다보았다. 파도가 의자를 꾸짖는 듯 심하게 배를 때리고 있었다.

치욕의 세월

당나라 고종 앞에 끌려온 의자는 온몸으로 치욕을 참으며 당 고종에게 술을 따랐다. 당 고종은 만족한 듯 의자에게 일장훈시를 하고는 의자에게 벼슬을 하사하였다. 의자와 함께 당나라에 끌려온 2만여 명의 백제인들에게도 식읍을 내려서 모여 살게 하였다. 태자 융에게도 큰 벼슬을 내려서 마음을 사로잡았다. 태자 융은 아버지 의자에게 불만이 있었다. 동생 부여 효에게 태자 자리를 빼앗긴 이후에 의자왕에 대해 일종의 반감을 지니고 있었다. 의자는 아들들을 불러 말했다.

"백제를 반드시 되살려야 한다. 내가 죽더라도 귀신이 되어서라도 백제를 살리겠다. 너희들도 이 애비의 뜻을 명심하도록 하라."

부여 융은 아버지의 이야기를 들으면서 속으로는 비아냥거렸다.

'이제 백제는 끝났어. 여기 당나라에서 우리의 살길을 찾아야 한다.'

의자는 부여 융의 표정을 보고 그의 마음을 읽고 있었다. 의자는 모두를 물러나게 한 다음, 두 사람에게 마지막 유언을 남기기 위해 붓을 들었다. 한 사람은 의자가 처음으로 사랑했고 지금도 가슴에 안고 있는 여인인 제명왕에게 보내는 편지이고, 다른 하나는 왜에 있는 아들 부여 풍에게 보내는 편지였다. 먼저 부여 풍에게 백제를 되찾아야 한다는 아버지의 신념을 참회하는 심정으로 편지를 써내려갔다.

"애비가 나라를 지키지 못해서 부끄럽구나. 네가 이 못난 애비를 대신해서 백제를 반드시 살려주기를 바란다. 이 못난 애비는 저승에서 귀신이 되어서라도 너와 함께 싸울 것이다. 부디 이 애비의 뜻을 백제의 백성들에게 전해서 저 사악한 신라를 물리치고 백제를 되살리고 삼한의 통일을 이루어주기를 이 애비는 간절히 바란다. 이 애비는 백제를 지키는 혼이 되어 영원히 백제에 머물 것이다."

의자는 붓을 내려놓고 다시 호흡을 가다듬은 다음, 떨리는 감정을 억제하면서 제명의 얼굴을 떠올렸다. 제명을 생각하니 온갖 생각들이 교차하였다. 제명을 마음속에 그리며 의자는 천천히 붓을 들었다. 생각의 파편들이 의자의 가슴을 파고들었다.

의자가 당에 머물 즈음 왜의 제명은 중대형과 함께 수도를 백제와 가장 가까운 규슈 지방의 쓰쿠시로 옮기고, 전시체제 전환을 위해서 20만 명의 군사와 백성들이 이동하기 시작하였다. 왜의 역사상 이러한 대이동은 없었다. 제명은 먼저 백제에 도착한 부여 풍으로부터 사자가 도착해서 백제의 상황을 훤히 알고 있었다. 당나라의 소정방이 급하게 사비성과 웅진의 공산성만 함락한 터라 남쪽의 평야를 중심으로 한 주류성과 북쪽의 임존성에서는 백제를 되살리기 위한 항쟁군들이 남북으로 협공해서 사비성과 웅진성을 공격하고 있다는 정보였다.

당나라의 소정방은 이미 고구려를 정벌할 목적으로 고구려로 군사를 이동시켰으므로 지금이 절호의 기회였다. 왜에서 구원군을 보내서 사비성을 함락시키면 다시 백제를 살릴 수 있다고 제명은 믿었다. 계획대로 된다면 당나라 고종에게 사자를 보내서 다시 평화협정을 맺고 의자를 백제로 다시 모셔올 수 있다고 제명은 판단했다. 그래서 그녀는 온 힘을 기울여 백제를 되살리려고 노력하였다.

백제를 살려라

661년 제명왕은 수천 척의 군선을 이끌고 나니와를 출발하였다. 그녀는 쓰쿠시의 이와세磐瀬 행궁으로 천도하기 위해 모든 신하들과 군사들을 싣고 직접 군선 위에 승선하며 노구를 이끌고 앞장서서 지휘를 하였다.

쓰쿠시의 새 왕도로 떠나가는 대선단들의 위엄은 바다 위를 뒤덮고 있었다. 바다는 배로 뒤덮였으며 펄럭이는 깃발과 군졸들로 들끓고 있었다.

쓰쿠시는 오늘날의 후쿠오카 지역으로, 원래 왜국에서 해외의 사신들을 영접하는 '다자이후大宰府'라 불리는 관청이 있던 곳이었다. 백제와 가장 가까운 곳에서 군사를 정비하고 배를 만들어서 백제를 수복하기 위한 제명의 피나는 노력은 백제에서 건너온 도래인들의 가슴에 희망의 불씨를 살리고 있었다.

　의자왕이 항복한 이후에 당에 끌려간 백제인이 2만여 명이고 이를 피해서 왜로 건너온 사람이 10만여 명에 이르렀다. 왜로 건너온 사람들은 거의가 사비성이나 웅진성에 있던 귀족들과 무사들이었다. 사비성과 웅진 공산성을 제외한 백제의 성들은 온전한 채로 성을 걸어 잠그고 움직이지 않았다. 소정방과 김유신의 기습공격으로 눈 깜짝할 사이에 사비성이 함락되고 공산성 성주 예식의 배반으로 의자왕이 이렇게 빨리 항복할 줄은 지방의 성주들도 생각지 못했던 것이었다. 그러한 지방의 성주들에게 새로운 구심점이 생겼으니 그가 의자의 아들 부여 풍이었다.

　부여 풍은 제명의 도움으로 660년 12월에 6천 명의 군사를 이끌고 백제로 들어갔다. 부여 풍을 중심으로 한 백제부흥군이 북쪽으로는 임존성과 남쪽으로는 주류성을 중심으로 공격을 시작했다. 왜의 제명은 이곳 쓰쿠시에서 백제부흥군의 물자와 병력을 지원하면서 대규모 총공격을 준비하고 있었다.

　어머니 제명에게 순종하고 의자왕을 존경하는 중대형은 신하들의 반대에도 불구하고 백제를 돕기 위해 앞장서서 진두지휘하였다. 피는 역시 물보다 진했다. 그러나 제명의 둘째 아들인 대해인은 백제부흥운동에 반대하였다. 대해인은 본국 백제를 도우려다가 왜까지 신라와 당나라의 손아귀에 들어가는 것은 아닐까 두려웠다. 중대형은 대해인의 본심도 모르고 쓰쿠시로 떠나며 나니와를 동생에게 맡겼다. 떠나기 전날 중대형은 대해인을 불러 이야기했다.

"내가 어머니를 모시고 쓰쿠시로 가서 반드시 백제를 되살릴 것이다. 너도 여기 나니와의 귀족 세력들을 잘 설득하여 이곳을 잘 다스리도록 하여라."

대해인은 어머니와 형님이 왜 이렇게까지 목숨을 걸고 망한 백제를 살리려 하는지 이해가 되지 않았다. 자신의 아버지 조메이 역시 백제인이라는 것을 알면서도 대해인은 싸움에 휘말리는 것이 싫었다. 그러나 형의 성격을 알기에 머리를 숙이고 대답하였다.

"형님, 이곳은 걱정하지 마시고 어머니를 잘 보필하시어 뜻을 이루시기를 바랍니다. 이곳 나니와의 귀족들이 천도를 반대하고 있지만 제가 잘 설득해서 이해시키겠습니다."

"그래, 네가 있어 든든하다. 이곳에서 무슨 일이 발생하면 쓰쿠시로 바로 사자를 보내도록 하라."

둘이서 이야기하고 있는데 제명이 들어왔다. 제명은 형제가 이렇게 다정히 이야기하고 있는 모습에 자신도 모르게 가슴이 뭉클했다. 제명은 대해인의 손을 잡고 말했다.

"앞으로 너희 두 형제의 어깨에 백제의 운명이 걸려 있다. 둘은 힘을 합하여 무슨 일이 있더라도 서로 믿고 도와야 한다."

제명은 나니와의 귀족들이 대해인을 부추기고 있다는 사실을 알고 있었다. 제명은 의자의 큰아들 중대형에게 사랑을 쏟은 것이 대해인에게는 한편으로 미안하기도 하였다. 중대형에게만 모든 사람의 관심이 집중되어서 상대적으로 대해인에게는 소홀했다. 제명은 늘 대해인 때문에 마음이 아팠다. 하지만 대해인은 모든 것을 형에게만 의논하고 아직도 자신을 어린애처럼 취급하는 어머니를 야속하게 생각했다. 그러나 대해인은 어머니께 고개 숙이고 얌전한 어린이처럼 대답했다.

"어머니, 이곳은 걱정하지 마시고 몸 조심히 다녀오십시오. 부디 옥체를 보존하시어 백제를 되찾으시기를 부처님께 기도드리겠나이다."

"그래 부처님도 우리의 마음을 이해하실 것이다."

자신의 배로 낳은 아들이지만, 제명은 대해인의 속을 도무지 알 수가 없었다. 대해인은 온 나라의 운명을 걸고 당나라와 싸우는 것은 왜도 파멸로 접어드는 길이라며 제명에게 찾아와 말해놓고는 지금은 중대형에게 형의 뜻에 복종하겠다는 태도를 보이고 있었다. 제명은 두 아들을 같이 가슴에 안아주며 말했다.

"나는 너희들이 자랑스럽다."

제명은 형제간의 커다란 벽을 자신이 허물 수 없다는 사실이 그저 안타까웠다. 제명은 이 순간 할아버지 임성 태자를 떠올렸고, 사랑하는 의자의 얼굴을 떠올렸다. 이제 머리카락이 반백이 되었지만 제명의 마음은 아직도 처음 사랑을 나누었던 의자와 함께하고 있었다. 그렇게 나니와에서의 마지막 밤은 깊어만 갔다.

대해인과 필요한 병사만을 남겨두고 귀족들의 반대에도 나니와를 출발한 제명은 한 달 만에 쓰쿠시에 도착했다. 제명은 쓰쿠시에 새로운 왕궁을 지어 조창궁朝倉宮이라 이름하고 그 옆에 관세음사를 세워 불법에 의지하였다. 제명의 요청으로 탐라국의 왕자 아파기가 군선 수십 척과 병사 3천 명을 거느리고 백제부흥을 돕기 위해 제명의 왜군과 합류하기로 했다. 의자왕의 아들 부여 풍도 백제의 유민들과 지방 성주들과 힘을 합하여 백제부흥군을 성공적으로 이끌고 있다는 것을 왜의 백성들에게 보여주었다. 그 덕에 백제인들에게 희망을 주고 아울러 단결을 꾀할 수 있게 되었다.

모든 준비를 마치고 중대형은 부여 풍과의 마지막 연락을 기다리며, 전국 각지에서 모여든 수천 척의 군선들과 5만 명의 병사들은 병기와 양곡을 충분히 갖추고 결전의 날을 기다리고 있었다.

그즈음 당나라에 끌려가 있던 백제의 장군이 초췌한 모습으로 나타나서 제명왕을 뵙기를 청하였다. 당나라에 있는 백제의 장군이 돌아왔다는 소식에 제명은 신발도 신지 않은 채 뛰어 나왔다. 그는 의자와 함께 당에 끌려간 호위장수 율덕 장군이었다. 율덕장군을 맞이한 제명은 인사도 생략한 채 장군에게 말하였다.

"의자 대왕 폐하께서는 무탈하신가?"

율덕은 몇 개월을 목숨을 걸고 바다와 육지를 통하여 왜에 도착하였던 것이다. 그는 초췌한 얼굴로 대답하였다.

"대왕 폐하께서는 당나라에 끌려가신 후에 식사도 하시지 않은 채, 바다 건너 백제를 바라보며 눈물만 흘리고 계십니다. 제가 대왕 폐하의 서찰을 왜에 계신 제명마마에게 전달하고자 이렇게 목숨을 걸고 오게 되었나이다."

율덕장군은 품속에서 서찰을 꺼내서 제명에게 전달하였다. 제명은 의자의 체취가 묻은 서찰을 받아든 순간 온몸에서 경련이 일어날 정도로 정신을 가다듬기가 힘들었다. 떨리는 손으로 의자의 서찰을 받아든 제명은 차마 서찰을 읽어볼 용기가 나지 않았다. 제명은 그 서찰을 소매에 넣고는 율덕에게 말하였다.

"대왕 폐하의 건강은 어떠하시냐? 건강하셔야 다시 백제를 되찾을 때 대왕의 자리에 오르실 수가 있다."

"대왕 폐하께서는 날로 수척해지셔서 모두들 걱정하고 있습니다."

제명은 의자의 옆에서 그를 지켜주고 싶었다. 자기가 옆에 있으면 의자를 다시 살릴 수 있다고 제명은 믿고 있었다. 옆에 있던 중대형에게 제명은 말했다.

"장군에게 후한 상을 내리고 원기를 회복한 후에 의자 대왕 폐하께 우리의 의지를 전달하도록 하라."

중대형은 혼자 있고 싶어 하는 어머니의 마음을 헤아리고 율덕장군을 데리고 밖으로 나갔다. 제명은 의자의 손때가 묻은 편지를 혼자 읽고 싶었다. 시중 들던 시녀들까지 모두 물리고 혼자 조용히 방으로 들어가서 호롱불을 밝히고 편지를 가슴에 대어 보았다. 그 편지에서 의자의 향기가 피어오르는 것 같았다. 제명은 그 서찰을 한동안 가슴에 꼭 껴안고 의자의 체취를 느끼고 싶었다. 그래도 제명은 차마 의자의 편지를 읽어볼 용기가 나지 않았다. 하지만 보지 않을 수는 없는 노룻. 조심스럽게 편지를 여는 제명의 손은 파르르 떨렸다. 의자의 낯익은 글씨가 먼저 눈에 들어왔다. 의자의 글씨만 봐도 제명의 눈에는 눈물이 그렁거렸다. 제명은 호흡을 다시 가다듬고 의자의 편지를 한 자 한 자 가슴에 못을 박듯이 읽어 내려갔다.

"당신을 끝내 지키지 못하고 백제도 지키지 못한 못난 의자를 용서하시오. 사람이 한평생 사는데 무엇이 가장 소중한 것인가를 요즘 들어와 생각을 많이 하게 되는구려. 후세의 역사가들이 나를 어떻게 평가하든지 나는 신경 쓰지 않기로 했소. 어떻게 보면 산다는 것이 아무 것도 아닌 것 같으면서도 죽음을 생각하니 삶에 대한 작은 미련이 남는 것은 어쩔 수가 없는 것 같소. 오직 한길만 보고 달려온 인생의 후회는 없소. 선조들의 뜻을 받들어 대백제의 건설을 꿈꾸었던 나의 이상이 부끄럽지는 않소. 그 꿈을 이룬 다음 사랑하는 당신과 우리의 아들 중대형을 떳떳하게 백제로 데려와서 조상들에게 자랑스럽게 인사시키려고 했소. 그런 꿈이 나의 불찰로 이렇게 산산조각이 되어 날아가버리는 것 같소. 여기 당나라 장안에 끌려와서도 생각나는 사람은 당신뿐이오. 나의 못 다한 꿈을 당신과 우리 아들이 왜에서 이루도록 해주기를 염치없지만 마지막으로 부탁드리오. 내가 저세상에 가서 당신에게 해주지 못한 사랑을 바치리라. 보고 싶고 사랑하오."

제명은 편지를 가슴에 안고 목 놓아 울었다. 죽음을 앞두고 마지막으로 쓴 편지라는 생각에 제명은 몸의 마디마디가 비틀어지는 것 같았다. 제명은 눈물을 멈추고 정신을 가다듬었다. 그리고 붓과 벼루를 꺼내고는 차디찬 마음으로 글을 써내려갔다.

"대왕 폐하 다른 말은 하지 않겠습니다. 대왕께서 살아계셔야 백제가 있고, 왜가 있는 것입니다. 대왕이 돌아가시면 백제가 다시 살아난들 저에게는 아무 소용이 없습니다. 한평생 대왕을 바라보며 살아온 저를 생각해서라도 살아계셔야 합니다. 더욱 마음을 강건하게 하시어 옥체를 보존하시옵소서."

제명은 사랑한다는 말을 마음속으로 수십 번 외쳤지만 대왕의 마음이 약해질까봐 이를 악물고 편지를 써내려갔다.

"이제 곧 부여 풍과 힘을 합하여 왜의 5만 명 군사가 백제로 쳐들어가 신라와 당나라의 군사를 쳐부수고 백제를 다시 살릴 것입니다. 그러나 이 모든 것이 대왕 폐하가 살아계셔야 의미가 있다는 것을 잊지 마시기 바랍니다. 제발 마지막으로 부탁드립니다. 사랑하는 임이시여, 제발 살아만 계셔주세요. 저를 위해서라도 살아계셔주세요. 이 제명은 눈물로 호소합니다."

제명은 편지를 비단으로 싸고 또 싼 후에도 안심이 되질 않아 여러 차례 더 단단히 매듭을 지었다. 그 편지 안에는 단순하게 제명이 전하려는 이야기만 담겨 있는 것은 아니었다. 평생을 사랑하며 기다려온 제명의 삶이 담겨 있었고, 한순간도 식지 않았던 제명의 사랑이 담겨 있었다. 누구도 흉내 낼 수 없는 사랑이었다.

욕망을 위해 나라를 버리다

660년 10월, 소정의 성과를 완수한 소정방은 의자왕의 항복을 받은 후에 군사의 대부분을 북쪽의 고구려에 배치하고 개선장군으로 당나라로 돌아갔다. 백제 영토 내에 웅진도독부熊津都督府를 두어 당나라가 직접 통치하게 하였다. 소정방은 당나라로 떠나기 전날 은밀하게 달솔達率 흑치상지를 불렀다.

"장군은 백제에 남아서 아직도 항복하지 않는 지역 성주들을 설득하여 민심을 당나라로 돌리도록 하시오. 내가 당나라에 돌아가면 황제께 장군의 공을 말씀드려 반드시 큰 상을 내리도록 할 것이요."

흑치상지는 무릎을 꿇고 아뢰었다.

"공산성주 예식은 반역자라고 백제인들이 손가락질하고 있으나 소장은 마지막까지 의자왕 옆에서 절개를 지킨 장수로 사람들이 믿고 있습니다. 지금 백제 곳곳에서 산발적으로 백제부흥운동이 일어나고 있으나, 구심점이 없어서 곧 사그라들 것입니다. 소장이 백제부흥운동의 불씨가 완전히 꺼질 때까지 백제에 남아서 완전히 불씨를 꺼트린 후에 황제 폐하를 알현할 것입니다."

부여 풍이 왜에서 구원군을 이끌고 도착하기 전이었기 때문에 흑치상지는 의자왕과 왕족들을 모두 당나라로 데려가면 구심점이 없어서 부흥운동이 사라질 것이라고 예측했다. 소정방은 흑치상지의 말을 듣고 마음이 든든하였다.

"나는 장군을 믿고 마음 놓고 당나라로 갈 수 있겠소, 뒷일을 잘 부탁하오."

"염려하지 마시옵소서. 일단 제 지역인 북쪽의 임존성에서 사람을 모아서 백제부흥을 도모하는 자들의 속으로 들어가서 그들의 정보를 이용하여 이간질시킨 후 와해시킬 것입니다. 그리고 부흥운동을 하는 자들을 모조리 잡아들여 씨를 완전히 말린 후에 당당하게 당나라의 장안으로 들어갈 것입니다."

"장군의 계략이 정말 대단하오. 우리 당나라를 위하여 긴히 쓰일 인물이오."

소정방은 흑치상지를 일으켜 세우며 크게 칭찬했다. 이는 소정방의 본심이었다. 소정방은 흑치상지를 자신의 사람으로 삼아서 당나라에서 자기 세력을 확장하고자 하는 야심이 있었다. 흑치상지는 소정방의 야심을 알기에 패망한 백제를 버리고 저 넓은 중원에서 그의 꿈을 키워보고자 하는 흑심을 품었다. 그는 자신의 야망을 위해 나라를 팔아먹어도 전혀 죄책감을 느끼지 못했다. 그는 혼자 속으로 생각했다.

'어차피 강한 놈이 살아남는 것이다. 나는 살아남기 위해서 강한 것이 아니라, 살아남아야 나의 강함을 보여줄 수 있기 때문이다.'

흑치상지는 자신을 합리화하는 이상한 논리로 자신을 설득하고 있었지만 마음 한구석에는 그도 인간이기에 마음이 편치 않았다.

대백제의 꽃

　백제 왕족인 부여 복신福信은 승려 도침道琛과 함께 주류성周留城에 웅거해 백제의 부흥운동을 지휘하였다. 백강白江 하류와 사비성의 중간지점에 있는 주류성은 소정방이 사비성을 공격하기 위해 그냥 지나쳤기 때문에 온전하게 성을 지킬 수 있었다.

　백제의 지방 주민들은 당나라와 신라 군사의 악랄한 행동에 뿔뿔이 흩어져 있다가 승려 도침의 백제부흥 발기문을 보고 분연히 일어섰다.

　　작은 꽃잎이 모여서 아름다운 꽃밭을 만들고

　　한 방울의 물방울이 합쳐져 크나큰 강물을 만들어내고

　　크고 작은 나무들이 모여서 울창한 밀림의 숲을 이루어내도다.

　　한 점의 조각구름이 모여서 하얀 뭉게구름을 만들며

한 줄기 바람이 일어 세찬 폭풍우를 몰고 왔듯이

하나가 모여서 둘이 되고 둘이 합쳐서 우리가 될 것이며

모두가 함께 힘을 합하면 대백제의 꽃은 피어오르리라.

도침의 발기문을 보고 흩어졌던 백성들이 낫과 도끼를 들고 구름처럼 모여들었다. 복신과 도침의 백제부흥군이 사비성 남쪽으로 진격해 목책을 설치하고 사비성을 지키고 있던 나당연합군을 계속 공격하자, 뿔뿔이 흩어졌던 백제의 유민들이 모여들어 백제부흥군으로 가담하게 되면서 사비성은 고립되어 갔다. 이렇게 사비성이 외부와 연락이 끊기고 고립상태에 빠지자, 신라 태종무열왕과 웅진도독에 임명된 왕문도王文度는 백제부흥군 토벌의 사명을 띠고 보은에 있는 삼년산성三年山城에서 나당연합군과 합류하였다. 이때 북쪽의 임존성을 지키던 흑치상지는 은밀하게 왕문도와 내통하여 어떻게 하면 세력이 커진 백제부흥군을 와해시킬 작전을 짰다.

그런데 변수가 생겼다. 이 상황에서 왕문도가 갑자기 사망한 것이다. 후임으로 유인궤劉仁軌가 당 고종의 명을 받고 백제로 들어왔다. 복신은 먼저 유인궤의 군대와 사비성의 유인원劉仁願 군사가 서로 합세하는 것을 막기 위해 임존성으로부터 남하해 주류성으로 진출하고 백강 하류연안에 목책을 세우는 한편, 재차 사비성을 공격하기 시작했다. 이때 유인궤는 신라군과 합세해 사비성을 근거로 한 후 주류성에 대한 공격을 감행하였다. 그러나 백제부흥군이 나당연합군을 크게

쳐부수자, 신라군은 본국으로 철수하고 유인궤는 주류성 공격을 중지하고 사비성으로 돌아갔다.

복신은 부흥군의 본거지인 임존성으로 돌아와 기회를 엿보고 있었는데, 661년 6월 태종 무열왕이 죽고 문무왕文武王(661년~681년)이 즉위했다는 소식을 접했다. 또한 나당연합군이 고구려정벌에 나서자 이 기회를 틈타, 금강 동쪽의 여러 성을 점령하고 사비성과 웅진성 방면의 당나라군이 신라와 연결하는 것을 막았다. 이에 당나라군은 신라에게 웅진성의 원병을 요청했고, 고구려로 향하던 신라군은 방향을 백제 쪽으로 돌려 옹산성甕山城을 공격하였다. 이때 지금의 대전 부근에 있는 옹산성을 비롯해 사정성沙井城, 정현성貞峴城 등 대부분의 성들이 백제부흥군의 손에 들어감으로써 웅진성과 사비성에 있는 나당연합군의 보급로가 끊기게 되었다. 보급로가 끊김으로써 아사지경에 빠진 나당연합군은 옹산성을 먼저 탈환하지 않을 수 없었다. 나당연합군을 궁지에 몰아넣은 백제부흥군은 왜의 원군만 도착하면 한번에 힘을 몰아 나당연합군을 몰아낼 절호의 기회를 마련한 것이다. 이때 부흥운동의 구심점으로 제명왕의 도움으로 부여 풍의 6천 명 군사가 왜에서 도착하였다. 부여 풍이 도착하자, 백제의 백성들은 잃었던 주군을 맞이하듯 크게 환호성을 질렀다.

의자의 죽음

장안의 공기는 차가웠다. 의자는 모든 사람을 물리고 조용히 혼자서 백제 땅을 바라보았다. 그의 눈에는 눈물이 글썽거렸다. 그 눈물은 인생의 회한이 담겨 있었다. 제명에게 편지를 보낸 이후 그는 이미 세상에 미련이 없었다. 구차하게 인생을 살아봐야 치욕만 더해갈 뿐이었다. 그는 백제 땅을 향해 삼배를 올렸다. 첫 번째 절은 조상에게 사죄하는 절이었으며, 두 번째 절은 백제 백성들에게 올리는 절이었다. 그리고 마지막 절은 사랑하는 여인 제명에게 올리는 참회의 절이었다. 조상들이 굳건히 지켜온 700년 백제를 지키지 못한 죄책감이었고, 조상들을 뵐 낯이 없었고, 나라 잃은 백성들에게 안겨준 고통에 대한 사죄였고, 마지막으로 큰 짐을 안기고 떠나는 사랑하는 여인 제명에 대한 참회였다. 의자는 제명에게 받기만 하고 따뜻한 사랑 한번 전해주지 못한 것이 가장 후회되었다. 권력은 공기와 같은 것이다. 손에 쥐고 나면 다 얻은 것 같지만 자신도 모르는 사이에 손에서 빠져나가는 것이다. 권력을 잡을 때는 천하를 얻은 것 같지만 이내 공기처럼 사라지는 허상인 것을 의자는 죽음을 앞두고 깨달았다.

'사랑하는 사람 하나 지키지 못한 놈이 어떻게 나라를 지킨단 말인가?'

회한의 눈물이 의자의 가슴 깊이 파고들었다. 영원히 살 것처럼 교만과 권력을 휘둘렀지만 죽음 앞에서는 모든 것이 의미가 없었다. 그의 인생이 주마등처럼 스쳐 지나갔다. 임성 태자 할아버지 집에서의 어린 시절, 그리고 처음 사랑을 알고 인생을 알게 해준 제명과의 행복했던 시절, 그리고 백제로 건너와 대왕의 수업을 쌓던 태자 시절, 대왕에 오른 후에 삼한의 통일과 대백제의 꿈을 위해 앞만 보고 달려온 그의 인생, 목적을 위해 사람도 많이 죽이고 대왕의 권위에 도전하는 사람은 가차 없이 처단하면서 권력의 정점에서 최고의 것을 맛보았지만 그의 인생에서 가장 행복했던 시간은 제명과 보낸 어린 시절이었다. 항상 가슴속에서 그리워했지만 그 그리움을 잊기 위해 더욱 전쟁에 몰입했는지도 모를 일이었다. 의자는 달을 보고 이야기했다.

"제명, 그대도 이 달을 보고 있겠죠? 저녁마다 달이 뜨는 것은 그대를 잊지 못해 나의 마음을 전달하기 위해서라고 말한 적이 있소. 오늘 내가 마지막으로 그대에게 너무도 보고 싶었다는 말을 하고 싶소. 사랑하오. 이승에서 하지 못한 사랑을 저승에서 두 갑절 갚아드리겠소.

보고 싶소."

의자는 제명이 만들어준 버선을 꼭 껴안았다. 제명이 보고 싶을 때마다 꺼내 들었던 버선은 이미 낡아서 헤졌다. 버선을 가슴에 집어넣고는 의자는 단검을 빼어 들었다. 그러고는 미련 없이 아랫배를 왼쪽에서부터 한일자로 깊게 그었다. 백제의 무사들이 정의롭게 죽는 할복을 선택한 것이다. 피가 쏟아져 나오며 방을 적셨다. 의자의 눈에는 눈물 대신 웃음이 흘렀다. 그는 고통을 느끼지 못했다. 서서히 생각이 흐려지면서 제명의 얼굴만 또렷하게 떠오르고 있었다.

한 송이 꽃이 떨어지다

661년 부여 풍을 중심으로 한 백제부흥군의 기세가 하늘을 찌르자 중대형이 이끈 5만 명의 군사들은 백제부흥군과 합류하여 백제에 남아 있는 당나라와 신라의 잔당을 쳐부수고 백제를 회복할 수 있는 기회를 노리고 있었다. 그러나 전혀 생각지 않은 곳에서 모든 계획이 무산되는 비극이 일어났다. 만약 비극이 일어나지 않았다면 그해 5만 명의 구원군은 쓰쿠시를 떠나 바다를 건너 백제의 왕도였던 백강으로 진입해 들어가 은밀하게 기다리고 있던 부여 풍의 군사들과 합류해서, 사비성과 공산성을 지키는 당나라 군사와 신라의 군사를 남북으로 포위해서 전멸시키고 백제를 부활시켰을 것이었다.

만약 계획이 성공했다면 전란의 양상은 전혀 달라졌을지도 모른다. 어쩌면 백제의 유민들과 왜국의 동맹군들은 힘을 합쳐서 신라군과 당나라의 군사들을 물리치고 새로운 백제국을 부흥시켰을지도 모른다. 중대형은 부여 풍의 연락을 받고 백제의 부흥군과 양동작전으로 백강으로 쳐들어가기 위해 마지막 날짜를 잡고 있었다.

이무렵 의자왕에게 제명의 편지를 들고 갔던 장군이 거지 꼴을 하고 제명을 다시 찾아왔다. 그는 제명을 보자마자 울부짖으며 혼절하였다.

"마마, 의자 대왕께서는 조상들에 대한 죄송함과 치욕에 못 이겨 가슴에 한을 안고 돌아가셨다고 하옵니다. 백제의 구신들과 유민들이 백제식으로 장례식을 거행하고 흰 옷을 입고 슬피 울며 곡을 하였는데, 그 곡성이 당나라 장안성을 뒤흔들었다고 하옵니다. 대왕 폐하께서는 조상들 볼 면목이 없다고 화장을 해서 유골을 백제로 흘러가는 황해바다에 뿌려 달라 했다고 하옵니다."

평생을 그리워했던 의자 대왕이 한을 안고 비참하게 죽었다는 소식을 듣자 제명은 그 자리에서 실신하여 일어나지를 못하였다. 그렇지 않아도 쓰쿠시로 이동하면서 병환이 들어 사흘간이나 죽을 고비를 보내었던 제명이었다. 간신히 병을 떨치고 일어났다고는 하지만 아직 온전한 몸은 아니었다. 의자가 죽었다는 소식을 듣고 의식을 잃고 쓰러진 제명은 계속 의자의 이름만 불렀다. 이를 지켜보는 중대형 왕자의 가슴은 찢어지는 것 같았다. 의식이 잠깐 돌아온 제명은 중대형에게 마지막 비밀을 털어 놓지 못하고 죽으면 한이 될 것 같았다. 이미 유서로 중대형에게 편지를 써놓았지만 죽기 전에 직접 털어놓고 싶었다.

"대백제의 의자 대왕 폐하는 너의 아버님이시다."

제명이 숨을 헐떡이면서 이야기하자 중대형은 자신의 귀를 의심했다. 제명은 마지막 숨을 몰아서 말을 이어나갔다.

"너는 아버님이신 의자 대왕의 한을 풀어드려야 한다. 내가 저승에 가더라도 혼령이 되어 너를 지키리라. 반드시 백제를 되찾도록 하여라. 너의 어미 애비가 혼령이 되어도 갚지 못할 큰 짐을 너에게 맡기고 떠난다."

제명은 중대형을 잡았던 손을 힘없이 스르르 놓았다. 의자가 자신을 부르는 모습이 희미하게 보였다. 제명은 의자에게 달려갔지만 의자는 저만큼 멀리 있었다. 어릴 때 의자와 숨바꼭질 놀이하던 모습으로 의자는 제명을 부르고 있었다. 제명은 의자를 쫓아가며 말했다.

'이제는 영원히 당신을 놓치지 않겠어요.'

의자를 잡았던 손에서 힘이 빠져나가면서 제명은 소녀의 모습으로 편안하게 잠들었다. 661년 음력 8월, 출병을 하루 앞둔 그날, 마침내 한 많은 여인 제명 공주는 세상을 떠나고 만 것이었다. 의자왕이 죽고 두 달 후에 그녀는 그토록 사랑했던 사람을 만나러 세상을 떠났다. 임성 태자의 손녀로 태어나 사랑을 독차지하였던 제명 공주는 사촌동생인 의자를 사랑하면서 그녀의 인생은 백제 역사의 중요한 자리를 차지했다. 중대형은 어머님이 돌아가신 그날 충격에 휩싸였다. 어머님이 돌아가시면서 하신 말씀이 믿기지 않았다.

"의자 대왕이 나의 아버지라니, 어머니 왜 진즉에 저에게 말씀해주시지 않았습니까?"

중대형의 울부짖는 목소리가 호랑이가 포효하는 소리보다 더 크게 울렸다. 그 울부짖음이 하늘에 닿는 듯했다. 그러고는 목청이 떨어져 나갈 듯이 온몸으로 소리쳤다.

"아버님, 소자를 용서해주시옵소서. 아버님을 알아보지 못한 소자의 불효를 꾸짖어 주시옵소서."

중대형의 가슴은 찢어지는 것 같았다. 그리고 자신의 가슴을 치며 소리쳤다.

"이제까지 대왕 폐하께 아버지라고 한 번 불러보지 못한 나는 하늘에 씻지 못할 불효자라는 말인가?"

중대형은 돌아가신 어머니의 시신 앞에서 모두를 물리고 소리 내어 울었다. 반나절 가량 울고 나니 눈물도 말랐는지 갑자기 머리가 맑아지는 것 같았다. 아버지인 의자 대왕을 위해 해야 할 일이 떠오른 것이다.

"그래. 아버님 의자 대왕의 한 맺힌 복수를 하는 것이 아버님께 못 다한 효를 행하는 것이고 어머님의 유언을 받드는 일이다."

중대형의 눈에는 핏발이 섰다.

"먼저 어머님의 장례식을 마친 다음에 아버지 의자 대왕에 대한 복수를 시작할 것이다."

어머니 제명왕의 상중으로 중대형은 눈물을 삼키며 국상을 선포하고 출병을 연기시켰다.

이것이 역사의 운명이었던가, 제명이 1년만 더 살았더라도 역사는 뒤바뀔 수가 있었을 것이다. 역사에서 가정이란 있을 수가 없다. 그러나 백제부흥군이 승기를 잡았을 때, 왜의 원군이 도착했다면 백제는 다시 살아날 수 있었을까? 중대형은 부여 풍에게 편지를 보내 조금만 더 기다려주면 어머니의 상을 치르고 출병을 할 것이라고 약속하였다. 그러나 제명왕이 세상을 떠나자 왜의 귀족들은 술렁거렸다. 제명왕이 돌아가셨으니 백제구원병을 위한 총동원령을 취소하고 나니와로 환도하자는 의견이 곳곳에서 일어났다. 그러나 중대형의 결심은 확고했다. 반드시 아버지 의자 대왕의 백제를 되찾겠다는 신념만은 변하지 않았다. 중대형은 어머니의 시신 앞에서 약속하였다.

"어머니, 제가 어머니와 약속한 백제부흥을 이루지 않는 한 왕의 자리에 오르지 않겠나이다."

이때 나니와에서는 대해인을 중심으로 중대형의 백제구원병에 반대하는 세력들이 결집되고 있었다. 그리고 당과 신라에서는 왜에서 총동원령을 내려 군사들을 백제에 출격한다는 첩보가 입수되어 소정방은 고구려를 공격하는 군사들을 돌려서 왜의 군사를 대비하게 명령을 내렸다. 백제가 살아날 수 있는 하늘이 준 기회를 놓치고 만 것이었다.

　　　　　　　　　　　　　　한 송이 꽃이 떨어지다

chapter 11

당신의 뿌리, 2018년

하늘이 버린 백제

문 교수와 마사코, 그리고 조민국은 능산리 고분군의 한 귀퉁이에 조성된 쓸쓸한 가묘 앞에 섰다.

"고등학교 다닐 때, 의자왕이니까 당연하게 한국에 그 묘가 있을 거라 생각했던 적이 있습니다."

조민국이 가묘를 쳐다보며 입을 열었다.

"삼천궁녀랑 환란에 빠져 지내다 낙화암에서 뛰어내린 왕으로 알고 있었죠. 참으로 못난 왕이라고 생각했었는데. 우리가 알고 있는 그 역사가 왜곡되었다는 걸 교수님 만난 후에야 알았습니다. 아직도 다수의 사람들이 의자왕 하면 삼천궁녀를 제일 먼저 떠올립니다. 사람들 머릿속에 의자왕은 환락과 방탕의 대명사로 각인되어 있기 때문이죠."

햇살은 따갑게 가묘 위로 쏟아져 내렸다. 하지만 문 교수는 오히려

추위를 느꼈다. 부여군은 낙양(뤄양) 시와 함께 1995년부터 의자왕 무덤을 찾기 시작하였지만 결국 찾아내지 못했다. 그 작업에 문 교수도 참여했지만 기록 자체가 불비해 참담한 심정으로 한국으로 돌아왔던 기억이 아직도 생생했다. 다만 의자왕의 묘로 추정되는 곳의 흙을 가져다 가묘를 만들었다. 의자왕의 가묘 앞에만 서면 문 교수는 쓸쓸하고 아픈 마음을 가눌 길이 없었다. 문 교수는 먼저 뒤돌아서서 고분군 입구 쪽으로 걸어 내려갔다.

역사에 가정이란 존재할 수 없다. 이 중요한 순간에 왜의 군사가 제명의 죽음으로 발이 묶이게 되었던 것이 역사의 한이었고 문 교수에게도 한이 되었다. 661년 당나라가 고구려를 공격하기 위해서 사비성과 웅진성에 1만 명의 군사만 남겨두고 북쪽으로 떠났을 때, 부여 풍의 백제부흥군은 이 기회를 놓치지 않고 왜의 5만 명군사와 함께 백제를 되찾을 하늘이 준 기회를 놓치고 만 것이다. 소정방의 실책을 적극 활용할 기회를 놓쳤다. 소정방은 백제의 수도를 함락하고 왕만 잡으면 백제는 쉽게 무너질 것이라고 생각했다. 부여 풍의 백제부흥군과 제명왕의 군사라면 백제를 충분히 살릴 수 있었다.

그렇게 백제 구원을 원하던 제명의 죽음이 부흥의 발목을 잡을 줄을 그 누가 알았겠는가? 제명이 죽어서도 지하에서 땅을 치고 하늘을 원망했을 것이다. 문 교수는 의자왕을 찾아 참배를 할 때면 답답한 마음을 달랠 길이 없어 담배를 물곤 했다. 한동안 담배를 끊었었는데 리조트를 나서기 전 문 교수는 자신도 모르게 담배를 샀고 다시 담배를 입에 물었다. 담배연기가 제명과 의자왕의 혼령처럼 그의 주변을 맴돌았다.

마사코와 조민국이 내려왔다.

"우리 교수님 여기만 오시면 담배를 피우시네요."

문 교수는 서둘러 담배를 껐다.

"저도 담배를 배웠으면 한 대 피우고 싶은 심정이네요."

마사코가 말했다.

세 사람은 말없이 걸었다. 목을 축이자는 마사코의 제안에 주차장 인근의 기념품 가게 겸 편의점으로 들어갔다. 플라스틱 테이블과 의자 몇 개가 놓여 있는 허름한 가게였다. 그래도 목 축이고 쉬기엔 부족함이 없었다.

"《일본서기》에 의자왕이 죽을 무렵 제명왕의 심정을 기록한 글이 있었습니다."

"네?"

문 교수도 귀가 솔깃했다. 《일본서기》를 달달 외우다시피 보았지만 그런 글귀를 읽은 기억이 나질 않았다.

"본방本邦이 국토를 잃고 백성이 뿔뿔이 흩어졌으니 이제 더 이상 의지할 곳도 고告할 곳도 없게 되었네."

문 교수는 가슴 한편이 울컥했다. 《일본서기》에서 읽고도 애써 외면했던 기록이었다.

하늘이 버린 백제

"돌이켜 생각해보면 하늘도 참 무심했다는 생각이 드네요. 제명왕이 1년만 더 살았더라도 백제는 부흥할 수 있었을지 모릅니다. 아니 충분히 다시 일어섰겠죠."

조민국이 입맛을 다시며 손을 들어 마른세수를 했다.

문 교수는 1,400년 전의 여왕이었던 제명의 심정을 충분히 헤아릴 수 있을 것 같았다.

'자신의 목숨보다 사랑한 의자가 없는 백제가 그녀에게 무슨 의미가 있었을까? 제명의 마음을 하늘이 알기에 의자를 따라 하늘나라로 가게 만든 건 아닐까? 역사는 과거와 현재의 대화인데 제명의 죽음은 현재의 우리에게 무엇을 전하고 싶은 것일까?'

여러 가지 상념들이 문 교수의 머리를 어지럽혔다.

"마사코 양, 오늘 일본으로 돌아가실 건가요?"

"내일로 비행기 표를 예약했습니다. 더 오래 있고 싶지만 고양이 밥도 줘야 하고요."

"고양이를 키우세요?"

"네, 두 마리요."

두런두런 소소한 일상을 이야기하는데 편의점 주인 여자가 벽에 걸린 선풍기를 틀어주고 돌아갔다. 여자는 계산대에 앉아 라디오를 틀었다. 시골풍경다웠다.

"…아베 수상은 소녀상 철거가 당연하다는 입장을 다시 한 번 밝히면서 한국 정부에 강력하게 항의할 것을…."

일본대사관에서 소녀상을 지키는 대학생들에 대한 이야기도 흘러나왔다.

"우리나라 젊은이들이 아주 의식이 없지는 않습니다. 밤새워서 몇 달째 소녀상을 지키는 것 같던데요."

문 교수는 그런 열정으로 왜곡된 우리 역사도 바로잡히기를 바랐다.

"저는 오늘 서울에 잠깐 들렀다가 내일 돌아갈 겁니다. 그전에 궁금한 게 하나 있습니다."

마사코가 문 교수와 조민국을 번갈아 쳐다보았다.

"역사에 기록되어 있는 흑치상지라는 인물있잖습니까. 당에서 융숭하게 대접을 받은 인물로 나오는데 그 사람에 대한 자료는 그다지 많지 않더군요."

흑치상지! 문 교수는 크게 숨을 들이마셨다가 내뱉었다. 그 이름 또한 문 교수의 가슴을 아프게 하는 존재였다.

하늘이 버린 백제

모략의 세월

편의점 안으로 한 떼의 여행객들이 들어왔다. 등산복을 입은 중년의 관광객들이었다.

"의자왕이 낙화암에서 죽은 거 아니었어?"

한 남자가 일행들을 둘러보며 말했다.

"낙화암에서 궁녀들이랑 떨어져 죽은 거 맞아."

"가묘엔 그렇게 써 있지 않던데."

문 교수는 그들을 바라보며 혀를 찼다. 대부분의 사람들이 그렇게 알고 있었다. 조민국도 그들에게 잠깐 눈길을 주었다가 거뒀다. 그들은 기념품을 고르고 음료수을 사느라 부산을 떨었다.

"흑치상지는 말이죠."

조민국은 물로 목을 축인 후 강연하듯 열변을 토하기 시작했다. 문

교수는 그가 편하게 발언할 수 있도록 미소를 지어 보였다. 마사코가
의자를 바짝 당겨 앉았다.

"그 인물은 백제부흥운동의 주역이 아니라 부흥운동의 말살자였습
니다."

"그래요? 백제 말기에 의자왕을 도운 인물이 아니었던가요?"

조민국이 손사래를 쳤다.

"흑치상지는 의자왕이 항복할 때 당나라에 끌려가지 않고 백제에
남았어요. 그리고 명목상으로는 소정방이 떠난 후에 백제부흥운동에
가담했죠. 기존의 백제부흥운동군은 소정방에게 항복하지 않고 끝까
지 싸우다가, 지방을 중심으로 백제를 살리기 위해 일어났던 거고요.
하지만 흑치상지가 백제부흥운동을 하는 사이에 엄청난 반목과 불화
가 생겨나죠. 부흥군이 힘을 합쳐도 모자랄 판에 엄청난 권력암투 때
문에 복신이 도침을 살해합니다. 부여 풍이 복신을 살해했을까요? 아
니에요."

"아무튼 권력이라는 거 정말 무섭네요."

"그러니까 역사를 왜곡하기도 하는 거죠. 아무튼 백제를 되찾기 위
해 모두들 목숨을 걸고 싸우는 와중에 이런 비극이 벌어진 것은 상식
적으로 있을 수가 없는 일이죠. 흑치상지가 기록상으로 당나라의 밀
명을 받고 이런 이간작전을 벌였는지는 나와 있지 않습니다. 그런데
흑치상지가 백제부흥군의 마지막 본거지이면서 자신이 만들었던 임
존성을 당나라 군사와 함께 공격하여 함락시켰다는 기록이 나온 겁니

다. 그 성을 끝까지 지키던 지수신 장군[44]은 끝내 흑치상지의 공격으로 목숨을 잃게 되고요. 백제부흥군의 멸망 1등 공신으로 흑치상지는 유인궤의 추천을 받아 당나라의 관직을 당 고종으로부터 수여를 받아요. 자신의 조국 백제를 멸망시킨 공적으로 흑치상지는 당나라로부터 절충도위折衝都尉라는 벼슬을 받고 웅진성熊津城에 주둔하게 됩니다. 그 후 당나라로 건너가 유인궤의 부장으로, 즉 조하도경략부사洮河道經略副使로서 토번吐蕃 전선에 투입되죠. 그 전쟁의 승리로 684년 흑치상지는 다시 좌무위대장군左武衛大將軍이 됩니다."

이번엔 문 교수가 나섰다.

"흑치상지의 야심은 끝이 없었을 겁니다. 조국을 배신할 정도였으니까요. 아마 침몰하는 백제에 남아서 같이 침몰하느니 살아남아서 더 큰 세상에서 꿈을 펼쳐보고자 했을 겁니다. 후세 사람들이 비웃어도 감당할 수 있을 거라 생각했겠죠."

"교수님 말씀 그대로예요. 당나라에서 그의 행보는 거침이 없었거든요. 측천무후가 집권한 뒤, 서경업徐敬業이 양주揚州에서 측천무후 타도를 외치며 거병하였을 때, 측천무후는 흑치상지에게 군을 거느리고 막게 했고, 흑치상지의 군대는 서경업의 반란군을 진압하는 데 성공하기까지 하거든요. 그런 지략과 용맹을 가진 인물이 왜 백제를 배

44　660년 나당연합군의 침입으로 사비성이 함락되자 임존성에서 거병한 백제의 좌평 귀실복신과 도침을 따라 부흥운동에 나선 백제의 무장. 백제부흥군 세력의 패색이 점차 짙어져 가는 상황 속에서 끝까지 임존성을 지켰다. 조선조 남효온이나 안정복 같은 유학자들에 의해 스러져가는 나라를 끝까지 지킨 충신으로 추앙받았다.

신했는지 이해할 수가 없어요. 그 정도의 장수라면 부흥군과 힘을 합치면 백제를 충분히 부활시킬 수 있었을 텐데요. 아무튼 흑치상지는 그 공로로 전국의 변방 군사업무를 총괄하는 좌응양위대장군左鷹揚衛大将軍 연연도부대총관燕然道副大总管이 되어서 돌궐군 토벌에 참여합니다. 돌궐군을 상대로 수많은 전투에서 승리를 거두고 많은 가축을 노획하기도 하죠. 계속 승승장구하고 더욱이 이 공으로 인해서 흑치상지는 그 신임이 당나라 사람보다 두터워 벼슬이 연연도대총관 연국공燕然道大總管燕國公에까지 이르러요. 흑치상지의 기세가 하늘을 뻗었던 거죠. 그러나 정상에 오르면 언제나 내리막이 있는 것이 인생이라고 하지 않던가요? 흑치상지의 권세가 커질수록, 그는 당나라의 주류세력의 견제를 받기 시작해요. 실제로 흑치상지가 당나라에 반역을 해서 군사를 이끌고 당나라를 멸망시키고 그 땅에 새로운 백제를 세우려고 했는지는 아무도 모릅니다. 그가 당나라에 반역을 도모했는지, 혹은 흑치상지의 세력이 무서워 그를 제거하려고 누명을 씌운 건지는 역사적으로 밝혀진 것은 없어요. 역사의 기록으로는 주흥周興 등이 흑치상지가 응양장군 조희절과 함께 변방을 지키는 군사를 이끌고 장안을 공격하려는 음모를 꾸미고 있다는 혐의 때문에 강제로 부하 장수에 의해 체포되고 말아요. 그의 죄명은 반역죄였던 겁니다. 그는 옥중에서도 억울함을 호소하지만 689년엔가 참수형에 처해짐으로써 허망하게 끝이 나죠."

"그에 대해 아주 기록이 없는 건 아닙니다. 왜곡되어 있긴 하지만 사대주의 사관에 의해 쓰인 김부식의 《삼국사기》에 보면 그는 백제를 구한 마지막 영웅으로 묘사하고 있습니다. 역사의 이면에 숨겨진 진실이 중요하다는 후세의 학자들은 흑치상지를 백제를 망하게 한 배신자라고 낙인찍었지만 저는 후자라고 생각해요. 당나라에서 그토록 높은 벼슬을 지내며 살아간 게 개인적인 욕망 때문이라고 생각하거든요."

중년의 관광객들이 편의점을 나간 후 고등학생으로 보이는 아이들이 다시 우르르 몰려들었다. 들어올 땐 몰랐는데 찻집에서 아이스크림도 팔고 있었다. 능산리 고분군 부근에는 마땅한 가게도 없었다. 도시에 흔한 패스트푸드점이나 편의점은 물론 커피 전문점 같은 건 눈 씻고 찾아봐도 없었다. 아이들이 들어오자 실내가 무척 시끄러웠다.

"가시죠. 서울에 올라가면 저녁 시간이 될 거 같은데요."

세 사람은 자리에서 일어나 주차장에 세워두었던 차에 올라탔다. 차 안은 찜통이었다. 조민국은 차창을 열어 더운 바람을 빼낸 후 에어컨을 틀었다.

"백제부흥운동의 주역인 부여 풍은 어떤 사람인가요?"

"그는 의자왕 다음의 32대 백제왕이기도 합니다. 백제의 왕통은 의자왕을 마지막으로 보는 견해도 있고 부여 풍을 마지막 왕으로 보는 견해도 있지요. 아무튼 부여 풍은 백제부흥의 선봉에 섰던 인물이에요."

부여 풍을 중심으로 한 백제부흥군은 한때 수도 사비성을 포위할 정도로 전과를 거두었다. 뿐만 아니라 지금의 충청남도 대전 부근에 위치하고 있는 지라성支羅城·사정성沙井城·옹산성甕山城·진현성眞

岷城 등에 웅거하면서 신라군이 금강을 통해서 웅진과 사비로 운송하는 식량보급로를 끊어 나당연합군을 괴롭혔다.

백제부흥군의 세력이 커지자 당나라의 유인궤는 그 위험성을 직감하고 새로운 작전에 돌입하였다. 주류성의 복신과 도침 세력이 왕성해지자 사비성과 웅진성에 움츠려 있던 당나라의 군사들은 왜에서 구원병이 오기 전에 당나라의 구원병이 도착해야 한다고 끈질기게 소정방에게 탄원을 넣고 있었다. 그러나 고구려 정벌에 온힘을 기울이는 소정방의 대답은 고구려를 정벌할 때까지 사비성과 웅진성을 끝까지 지키라는 명령밖에 없었다. 이에 유인궤는 백제부흥군을 이간시키는 《손자병법》의 이간계를 쓰기 시작하였다. 이간계의 중심에는 흑치상지가 있었던 것이다.

"이 시기 제명 공주 그러니까 제명 천황의 죽음이 백제부흥 실패에 결정적 역할을 하게 됩니다."

차는 어느새 고속도로로 접어들었다. 문 교수는 조수석을 마사코에게 양보한 후 뒷좌석에 앉아 조민국의 강연을 들었다. 얼마나 공부가 깊어졌는지, 어떤 인식으로 고대사를 바라보는지 들어볼 수 있는 좋은 기회였다. 그 동안 문 교수의 지식을 일방적으로 받아들이는 편이었다. 머잖아 조민국이 문 교수의 뒤를 이어야 할 상황이었다. 조민국의 이야기들은 왕이 후일을 도모하기 위해 태자를 강하게 훈련시키듯 공부시켜왔던 시간들이 아깝지 않았다는 판단이 들도록 만들었다.

"제명왕이 죽게 되면서 왜의 구원이 연기되었다는 소식은 당나라와 신라에게는 하늘이 준 기회였습니다. 고구려 정벌에 주력군이 넘어간 상황에서 백제부흥군을 막기에도 힘이 부족한 웅진도독부의 유인궤 입장에서는 한숨 돌릴 수 있는 기회이기도 했고요. 바늘방석에 앉아 있는 기분으로 살았을 텐데 하늘이 그를 도왔는지 왜의 제명왕이 죽고, 왜군의 공격이 늦추어졌으니 그의 입장에서는 다행이라 생각했을 겁니다. 부여 풍도 부여 풍이었지만 그때 백제부흥에 구심점은 승려였던 도침이었어요. 도침은 스스로를 영군장군領軍將軍이라 칭하고, 백제의 유민들을 모아 임존성에서 흑치상지와 함께 기세를 떨쳤죠. 흑치상지 입장에서는 사실 위장이었던 거죠. 당시의 백제 유민들은 도침을 따르는 사람이 많았습니다."

조민국이 렌트한 차가 경기도로 접어들면서 도로에 노을이 내려앉고 있었다.

"흑치상지는 유인궤와 공모하게 되죠. 승려 도침을 제거해야만 백제부흥군이 와해될 거라고 판단합니다. 당시 백제부흥군은 세 갈래로 나뉘어져 있었는데 먼저 왜에서 건너온 부여 풍의 군사와 의자왕의 사촌동생인 복신 그리고 처음으로 부흥운동을 주도한 승려 도침이죠. 처음에는 세 사람이 힘을 합하여 백제부흥의 기틀을 마련했는데 소정방의 밀사로 백제부흥군 심장부에 침투한 흑치상지가 부흥군 내부를 와해시키는 공작을 진행시키면서 그들 사이에 금이 가기 시작했을 겁니다. 임존성에서 도침과 같이 있던 흑치상지는 도침의 신임을 얻고 있었죠. 당시 주류성에는 부여 풍과 복신이 지키고 있었고 임존성에는 흑치상지와 도침이 굳건하게 지키고 있었죠. 흑치상지는 달솔의 지위에 있었지만 백제의 유민들이 도침을 따르니까 자연스럽게 도침의 지휘 아래 있었던 겁니다."

역사적 사료를 바탕으로 한 추론, 위험할 수도 있지만 충분히 가능성이 있는 내용이었다. 문 교수는 토를 달지 않았다.

"그 와중에 도침에게 당나라 유인궤 장군으로부터 사자가 도착한 겁니다."

"적국에서 사자를 보냈다고요?"

"그랬을 겁니다. 아무튼 도침은 그 사자의 목을 치라고 하고 이 계략을 짠 흑치상지는 말이나 들어보고 목을 쳐도 늦지 않다고 만류하죠."

"복신과 도침을 이간질시키기 위한 계략이었겠군요."

"그렇죠. 도침은 당나라 사신을 맞이하면 복신 장군이나 부여 풍 왕자에게 의심을 살 수도 있을 거라며 당장 목을 치자고 하는데 흑치상지가 극구 말렸던 겁니다. 그러면 자신이 세운 계략이 물거품되고 마니까요. 이간질이라는 게 질투를 유발해 사람을 병들게 하는 아주 간악한 계략이죠. 흑치상지는 백제부흥운동의 중심이 승려인 도침이라고 꼬드겼을 겁니다. 그래서 당나라에서 보낸 사신을 맞이하게 되는데 그가 중요한 편지를 전달합니다."

당나라의 대장군 유인궤가 백제의 대장군 도침에게 보냅니다. 이제 당의 황제께서는 고구려를 정벌할 목적으로 백제에서는 손을 떼고 싶어 하십니다. 백제 유민들의 지지를 받고 있는 장군을 웅진도독으로 임명하고 당은 물러갈까 하오. 백제 유민들을 잘 다스려 당의 황제에게 충성하도록 하시오. 앞으로 백제는 장군의 나라가 될 것이오.

"이 얼마나 매력적인 편지입니까. 흑치상지의 간계라는 걸 몰랐지만 사실 도침은 흔들리지 않았습니다. 유인궤 장군에게 정중하게 물러나 줄 것을 요구하죠."

장군의 호의는 고맙소만. 소장은 백제를 되살리기 위해 목숨을 내어 놓았소. 장군께서 그냥 물러나시면 소장도 더 이상 전쟁의 살육을 멈추고 백제를 되찾고 싶소. 부디 소승의 뜻을 헤아리시어 물러나주기를 부처님께 기원하겠소.

"그런데 그 내용을 다른 사람들은 몰랐던 겁니다. 그리고 흑치상지의 계략이 맞아떨어지게 됩니다. 복신 장군에게서 은밀하게 연락이 온 겁니다. 흑치상지를 만나자는 연락이었죠. 흑치상지는 속으로 쾌재를 불렀을 겁니다. 기다리던 바였으니까요. 유인궤 장군이 도침에게 편지를 보냈다는 내용, 그리고 도침 장군이 답장을 보냈지만 무슨 내용인지 알지 못한다는 이야기를 전달합니다. 그런데 복신의 입장에서 중요한 건 왕족인 복신을 두고 백제의 유민들이 근본도 없는 중인 도침을 더 따르는 것에 질투심을 느꼈을 거라는 점입니다. 그 와중에 도침이 당나라와 내통을 하고 있다고 보았던 거죠. 게다가 백제부흥군의 지도자인 부여 풍 왕자가 있고, 그다음에 총사령관인 자신이 있는데도 그 둘을 배제하고 당나라와 사신을 주고받은 것에 대해서도 용서할 수 없었을 겁니다. 흑치상지는 결정적인 한 마디를 던집니다."

도침 장군이 웅진도독이 되어 백제를 다스리면 우리는 어떻게 되는 것이옵니까?

"복신 입장에서는 화가 났겠군요. 그는 그 길로 부여 풍에게 달려갔을 겁니다. 부여 풍 왕자에게 도침을 제거해야 한다고 말하죠. 이미 그들 사이에 금이 가기 시작한 겁니다. 하지만 부여 풍 왕자는 조금 더 신중했던 것 같아요. 좀 더 기다려보자고. 중대형 왕자의 원군이 오면 백제를 되찾을 수 있다고 복신을 달래지만 이미 질투의 화신에 현혹된 복신은 부여 풍의 말이 귀에 들어오지 않았을 겁니다. 게다가 말이라는 게 입 밖으로 나가면 부풀려지듯 복신은 도침이 당과 내통하고 있다고 발설했을 겁니다."

"그렇게 도침을 제거하게 되면 임존성의 실권은 자연스럽게 흑치상지에게 넘어가겠군요."

"맞습니다. 게다가 복신 장군은 성질이 급한 인물로 알려져 있는데요. 부여 풍의 만류에도 불구하고 도침을 살해하고 맙니다. 도침은 그런 자신의 운명을 알고 반항하지 않지요. 다만 그가 미안한 건 의자왕이었을 겁니다. 결국 새벽 예불을 드리던 도침은 복신 장군이 보낸 자객들에 의해 살해당합니다. 문제는 그 다음인데 흑치상지는 거기서 멈추지 않고 복신과 부여 풍을 이간질하기에 이릅니다. 소문을 만드는 거죠."

"무슨 소문이오?"

"역사적 기록은 없지만 그랬을 거라 추측이 됩니다."

"그러니까 무슨 소문인데요?"

"복신 장군이 부여 풍의 말을 듣지 않고 독단적으로 승려 도침을 제거했다는 거죠. 위계질서가 사라지는 겁니다."

"어떻게 그런 생각까지 하시게 되었나요?"

마사코는 신기하다는 듯 조민국의 옆얼굴을 바라보았다. 문 교수는 괜히 기분이 좋았다. 마사코가 아직 총각인 조민국을 마음에 들어 한다면 더없이 좋을 것 같았다.

"사료를 읽다보면 그 사료 뒤에 감추어진 이야기들을 들을 수가 있어요. 기록되지 않은 이야기들, 혹은 기록할 수 없는 이야기들 어느 땐 의도적으로 삭제된 이야기들을 만날 수가 있죠. 그런데 부여 풍은 좀 진중했던 것 같아요. 복신 장군에게 지원군을 몰고 올 중대형 왕자를 기다리자고 하죠."

"그래야 부활의 실마리라도 잡을 수 있었을 테니까요."

"한국에 오셨으니까 향일암에 들렀다 가세요."

"향일암이오?"

"네. 일본을 바라보는 암자라는 뜻이죠."

"그걸 누가?"

"누가 창건했는지 가서 보시면 알게 됩니다. 왜곡된 부분들도 있지만 말입니다."

조민국이 주고 마사코가 받았다. 뜻하지 않게 향일암을 가게 되었지만 마사코라면 동행해도 나쁘지 않겠다는 생각이 들었다.

"교수님께서 처리할 몇 가지 일이 있는데 내일 중에 마무리 짓고 내려가는 일정 잡아보죠. 교수님 괜찮으신 거죠?"

"참, 일찍도 물어본다."

"가신다는 말씀이시죠?"

문 교수가 마지못해 고개를 끄덕이며 웃었다. 차가 신갈 톨게이트를 지나며 도로엔 어둠이 깔리고 있었다. 조민국과 마사코는 죽이 착착 맞았다. 문 교수는 잘 어울리는 한 쌍이라는 생각이 들었다. 마치 제명과 의자처럼.

향일암의 그리움

　조민국과 마사코는 여수의 향일암으로 가는 동안 쉴 새 없이 수다를 떨었다. 뒷좌석에 문 교수가 있건 말건 시시콜콜한 이야기까지 마사코에게 들려주었다. 늦게 결혼한 자신의 누이 이야기에서부터 서당과 당산나무가 있던 고향의 마을 풍경에 대해서도 주절주절 떠들어댔다. 어떤 이야기들은 문 교수도 들어본 적이 없는 조민국의 신상에 관해서였다. 아주 관심 있게 들어주는 마사코가 대단하다는 생각이 들었다.

　"향일암은 어떤 곳이죠?"

　조민국이 물 만난 물고기처럼 눈을 번뜩거렸다. 한번은 대학원생들을 상대로 조민국에게 향일암에 대해 강의를 시킨 적이 있었다. 문 교수보다 훌륭하게 강의를 했던 기억이 있었다. 문 교수는 차창 밖을 내다보며 빙그레 미소를 지었다.

"향일암은 의자왕 때 만든 절입니다. 의자왕이 일본에 있는 제명왕이 보고 싶을 때 이곳에 올라와 일본을 바라보며 제명을 그리워했다고 합니다."

마사코는 향일암이라는 말을 처음 들었기 때문인지 궁금해했다. 그런데 그 절의 이름이 그녀에게는 가슴 깊이 다가간 모양이었다.

"향일암이라는 말이 일본을 향해서 바라본다는 의미인가요?"

마사코는 향일암이라는 말을 하면서도 묘한 흥분을 느끼는지 어깨를 떨었다.

"그렇습니다. 그 당시 백제 사람들이 왜를 쳐다보면서 해가 뜨는 곳이라는 의미로 일본이라고 불렀다는 기록이 있습니다. 그래서 향일암이 일본을 바라보는 곳과 해를 바라보는 곳이라는 두 가지 이론이 있습니다. 그런데 저나 우리 교수님은 의자왕이 왜 그 절을 지었는지를 생각하면 그의 마음을 이해할 수 있을 것 같더군요. 향일암은 일본을 바라보는 절입니다. 그 일본에는 사랑하는 제명 공주가 있었기 때문이었죠."

그 뒤로도 조민국은 자신의 전공 분야를 쉴 새 없이 떠들어댔다. 마사코를 즐겁게 해주려는 마음이 가득했다.

향일암에 도착한 후에 세 사람은 주차장에 차를 세우고, 장사꾼들의 즐거운 유혹을 받으며 가파른 골목길을 한참 올라가니 커다란 바위동굴인 일주문이 나왔다. 머리를 숙여 바위 동굴을 지나자 작은 암자가 나왔다. 암자 앞에 펼쳐진 전망은 일본을 향하고 있는 검푸른 바다였다. 원효대사가 그 바다를 바라보며 참선을 한 평평하고 큰 바위의 좌선대가 향일암의 상징처럼 사람들의 관심을 끌고 있었다.

'향일암에서 바라보는 일본은 어떤 느낌일까?'

문 교수는 새삼 묘한 기분이 들었다.

향일암의 안내서에 쓰인 '644년(선덕여왕 13년)에 창건하였다'는 문구가 문 교수의 눈살을 찌푸리게 했다.

"644년이면 좀 이상한데요?"

"역시 마사코 양 눈썰미가 좋으시네요. 644년이면 의자왕 즉위 4년 후거든요. 그리고 의자왕 시절에 이곳 여수 향일암은 백제의 영토였고요. 그런데 선덕여왕 13년이라는 자체가 승리자 신라 위주로 모든 것이 바뀌어 있다는 걸 말해주는 거죠. 이 사찰은 의자왕에게 의미가 깊은 곳이었습니다. 저도 처음엔 '의자왕이 왜 일본이 제일 잘 보이는 이곳에 절을 짓고 이름도 향일암이라고 지었을까?' 곰곰 생각해봤죠. 꿈속에서도 보고 싶어 하던 제명 공주를 이곳에 와서 몰래 그리워하지 않았을까? 하는 생각이 들더군요."

조민국의 이야기를 듣고 있자니 문 교수는 가슴이 시큰해졌다. 문교수는 조민국의 설명에 한마디 보탰다.

"의자왕이 제명이 보고 싶을 때마다 여기 와서 일본에 있는 제명을 그리워했다고 입에서 입으로 전해지고 있었어요. 그런데 신라가 삼국을 통일한 후에 원효대사가 이곳에 머물면서 이 절의 이름을 원통암

圓通庵이라고 바꿨어요. 세월이 지나 의자의 사랑이 사람들을 감동시켰는지 잊지 않고 있다가, 조선시대에 들어서 원래의 이름인 향일암을 찾았습니다. 기록은 모두 사라졌지만 기록보다 소중한 것이 구전이라는 말이 있습니다. 입에서 입으로 천년을 내려왔다면 의자의 사랑이 사람들을 감동시켰을 겁니다. 그래서 향일암의 이야기가 지금까지 전설처럼 이어져 오고 있어요."

문 교수의 이야기를 들으면서 마사코는 생각에 잠겼다. 민국은 그녀의 표정을 보면서 알 수 없는 미소를 지었다. 문 교수는 두 사람을 쳐다보지 않는 듯 말을 이어 나갔다.

"백제가 망한 후에도 후세 사람들이 사랑하는 사람이 보고 싶을 때 이곳 향일암에 올라 바다를 바라보며 기도를 올린다고 합니다."

"저도 자주 여기를 와야 할 것 같은데요."

민국이 얼굴을 붉히면서 농담조로 이야기했다. 마사코는 그런 민국의 농담에 표정 없이 그를 쳐다보았다. 문 교수는 어색한 분위기를 깨려는 듯 민국을 째려보며 말했다.

"아, 바다가 너무 아름답네요. 마사코 양 저 바다 한번 보세요."

세 사람은 향일암의 암자 위에서 저 멀리 바다 건너 일본을 바라보았다. 정말로 가깝고도 먼 나라가 일본이었다. 그곳에 의자왕이 그렇게 그리워하던 제명 공주가 있었다.

"우리 역사 기록엔 의자왕이 삼천궁녀와 낙화암에서 떨어져 죽은 것으로 기록하고 있어요. 하지만 진짜 의자왕은 향일암의 애처로운 사랑으로 기록되어야 할 거 같아요."

마사코도 조민국이나 문 교수와 똑같은 감정을 느낀 듯했다.

마사코는 향일암의 바위 위에 올라서 바다를 뚫어지게 쳐다보고 있었다. 바다 건너 일본의 제명을 생각하고 있었을까? 민국도 아무 말 없이 마사코를 뒤에서 쳐다보고 있었다. 그렇게 시간은 흘러가고 있었다.

향일암에서 내려온 후에 그들은 여수의 바닷가를 걸었다. 지금은 비행기로 바로 갈 수 있는 일본이지만 의자왕이 이 바다를 두고 제명왕을 그리워했다고 생각하니 문 교수는 가슴이 아팠다. 마사코가 발길을 멈추고 문 교수에게 물었다.

"제명왕이 그렇게 가고 싶어 했던 이 땅의 후손들과 일본의 사람들은 왜 제명왕의 마음을 이해하지 못하는 것일까요?"

문 교수는 마사코의 얼굴을 쳐다보며 말했다.

"백제를 구하기 위해 몸부림쳤던 제명 천황은 일본에서는 무능한 천황으로 일본의 역사가들에게도 인정받지 못하고 있어요."

"그 당시 백제와 왜의 관계를 안다면 이해할 수도 있을 것 같은데요."

문 교수는 마사코의 감정을 이해할 수 있었다. 여수의 바닷바람이 마사코의 머리카락을 휘날리게 하고 있었다. 마사코가 머리를 정리하는 동안을 기다렸다가 문 교수는 자신의 생각을 말했다.

"일본은 고대사에 대한 열등감이 있고 한국은 근대사에 대한 열등감이 있다고 말할 수 있어요. 같은 형제끼리도 경쟁심이 있는 것은 당연한 일이지요. 그 경쟁심이 건전하게 발전되면 가문의 영광으로 발전하고, 형제의 경쟁이 과열되어 싸움으로 번지면 그 가문은 파멸로 추락하는 것이 역사적인 교훈입니다. 형제끼리 싸우면 모르는 이웃보다도 더 원수가 된다는 말이 있습니다. 지금 한국과 일본이 그러한 상황인 것 같습니다. 서로 형제끼리 싸우다 보니 우리와 아무 관계없는 아프리카의 먼 나라보다 서로를 더 미워하고 있습니다. 그러나 형제끼리 마음을 풀면, 그 누구보다도 가깝게 지낼 수가 있습니다. 피는 물보다 진하기 때문입니다. 그러기 위해서는 한국과 일본은 그 경쟁심을 건전하게 발전시켜 서로 힘을 합하여 세계의 중심으로 우뚝 솟아야 한다고 생각합니다. 한국과 일본은 서로의 한을 풀어내고 인정할 것은 서로 인정하는 자세가 먼저 필요하다고 봅니다. 일본은 고대사에 형님인 한국의 도움을 받았습니다. 역사적 사실들이 그 진실을 말하고 있는데 외면한다고 해서 외면할 수 있는 게 아니잖아요. 부정한다고 해서 부정할 수 있는 것도 아니고요. 일본 고대의 뿌리가 백제에 있다는 것, 그리고 일본과 한국이 실은 하나의 뿌리에서 출발했다는 사실 이젠 인정해야만 해요. 이제 한국과 일본은 어깨를 나란히 해서 형제가 세계적인 경제대국으로 변모하고 있습니다. 그런데 아직도 으르렁거리며 싸우는 모습을 보인다면 하늘나라의 조상들은 우리를 어떻게 생각할까요? 두 나라는 고조선에서 이어온 부여, 백제와 같은 삼한의 뿌리들입니다. 이제 힘을 합하여 백가제해의 나라를 만들어야 할 것입니다. 세계의 모든 사람들이 평화롭게 살 수 있도록 우리가 그 중심에 서서 새로운 백제를 만들어야 합니다. 일본과 한국이 서로 백제의 정신을 잊지 않는다면 앞으로 사이좋은 형제처럼 지낼 수 있지 않을까요. 그것이 제명 공주의 바람이고 의자왕의 소망일 것입니다."

향일암의 앞바다는 문 교수의 생각을 삼킬 듯이 파도가 몰아쳤다. 조민국은 멀리 눈길을 준 채 차분하게 바다를 바라보았다. 그 파도 속을 뚫고 햇살이 눈부시게 빛나고 있었다.

문 교수는 담배도 사고 마사코와 민국에게 시간도 줄 겸 혼자 편의점으로 향했다. 편의점의 주인아주머니 한 분이 카운터에서 TV를 보면서 중얼거렸다.

"에이 나쁜 놈들, 저놈들은 정말로 인간들이 아니야."

"담배 한 갑 주세요."

손님이 들어와도 화가 났는지 쳐다보지도 않고 담배를 내밀었다. 문 교수는 슬쩍 TV를 보니 소녀상 철거와 위안부 할머니 문제로 온 나라가 들끓고 있는데 결국 아베 수상은 사과한다는 말 한마디 없이 서둘러 봉합하려고만 하고 있었다. 보통의 일본인들은 길거리에서 부딪치면 아무것도 아닌 것을 가지고도 "스미마센"이라는 말을 너무나 자주 그리고 쉽게 한다. 그런데 위안부 할머니들의 그 아픔을 알면서도 왜 일본 수상은 일본 국민을 대신해서 사죄한다는 그 한마디를 못하는 것일까? 일본인들의 뿌리에는 한국인들에 대한 원망과 미움이 아직도 그렇게 많이 남아 있는 것일까? 이해하려고 해도 이해할 수 없는 미스터리를 가진 국민이 일본인인 것 같았다. 문 교수가 이런 생각을 하고 있는데 갑자기 아주머니가 소리 질렀다

"돈 안 내요?"

이때까지 손님을 쳐다보지도 않고 혼자 화를 내다가 손님에게 화풀이하는 이 아주머니는 도대체 어느 나라 사람인가? 우리나라 사람들도 이해 못하는 부분들이 참 많다. 문 교수가 웃으면서 돈을 지불하니까, 아줌마는 문 교수를 미친 사람 보듯이 쳐다보았다.

chapter 12

아, 운명의 백촌강 전투

백촌강

중대형은 효자였다. 국상을 선포하고 매일 제명왕의 빈소를 찾아가 절을 올렸다. 그사이 백제의 부여 풍으로부터 구원군이 빨리 와야 적을 물리칠 수 있다는 서찰이 여러 차례 도착하였다. 중대형은 백제의 상황을 더 이상 외면할 수 없다고 판단했다. 제명왕의 묘를 쓰쿠시에 임시로 안장하고 군사를 이끌고 백제로 향하려는데 나니와에서 급한 전갈이 왔다. 나니와의 귀족들이 백제부흥에 반대하며 역모를 꾸미고 있다는 급보였다. 먼저 나니와의 반란세력들을 평정한 다음에 군사를 백제로 움직여야 할 것 같았다.

"그 반란의 수괴가 누구더냐?"

"반란의 수괴는 소가노 야스마로蘇我安麻呂이고 대해인 왕자를 내세웠다고 합니다."

동생의 이름을 듣자, 중대형은 순간 몸이 움찔했다. 그동안 여러 첩보를 통해서 동생 대해인이 나니와의 토착 귀족들과 부화뇌동하고 있다는 소식이 들려왔지만 중대형은 동생을 믿었기에 더 이상 왈가왈부하지 못하도록 입단속을 시켰다. 그런데 그 동생이 역모세력에 가담하여 형에게 칼을 겨누고 있었다. 중대형의 표정을 살핀 전령은 조심스럽게 입을 열었다.

"들리는 소문에 의하면 대해인 왕자님은 처음에는 말렸지만 귀족들의 뜻을 꺾을 수가 없었다고 하옵니다."

항상 동생을 우유부단하고 어린애처럼 다루는 중대형으로서는 대해인이 어쩔 수 없이 가담할 수밖에 없었을 것이라고 생각했다.

중대형은 군사를 돌려 나니와로 향했다. 먼저 왜의 반란세력을 평정하고 왜를 안정시킨 후에 백제로 출병해야 안심할 수 있었다. 반란세력을 등 뒤에 두고 군사를 움직일 수는 없었다. 군사를 이끌고 나니와로 향하는 중대형의 마음은 착잡하였다. 나니와까지 대부대를 움직이는데 한 달가량 걸리는 시간이었다. 어머니의 장례식은 유언대로 삼년상을 하지 않고 간소하게 치렀지만 자식 된 도리로 6개월의 상중애도기간이 걸렸다. 또 국내 반란세력을 진압하는 데 몇 달이 걸릴지도 모를 일이었다. 백제부흥군의 부여 풍이 중대형을 손꼽아 기다리고 있는데 하늘이 왜 돕지 않는지 원망스러웠다.

'이 중요한 시기에 귀족들은 왜 내 마음을 몰라주는가? 이번 기회를 놓치면 영원히 백제는 다시 돌아올 수 없다. 왜 나라고 목숨이 아

깝지 않겠는가?'

중대형은 혼자 마음속으로 울분을 삼켰다. 그러나 그의 가슴속에는 역사의 냉엄한 명분 앞에 목숨을 내놓고 역사의 흐름을 바꿔놓아야 할 책임감으로 가득 차 있었다.

'지방의 호족들은 그저 자신들의 욕심만 채우는 버러지 같은 놈들이야. 나라가 어떻게 되든 자신들의 욕심만 쫓아가는 무리들은 언젠가 모두 없애야 한다. 지금 눈앞의 이익만 생각한다면 후손들은 우리를 어떻게 평가하겠는가? 가진 자들의 현실에 안주하려는 그 마음이 부패를 만들고 있다. 고향을 잃고 이곳으로 몰려온 이 백성들의 소리에 귀를 기울여야 한다. 민심의 소리가 곧 하늘의 소리이다.'

중대형은 스스로에게 다짐하면서 무거운 발걸음을 나니와로 향했다.

한편 나니와에서는 중대형이 5만 명의 군사를 이끌고 반란을 평정하러 온다는 소식을 듣고 귀족들이 모여서 대책회의를 열었다. 귀족들은 중대형의 성격을 알기에 모두 겁을 먹고 싸울 용기가 나지 않았다. 그들은 스스로 반란의 우두머리인 소가노 야스마로를 잡아서 그의 목을 중대형에게 바쳤다. 중대형은 나니와에 도착해서 역모에 가담한 귀족들의 목을 베고 그 가족 중에 남자들은 모두 백제 원정군에 편입시켰다. 반란에 가담한 귀족들의 목을 나니와 성 앞에 걸어서 자신의 단호함을 보여주었다. 중대형은 모든 것이 정리된 후 동생 대해인을 불렀다. 대해인은 겁에 질려서 벌벌 떨면서 중대형 앞에서 무릎을 꿇었다. 중대형은 떨고 있는 대해인을 보자 측은한 생각이 들면서 어머니 제명의 얼굴이 떠올랐다. 치밀어 오르던 분노는 어느새 동정과 연민으로 바뀌어 갔다.

"네가 무슨 죄인이냐? 형 앞에서 무릎을 꿇고 떨고 있는 것이 형으로서 보기가 민망하구나."

대해인은 형이 불같이 화를 내고 자신을 죽일 듯이 덤빌 줄 알았는데 오히려 부드러운 목소리로 자신을 부르자 더욱 조아리며 말했다.

"형님, 저를 용서해주시옵소서. 저는 이번 역모와 아무 관련이 없습니다. 저들이 강제로 저의 이름을 올려놓고 협조하지 않으면 죽일 것이라고 협박하기에 제 이름이 올라간 것뿐이옵니다. 어찌 제가 형님을 배반할 수 있겠사옵니까?"

중대형은 동생 대해인을 쳐다보면서 이것이 동생의 진심일 것이라 믿었다.

"그래, 네 마음은 이해한다. 그러나 반역의 무리에 자꾸 너의 이름이 오르내리는 것은 형으로서도 그냥 넘길 수가 없구나."

대해인은 어떻게든 목숨을 건져야 한다는 생각으로 엎드려 울면서 중대형에게 말하였다.

"형님은 어릴 때부터 저의 여린 마음을 잘 알고 계시지 않습니까. 저는 이번에 머리를 깎고 중이 되어 절로 들어가겠습니다. 그래서 형님과 어머니, 아버지를 위해 한평생 기도드리겠습니다. 더 이상 속세에 휘말리지 않도록 윤허하여 주시기 바랍니다."

중이 되겠다는 동생의 말을 들으니 형으로서 안쓰러운 마음이 들기까지 하였다. 그리고 어머니 제명왕의 '동생을 잘 보살피라'는 마지막 유훈이 중대형의 가슴을 때렸다.

"내가 그대를 위해 큰 사찰을 지어줄 것이니 부디 마음 편하게 수양에 정진하도록 하라."

"아니옵니다 형님, 저는 속죄하는 마음으로 토굴에서 도량을 닦고자 하옵니다. 저의 마음을 헤아려주시옵소서."

중대형은 순간 마음이 흔들렸다.

'내가 동생에게 잘못하고 있는 것이 아닐까?'

하나밖에 없는 동생인데, 하늘에 계신 어머니가 지켜보고 계신 것 같았다. 중대형은 대해인의 손을 잡고 말했다.

"내가 어머니와 약속한 백제부흥을 이루면 너에게 더 잘해줄 것이야. 너무 전쟁에만 정신이 팔려서 너에게 소홀한 점은 용서해다오. 이제 이곳이 진정되었으니 나는 군사를 돌려서 백제로 가고자 한다. 부여 풍이 이끄는 백제부흥군이 전국에서 호응을 얻어 사비성과 웅진성을 포위하고 있다고 한다. 그리고 당나라는 고구려를 공격하느라, 백제에 원군을 보낼 수 없다고 한다. 이것은 하늘이 준 기회야. 그런데 여기 나니와의 나쁜 놈들 때문에 시간이 지체되었어. 나는 지금 백촌강으로 진출해서 백제를 되찾을 테니까 너도 이제부터는 목숨을 걸고 왜의 안정을 지켜야 한다."

중대형은 이미 대해인을 용서하고 다시 나니와의 통치를 동생에게 맡기기로 결정했다. 고양이에게 생선을 맡긴 형국과 다를 바가 없었다. 대해인은 못 이기는 척하며 형의 제안을 받아들였다.

"형님의 뜻대로 이 동생은 목숨을 걸고 형님을 보필하겠습니다."

그날 저녁 중대형과 대해인은 형제의 정을 나누면서 술이 취하도록 마셨다. 나니와의 슬픈 밤은 그렇게 깊어만 갔다.

그 다음날 아침 중대형은 군사를 이끌고 백제의 백촌강으로 노를 저어 나아갔다. 나니와의 반란 때문에 부여 풍과 약속한 날짜보다 1년 이상 늦어진 663년 8월의 출병이었다. 그러나 당나라는 이 기간 동안 만반의 준비를 하고 있었다.

흑치상지는 백제부흥군의 중심에서 왜의 이러한 상황을 모두 보고받고 있었다. 부여 풍은 복신 장군과 흑치상지 장군을 불렀다.

"이제 우리의 꿈이 이루어지는 순간이 왔소. 왜의 중대형 왕자께서 5만 명의 군사를 이끌고 쓰쿠시를 출발했다는 전갈이 방금 도착했소. 앞으로 보름 후면 왜의 군사가 백촌강을 지나 사비성을 공격할 것이오. 그때 우리도 주류성과 임존성에서 힘을 합쳐서 총공세로 사비성과 웅진성을 되찾아야 할 것이오. 흑치상지 장군께서는 왜의 구원군이 백촌강에서 육지에 안전하게 도착할 수 있도록 지원병을 은밀하게 백촌강 근처로 잠입시켜주길 바라오. 이런 정보가 절대로 밖으로 새어 나가서는 안 되오. 기밀을 유지하고 왜의 구원군이 안전하게 상륙할 수 있도록 최선을 다해주기 바라오."

"소장 목숨을 걸고 지키겠나이다."

흑치상지는 부여 풍에게 대답하는 순간, 여러 가지 생각들이 머리를 스치고 지나갔다.

'왜의 구원병이 오면 과연 백제가 되살아날 수 있을까? 만약에 백제가 되살아나더라도 나의 첩자행각이 드러난다면, 나중에 반드시 참수형과 함께 온 가문이 멸족을 당할 것이다.'

그런 생각을 하니 흑치상지의 머리가 번개에 맞은 듯 번뜩거렸다. 흑치상지가 머리를 굴리고 있는 사이, 복신은 자신만만한 어조로 부여 풍에게 대답했다.

"이제 승리는 우리의 것입니다. 나 혼자라도 적들을 다 물리칠 수 있습니다. 나를 중심으로 똘똘 뭉쳐 있는 우리 부흥군의 기세가 하늘을 찌르고 있습니다. 이 기회에 아예 신라를 없애버립시다."

부여 풍은 안하무인의 복신이 눈에 가시 같았다. 자신의 허락도 없이 도침을 살해한 것은 일종의 도전이었다. 복신은 공공연하게 이런 말을 하고 다녔다.

백제부흥군의 수장은 나다. 부여 풍 왕자는 그냥 나만 따라오면 된다.

부여 풍의 귀에도 이런 말이 당연히 들어갔다. 부여 풍과의 회의가 끝나고 임존성으로 돌아온 흑치상지는 당의 유인궤에게 몰래 서찰을 보냈다.

장군, 8월 중순에 왜의 병력 5만이 백촌강에 들어온다고 합니다. 왜의 배들이 육지에 상륙하기 전에 백촌강 근처에 군사를 매복시켜 불화살로 왜군의 배를 불태워야 할 것입니다.

흑치상지는 백촌강으로 들어오는 왜군을 맞이하기 위해 군사를 이끌고 임존성을 떠나기 전날, 임존성을 지키는 지수신遲受信 장군의 마음을 떠보기 위하여 그와 단둘이 술을 한잔 하였다.

"장군, 내가 왜의 구원병을 안전하게 백촌강에서 상륙시키기 위해서 임존성을 떠나지만, 만약에 일이 잘못되어 왜의 구원병이 패하면 장군은 어떻게 하시겠소?"

지수신 장군은 술을 한잔 단숨에 들이켠 다음에 호탕하게 웃으며 말했다.

"아니 장군 어떻게 하다뇨? 우리는 끝까지 싸우다 이 임존성과 함께 마지막을 같이 할 것이오."

흑치상지는 겸연쩍게 웃으며 다시 말했다.

"장군의 충성심은 모든 백성들이 다 알고 있소. 그러나 만약에 왜의 부흥군이 물러가고 주류성마져 함락된다면 여기서 개죽음을 당할 수는 없지 않소. 다음을 기약해볼 수도 있지 않냐는 의미로 말씀드렸을 뿐이오. 오해는 하지 마시오."

흑치상지는 도둑질하다가 들킨 사람처럼 가슴이 뜨끔했다. 지수신은 흑치상지의 얼굴을 쳐다보지도 않고 씩씩거리며 말했다.

"나는 여기 임존성에서 뼈를 묻을 생각이오. 더 이상 도망갈 곳도 없소. 항복하느니 차라리 할복하여 내 피를 승리의 상징으로 보여주겠소."

지수신 장군의 결의가 굳은 것을 확인한 흑치상지는 심복 몇 사람을 임존성에 심어두고 부장 사탁상여를 데리고 임존성을 출발했다. 흑치상지의 서찰을 받은 유인궤도 군사회의를 열어 이번에 완전히 왜군의 몰락과 함께 백제부흥군의 씨를 말려야겠다고 다짐했다.

당나라는 백제의 부흥군을 뒤에 남겨놓고는 고구려를 정벌할 수 없다고 생각했다. 먼저 백제부흥군과 왜의 세력을 없앤 후에 고구려를 멸망시키는 것으로 전략을 수정하면서 전 병력을 다시 백제로 집결시켰다.

유인궤는 신라의 김춘추에게 말했다.

"신라군은 백제부흥군이 백촌강으로 진입하지 못하도록 임존성과 주류성을 공격하시오. 우리 당나라는 백촌강에 집결하여 왜군들을 전멸시킬 것이오."

김춘추는 회심의 미소를 짓고 대답했다.

"장군의 분부대로 백제 놈들이 한 명도 성 밖으로 나오지 못하도록 꽁꽁 묶어 놓겠습니다."

백촌강에 도착한 당나라의 유인궤 부대는 백촌강의 상류에서부터 하류에 이르기까지 병사를 배치하여 물 샐 틈 없이 경비를 강화하고 황해에는 대규모 수군을 은밀하게 배치하였다. 흑치상지를 몰래 만난 유인궤는 그의 손을 잡으며 말했다.

"흑치상지 장군이 아니었으면, 큰일이 날 뻔했소. 장군은 백제부흥군 토벌의 일등공신이오. 지금 당나라에 계신 소정방 대장군께서도 흑치상치 장군을 특별히 챙기라고 말씀하셨소. 내가 황제폐하와 소정방 대장군께 이 모든 사실을 다 보고하여 장군을 대당나라의 장군으로 크게 사용하리라."

흑치상지는 머리를 조아리며 말했다.

"인명 피해를 최소화하고 전쟁이 빨리 끝나기를 바라는 마음뿐이옵니다."

"내 장군의 마음은 다 알고 있소. 항복하는 사람은 죽이지 않고 모두 장군의 손에 맡길 것이니 장군이 처리하도록 하시오."

"감사하옵니다. 소장이 빨리 전쟁을 끝낼 수 있도록 최선을 다해서 장군을 보필하겠나이다."

흐뭇한 미소를 짓고 있는 유인궤에게 흑치상지는 백제부흥군의 첩보를 알려주었다.

"백촌강 주변에 매복한 백제병사가 밤에 횃불을 들면 왜군이 그 횃불을 보고 상륙을 할 것이옵니다. 우리는 그때를 놓치지 말고 불화살로 집중 공격함으로써 적들을 섬멸할 수 있을 것이옵니다."

한편 백촌강을 향해 밀고 들어오는 중대형의 왜군은 먼저 1진을 보내서 적의 동태를 살피게 한 후에 중대형이 제일 마지막에 전군을 지휘하며 배를 전진시키고 있었다. 중대형은 부관에게 말하였다.

"절대 서두르지 마라, 만에 하나 우리가 백촌강에 상륙한다는 정보가 새어나갔다면 당나라와 신라가 백촌강을 지키면서 우리가 상륙하기 전에 불화살을 쏠 것이다. 먼저 1진에서 상륙하여 안전하다고 판단되면 모든 배가 상륙을 시도할 것이다."

중대형은 빈틈없이 만일의 사태에 대비하여 신중하게 배를 10개 분대로 나누어서 전진시키고 있었다. 유인궤는 이미 왜의 5만 군사가 1천 척의 배에 타고 백촌강에 진입하는 것을 천천히 지켜보고 있었다. 유인궤는 왜의 선발부대가 상륙하는 것을 지켜보면서 공격하지 않았다. 부여 풍은 주류성을 나와서 백촌강으로 진입하는 중대형의 왜군과 합류하기 위해 시도를 하였지만 김유신이 이끄는 신라군이 철통같은 방어태세로 주류성을 에워싸고 있었다. 부여 풍은 가슴이 찢어지는 것 같았다. 부여 풍은 군사를 이끌고 있는 복신을 불렀다.

"왜의 중대형이 오는 날짜를 어떻게 저들이 알고 이렇게 물 샐 틈 없이 경계를 하는 겁니까? 우리 중에 첩자가 있는 것은 아닐까요?"

복신은 확신에 찬 듯 말했다.

"도침의 부하가 당나라에 정보를 판 것 같습니다."

복신은 여기서도 자신이 죽인 도침을 적의 첩자라고 부여 풍에게 보고했다. 부여 풍이 복신에게 도침을 살해한 책임을 묻겠다고 하는 데 대한 강한 반발의 표시였다. 부여 풍은 오히려 복신을 의심하였다. 그 의심의 제보자는 다름 아닌 흑치상지였다. 흑치상지는 며칠 전 은 밀하게 부여 풍을 찾아가 독대하면서 말했다.

"전하, 복신 장군이 도침 장군을 죽인 것은 복신 장군이 적과 내통하다가 도침에게 발각되어서 그 화근을 없애고자 살해하였다는 소문이 있사옵니다. 그리고 지금 저희들의 첩보가 계속 적들의 수중에 들어가고 있습니다. 아직도 뚜렷한 증거는 없사오나 한번 시험해보시기 바랍니다."

"무엇을 시험하라는 말이오?"

"은밀하게 가짜 정보를 복신에게 이야기하신 후에, 적들이 그 가짜 정보에 따라 움직이는지 확인하시면 될 것이옵니다."

부여 풍도 도침을 죽인 복신이 의심스럽기도 해서 복신을 불러서 비밀정보를 이야기하였다.

"왜군이 도착하기 전에 우리 부흥군이 힘을 합하기 위해서 임존성의 군사를 모두 주류성으로 이동시켜야겠소."

"만약의 사태에 대비하여 임존성과 주류성을 같이 지키는 것이 좋을 듯하옵니다."

"아니오, 이제 곧 왜의 원군이 5만 명이나 오는데 우리가 더 이상 수세에 몰릴 것이 아니라 총공세를 하는 것이 좋겠소. 흑치상지 장군에게도 이야기해놓았으니 임존성을 지킬 최소한의 군사만 두고 내일 군사를 주류성으로 집결하도록 하시오."

부여 풍은 말을 하면서도 복신을 의심하는 자신이 서글펐다.

흑치상지는 도침을 제거한 후에 이제 복신만 제거하면 백제부흥군이 와해될 것이라는 확신을 가지고 있었다. 유인궤는 흑치상지의 밀서를 받자마자 다음날 부여 풍이 복신에게 한 말을 따라서 주류성 근처에 당나라 깃발을 앞세우며 군사를 집결시켰다. 다음날 임존성에서 주류성으로 향하는 길목에 당나라 깃발과 군사들이 집결하자, 부여 풍은 복신이 첩자임을 확신하게 되었다.

부여 풍은 왜의 구원병을 이끌고 오는 중대형을 위해서도 복신을 처단하는 것이 먼저라고 생각하고 자객을 보내어 자고 있는 복신을 급습하였다. 자객의 칼이 잠자는 복신의 가슴을 깊숙이 찌를 때 복신은 가슴의 칼을 잡고 소리쳤다.

"누가 보냈느냐? 신라의 첩자들이냐?"

자객은 눈가에 비웃음을 띠면서 말했다.

"네가 당나라의 첩자라는 것을 풍왕께서는 다 알고 계신다. 마지막 정을 생각해서 고통 없이 편안하게 보내시라는 명이 계셨다."

복신은 흐르는 피를 움켜잡으며 소리쳤다.

"아, 백제는 오늘로 망했도다. 내가 어떻게 저승에 가서 조상을 뵐 수 있겠는가?"

자객은 복신의 고통을 없애주기 위해서 목을 내리쳤다. 복신의 한 많은 목이 떼굴떼굴 공처럼 방 안을 굴러다녔다. 복신의 죽음은 백제부흥군의 패망을 알리는 신호였다. 아무리 흑치상지의 이간작전이 성공했다 하더라도 서로를 믿지 못하는 불신이 그 화를 더 키운 것이다. 이렇게 서로의 불신과 이간으로 백제의 불꽃은 점점 흐려지고 있었다.

왜의 선발대는 약속대로 백촌강 어귀에서 횃불이 들리는 것을 보고

서서히 그쪽으로 노를 저어가고 있었다.

"선발진이 상륙할 때까지 절대 공격을 하지마라."

유인궤는 최대한 왜군을 더 유인해서 한번에 섬멸시키려고 했다. 왜의 선발진이 상륙하고 후속 부대들이 백촌강으로 밀려올 때 총 공격의 명령이 떨어졌다. 갑자기 소나기처럼 퍼붓는 불화살은 백촌강으로 밀려오는 왜군의 배를 불바다로 만들어 버렸다. 아비규환으로 불에 타서 죽은 자와 강에 떨어져 죽은 자가 2만 명 가까이가 되어, 백촌강은 삽시간에 시체로 뒤덮였다. 뒤에서 그 모습을 바라보는 중대형의 가슴은 찢어질 것만 같았다 .중대형은 눈물을 머금고 퇴각명령을 내렸다. 그러나 이때를 놓칠세라 어디에서 나타났는지 모를 당나라의 수군이 갑자기 백촌강과 황해가 만나는 곳에서 들이닥쳤다. 중대형은 가까스로 목숨을 건지고 대마도로 피난을 가서 거기서 남겨진 배를 정비하였다. 천여 척의 배 가운데 250여 척만 남았고, 군사의 수도 1만 5천 명 정도만 남은 대참패였다. 중대형은 부하들에게 말하였다.

"이대로는 절대로 돌아갈 수 없다. 여기서 병력을 재정비하고 다시 백제부흥군과 연락을 해서 마지막 한 사람이 남을 때까지 공격할 것이다."

중대형은 대마도에서 몰래 주류성의 부여 풍에게 서찰을 보냈다.

우리는 대마도에서 마지막 결전을 준비하고 있으니 풍 왕자는 다시 한 번 힘을 모아 저 극악무도한 당나라와 신라를 쳐부술 수 있도록 총공격의 날짜를 잡아주기 바라오.

대마도의 바닷바람은 차가웠다. 중대형은 어머니 제명과 아버지 의
자의 모습을 떠올리며 하염없이 검은 바다를 바라보았다.

사라지는 불꽃

유인궤는 왜의 병력을 백촌강에서 물리친 다음, 이번 기회에 백제 부흥군의 씨를 말리겠다고 다짐했다. 그는 고구려에 대한 공격을 중단하고 모든 병력을 주류성과 임존성에 집결시켰다. 먼저 주류성을 함락시키기 위해 당나라의 유인궤는 손인사孫仁師에게 5만 명의 병력으로 공격하게 했고, 신라 역시 2만 명의 군사가 출병하였다. 주류성에서는 복신이 죽고 난 다음에 복신을 따르던 군사들이 이탈을 시작했으며, 흑치상지의 이간작전은 완전히 성공을 거두어 서로를 믿지 못하는 상황으로 부흥군 내부가 서서히 와해되고 있었다.

이러한 주류성 내부의 상황들이 속속 유인궤에게 전달되었다. 663년 9월 드디어 유인궤는 총공격의 명령을 내리고 먼저 주류성을 집중적으로 공략하였다. 부여 풍은 목숨을 걸고 주류성을 지키려고 발버둥

첬지만 이미 전세는 기울어지고 복신의 부하들 중심으로 투항하는 자가 속출하였다. 며칠을 더 버티기 힘들다고 생각했을 때 대마도에 있는 중대형의 서찰이 도착하였다. 부여 풍은 중대형 왕자와 왜에서 뒷일을 도모하기 위하여 성을 버리고 군사를 이끌고 탈출하기로 결심했다. 그는 마지막으로 군사를 모으고 말하였다.

"우리 백제는 결코 망하지 않는다. 우리는 도망가는 것이 아니다. 쉽게 죽을 수도 있지만 우리는 죽는 길보다 더 어려운 길을 선택하기로 하였다. 오늘밤 군사를 이끌고 성을 빠져나가서 대마도에 있는 왜의 중대형 왕자와 합류한다. 우리는 힘을 더 기른 다음 반드시 백제를 되찾으러 올 것이다."

부여 풍의 눈에는 눈물이 가득하였다. 여기서 깨끗하게 배를 가르고 할복하여 죽을 수도 있지만 그것은 무의미한 죽음인 것 같았다.

'어쨌든 살아남아 원수를 갚아야 한다.'

부여 풍에게는 그 생각밖에 없었다. 그날 밤 마지막까지 주류성을 지키겠다는 500명의 결사대를 뒤에 남겨놓고 부여 풍은 군사 5천 명을 이끌고 뒷문을 빠져나와 산길을 따라 나주의 영산포까지 행군을 하여 배를 타고 백제를 탈출하였다. 이때 부여 풍을 따라서 백제를 탈출하려는 피난행렬이 줄을 이어 십 리를 이루었다. 당과 신라는 백제의 씨를 말리려고 남자들은 어린애까지 무자비하게 살육하였다. 여자들은 모두 당과 신라군의 성노리개감으로 만들어 희롱하다가 죽이기 일쑤였다. 이런 이유로 백제의 기술자와 학자들 그리고 농민들까지 부여 풍의 피난행렬에 가담하였다. 사람이 너무 모여들자 달솔 석지관이 말했다.

"왕자님, 이렇게 많은 사람을 다 데려갈 수는 없사옵니다. 적들이 추격하고 있는데 이렇게 많은 사람을 데려가면 적들에게 결국 잡히고 맙니다."

부여 풍은 기나긴 피난행렬을 바라보면서 말했다.

"저들이 여기 남으면 죽거나 노예처럼 살 것이다. 저 백성을 버리면 백제는 의미가 없다. 우리는 저들과 운명을 같이할 것이다."

피난 인원은 계속 늘어나서 10만 명이 넘었다. 그들은 대마도에서 배를 보내준 중대형 왕자의 배려로 모두 바다를 건너 안전하게 대마도로 건너갈 수 있었다

주류성을 함락시킨 유인궤는 마지막 남은 임존성으로 군사를 돌렸다. 임존성의 공격은 내부 사정을 누구보다도 잘 아는 흑치상지가 선봉에 서게 되었다. 이 무슨 운명의 장난인지 흑치상지는 부하장수 사탁상여에게 말했다.

"가급적 싸우지 않고 임존성을 함락시킬 방법을 강구하도록 하라."

사탁상여는 흑치상지에게 말하였다.

"소장이 임존성으로 들어가서 지수신 장군을 만나겠습니다. 아무리 임존성이 험난한 산성이라 하오나 2천 명의 군사로 10만 명의 군사를 대적할 수는 없을 것이옵니다. 제가 장군의 뜻을 전달하겠나이다."

흑치상지의 마음도 착잡하였다. 지수신 장군을 누구보다도 잘 알기에 그의 마음을 돌리기에는 어떤 감언이설도 소용이 없을 것 같았다. 그러나 성 안에 있는 2천 명의 소중한 목숨을 살리기 위해서라도 마지막까지 항복을 권유하고 싶었다. 흑치상지는 자신의 마음을 담은 긴 장문의 편지를 사탁상여에게 전달하면서 말했다.

"그대의 설득이 2천 명의 목숨을 구할 수 있으니 최선을 다해주기 바란다."

"목숨을 걸고 장군의 뜻을 전달하고 오겠나이다."

임존성으로 향하는 사탁상여의 말발굽이 그 어느 때보다도 무거워 보였다. 사탁상여가 사자로서 임존성의 문 앞에 서서 큰 소리로 외쳤다.

"흑치상지 장군이 지수신 장군께 드리는 서찰을 가지고 왔소. 성문을 열어주시오."

지수신 장군은 성 위에서 사탁상여를 지켜보면서 말했다.

"우리는 반역자와는 주고받을 말이 없으니 돌아가라."

사탁상여는 굽히지 않고 큰 소리로 외쳤다.

"장군 이렇게 헛되이 목숨을 버리시려 하옵니까? 장군, 성 안의 2천 명의 목숨을 생각하소서."

"우리 모두는 목숨을 바칠 각오를 하고 있다. 너희들 같은 비겁자들은 이미 성문을 도망쳐 나갔다. 군소리하지 말고 사라져라. 내가 자네와의 옛정을 생각해서 하는 마지막 경고이다. 어서 물러가라."

사탁상여는 무릎을 꿇고 아뢰었다.

사라지는 불꽃

"장군 저를 비겁하다고 욕해도 좋으나 이미 전쟁은 끝이 났사옵니다. 어찌 허무하게 죽음을 맞이하시려 하옵니까?"

지수신의 눈에는 눈물이 고였다. 그 눈물이 활을 가로지르는 오른손에 떨어지면서 화살이 사탁상여를 향해서 날아갔다. 눈물에 젖은 화살은 사탁상여의 가슴을 뚫었다.

"사탁상여, 우리 하늘나라에서 같이 만나자. 그곳에서는 옛날처럼 서로 웃으며 마음껏 말을 달리자."

마음속으로 이렇게 말하고 임존성의 병사들을 향해 크게 소리쳤다.

"자, 이제는 우리가 백제의 마지막 백성이다. 백제는 언젠가는 다시 살아날 것이다. 그때 우리 후손들은 우리를 기억할 것이다. 오늘 우리가 마지막까지 싸웠던 사실을 영광스럽게 생각할 것이다. 구차하게 오래 사느니 하루를 살더라도 명예롭게 죽는 것이 우리 계백 장군 이하 백제 무사들의 기상이다. 마지막까지 백제의 기상을 이 임존성에서 보여주자."

임존성의 모든 군사들은 지수신 장군의 외침에 죽기를 각오하고 화답하였다.

"백제여 영원하라!"

이 광경을 지켜본 유인궤는 더 이상 기다리지 말고 공격하라는 명령을 흑치상지에게 내렸다. 흑치상지는 자신의 눈앞에서 사탁상여가 쓰러지고, 같이 생사고락을 함께한 임존성의 군사를 쳐야 한다는 인간적인 고뇌로 가슴이 아팠다. 그러나 그의 야심은 이런 인간적 연민에 질 수 없었다.

'그들은 그들의 길이 있고 나는 나만의 길이 있다. 후세 역사가 나를 어떻게 평가하더라도 나는 나의 꿈을 위해서 달려갈 것이다.'

흑치상지는 드디어 공격명령을 내리고 자신이 그렇게 목숨 걸고 지켰던 임존성을 향해서 돌진했다. 2천 명의 군사가 죽기를 각오하고 덤비니 10만 명의 군사가 단번에 점령하지는 못했다. 하루를 버틴 지수신 장군은 군사들을 더욱 격려하면서 마지막까지 싸울 것을 당부하였다. 다음날 임존성의 구석구석을 알고 있는 흑치상지는 임존성의 가장 취약한 부분인 산의 위쪽을 돌아서 공격하기로 작전을 변경하였다. 다음날 새벽 싸움에 지친 임존성의 군사가 깜빡 잠들었을 때 산 위쪽에서 쳐들어오는 흑치상지의 군사들에게 성이 허물어지기 시작했다. 일단 성이 무너지자 물밀듯이 밀려오는 군사들을 당해낼 수가 없었다. 지수신 장군은 마지막 때가 왔다고 생각하고 단검을 꺼내고는 적들이 가까이 오는 소리를 듣자 심장 깊숙이 단검을 집어넣었다. 붉은 선혈이 아름답게 퍼져나갔다. 적의 함성 소리가 서서히 사라지고 계백 장군이 웃으며 자신을 기다리고 있었다. 계백 장군이 웃으며 지수신에게 한마디 하고 있었다.

"수고했소, 장군!"

지수신은 눈가에 웃음을 띠고 눈을 감았다. 흑치상지는 임존성을 함락시킨 뒤, 지수신 장군의 웃고 있는 마지막 모습을 보자 온몸에서 소름이 끼쳤다. 흑치상지는 유인궤에게 지수신 장군을 적장의 예로서 묻어줄 것을 청하였다. 그러나 유인궤는 흑치상지의 청을 거절하면서 말했다.

"당나라의 대 황제 폐하를 끝까지 거역한 자는 목을 성 앞에 걸어서 백성들에게 황제 폐하의 위엄을 알려야 할 것이야. 장군은 사사로운 감정에 얽매여 대의를 놓치지 말기를 바라오."

흑치상지는 유인궤에게 자신의 강한 의지를 보여주기 위해 자신의 손으로 지수신의 목을 내려쳤다. 그 순간 흑치상지의 얼굴에는 지수신의 피와 흑치상지의 눈물이 서로 어울려 춤추듯 흘러내리고 있었다. 지수신 장군의 죽음으로 마지막 임존성이 함락되면서 백제는 역사의 뒤안길로 사라지게 되었다. 임존성이 함락되면서 백제부흥운동에 조금이라도 가담한 농민들은 부여 풍 왕자를 따라서 왜로 탈출하기 위해 피난 행렬을 이루었다. 백제만 사라진 것이 아니라 백제 사람들도 반 이상이 이 땅에서 사라졌다.

중대형의 백제 건설

663년 백촌강 전투에서 흑치상지의 밀고로 육지에 상륙하지도 못한 채 참패한 중대형은 눈물을 머금고 1천 척의 배 가운데 250척의 배만 이끌고 왜로 돌아왔다. 백제부흥군이 완전히 패배하자 당나라는 남아 있는 백제부흥군과 가족들에 대해 대대적인 숙청 작업을 진행하였다. 백제부흥군에 조금이라도 가담한 백성은 모두 도륙하며 백제인의 씨를 말리는 피비린내 나는 숙청작업이 진행되었다. 이때 백제를 탈출해서 왜로 향하는 무리가 십 리를 메웠다는 기록이 나올 정도로 인구의 대이동이 이루어졌다. 중대형은 백제의 피난민을 소중하게 받아들이고 오우미近江(시가 현 오쓰 시) 근처에 새로운 수도를 건설하고 백제인을 중심으로 한 새로운 백제를 건설하려고 했다.

그 당시 왜의 인구와 비슷한 숫자의 인원이 백제 멸망 후에 왜로 계속 쏟아져 들어왔다. 백제 멸망 이전에는 백제에서 정치적 소용돌이가 있을 때 간헐적으로 백제인들이 건너왔지만 이렇게 대규모의 인구 이동이 이루어진 적은 없었다. 왜로 건너온 백제의 학자와 기술자들이 왜의 모든 문화를 바꾸고 있었다. 중대형은 이 사람들을 중심으로 새로운 나라를 건설하기로 마음먹었다.

백제의 역사를 기록한 학자들과 건축기술자들 그리고 화려한 금속 세공 기술자들이 대거 왜로 몰려들었다. 중대형은 이 백제의 사람들과 먼저 와 있던 구백제 사람들을 하나로 모아 새로운 백제 건설을 도모하였다.

중대형은 대마도에서 다시 만난 부여 풍을 친동생처럼 따뜻하게 대하면서 새로운 백제를 건설하여 신라에게 복수할 것을 다짐하였다.

부여 풍은 중대형의 도움을 받아 목소귀자木素貴子, 군과 좌평佐平 여자신余自信, 달솔達率 곡나진수谷那晉水, 달솔 사비복부四比福夫, 억례복류憶禮福留 및 마지막까지 목숨을 걸고 백제부흥에 합류한 충신들과 함께 이곳 왜에서 훗날을 기약하기로 했다.

그러나 나니와에서 숨죽이고 중대형의 백촌강 전투를 지켜보던 왜의 호족들은 중대형이 백촌강에서 참패하고 백제부흥군이 무너지자 동요하기 시작하였다. 그들은 괜히 중대형이 백제의 전쟁에 가담하여 당나라에서 쳐들어올지 모른다고 벌써부터 당에 사죄의 사신을 보내야 한다고 주장하고 있었다. 그러나 중대형의 뜻이 너무나 완고하기에 그들은 숨만 죽인 채 호시탐탐 기회를 노리고 있다.

중대형은 아버지 의자와 어머니 제명의 뜻을 이어받아 반드시 왜에서 백제를 부활시켜야 한다는 일념으로 수도를 오우미 지역으로 옮기고 반대하는 호족 세력을 누르고 왕권을 강화하는 작업을 진행하였다. 그 왕권 강화의 핵심에는 백제에서 목숨을 걸고 함께 싸운 충성스러운 백제인들이 있었기에 가능했다.

수도를 오우미로 옮긴 이유는 기존의 지방 호족 세력들을 견제하고 혹시 있을지도 모를 나당연합군의 공격을 피하기 위해서였다. 중대형은 부여 풍과 목소귀자를 불러서 의논하였다.

"저들이 고구려를 멸망시킨 후에 반드시 신라와 힘을 합해 우리 왜로 쳐들어올 것이오. 우리는 먼저 그 대비를 철저히 해야만 할 것이오. 그 때문에 도읍을 산속 깊은 오우미로 옮기고 새로운 산성을 짓기 시작한 것입니다."

부여 풍이 목소귀자를 쳐다보며 말했다.

"여기 목소귀자 장군에게 해안의 방비를 맡기시옵소서. 목소귀자 장군이 해안의 낮은 산에 백제식 산성[45]을 쌓아서 적들의 상륙과 진입을 막을 수 있을 것입니다."

옆의 목소귀자 장군이 중대형에게 아뢰었다.

---

[45] 《일본서기》에 의하면 664년 미즈키 水城, 665년 나가도노키 長門城, 오호노조大野城, 기이조 基肄城, 667년 타까야스노키 高安城, 야시마노키 屋島城, 가네다노키 金田城 등의 산성을 쌓았다고 기록되어 있다. 백촌강 패전 후 축조된 산성이 12개 남아 있다. 이들은 산을 이용하며 많은 돌을 쌓아서 돌담을 축조하는 등 그 형태나 구조가 백제에서 볼 수 있는 산성과 닮아 있으며 백제에서 망명해 온 장군들의 지휘하에 만들어졌다.

"저에게 6개월의 시간만 주시면 쓰쿠시 해안가에 백제식 산성을 몇 개 지어서 적들의 상륙을 막고 유리한 위치에서 전투할 수 있을 것이옵니다."

중대형은 목소귀자 장군의 말을 듣자 든든했다.

"장군, 조금만 참아 주시오. 내가 반드시 백제를 되찾을 것입니다. 제가 살아 있고 여기 부여 풍 왕자가 있고, 장군 같은 충신들이 있는 이상 백제는 결코 멸망한 것이 아니오."

부여 풍과 목소귀자는 중대형의 말을 듣고 뜨거운 눈물을 흘렸다. 목소귀자는 억례복류 장군과 함께 쓰쿠시 근처에 백제식의 산성을 쌓기 시작하고 군사들의 훈련을 게을리 하지 않았다.

중대형은 667년 오우미의 오오쓰노미야大津宮로 환도하고 이듬해 비로소 즉위식을 거행했다. 그는 오우미에 수도를 정한 후에 7년 동안 비워놓았던 왜왕의 자리에 올랐다. 백제의 부활을 완성한 후에 왕의 자리에 오르겠다고 어머니 제명에게 한 약속을 지키지 못한 채, 그는 복수의 눈물을 흘리며 즉위식을 거행하였다. 그 즉위식을 지켜보는 부여 풍 왕자와 백제의 유민들은 중대형 왕자의 분노의 눈물에서 백제 부활의 희망을 보았다.

668년 고구려를 멸망시킨 당나라는 그 여세를 몰아서 왜로 쳐들어올 것이라는 소문이 파다하였다. 중대형은 해안지역에 성을 쌓아서 방비하였고 오우미 지역에 백제식 산성을 쌓아서 당나라의 공격에 대비하였다.

하지만 나니와에 있는 호족들과 구백제계를 중심으로 왜에서 백제를 만들려는 중대형에게 반기를 드는 무리가 늘어났다. 그들은 중대형이 오래전에 왜에 정착한 자신들이 아닌 백제부흥군 출신의 유민들 중심으로 왜를 이끌어 가자, 차츰 반감이 생기게 되었다. 그들의 힘이 되어준 이들은 고구려 멸망 후에 왜로 건너온 만여 명의 고구려 유민들이었다. 이들은 중대형이 백제유민들 위주의 정책을 펴자 나니와의 호족들과 구백제계의 손을 잡고 중대형에게 반기를 든 것이었다.

고구려가 멸망해서 고구려의 유민이 유입되면서 백제 위주의 왜에는 새로운 세력이 형성되었다. 이들이 대해인 왕자를 옹립하면서 왜에서 새로운 백제를 건설하려는 중대형과 대립하고, 백제와의 단절을 시도하기 시작했다.

천지天智왕이 된 중대형은 그들을 껴안으려고 노력했다. 그러나 옛 수도 나니와의 귀족 세력들은 새로운 수도인 오우미의 신흥백제계가 중대형을 중심으로 권력을 잡으면서 밀려나는 것을 참을 수가 없었다. 천지왕은 먼저 왜를 하나로 합치는 것이 무엇보다도 중요했다. 왜가 둘로 쪼개지는 것은 백제의 부활도 없고 왜의 존재도 위협을 받게 되기 때문이었다. 그 사이 동생 대해인은 형에게 반역의 뜻이 없다는 것을 보여주기 위해서 토굴에서 머리를 깎고 중이 되어 세상과 인연을 끊은 듯이 생활하였다. 그러나 속으로는 나니와의 귀족들과 뜻을 같이 하며 독선적인 형에 대한 복수심을 키워오고 있었다.

백촌강 전투의 쓰라린 패배와 언제 쳐들어올지 모르는 당나라군과 신라의 위협 속에 하루도 편한 날을 보내지 못한 중대형, 천지왕은 가슴의 병이 깊어져 자리에 눕고 말았다. 천지왕은 부여 풍과 목소귀자 장군을 불러 놓고 기침을 하면서 말했다.

"아직도 할 일이 태산처럼 많은데 이렇게 큰 병을 내리다니, 하늘도 무심한 것 같소. 만약 내가 병석에서 일어나지 못하면 나니와 지방의 호족들이 가만있지 아니할 것이오."

부여 풍은 천지왕의 손을 잡고 말했다.

"형님 마음 약한 소리하지 마시고 일어나셔야 합니다. 형님께서 약속하신 백제를 반드시 되찾아야 합니다."

부여 풍의 모습을 보고 천지왕은 안쓰러운 생각이 들었다. 이제 당나라의 위협도 사라졌다. 당나라가 고구려의 영토만 차지하고 삼한에서 철수하였다는 소식을 한 달 전에 들었다. 중대형은 이제 기회가 왔다고 생각했는데 하늘이 쉽게 허락하지 않았다.

"풍 왕자. 내 병은 내가 잘 알고 있소. 만약에 나한테 무슨 일이 생기면 먼저 왜의 안정부터 찾아야 하오. 왜를 먼저 하나로 묶은 다음에 그 힘을 모아서 백제를 되찾아야 할 것이오."

"무슨 말씀인지 잘 알겠사옵니다. 걱정하지 마시고 빨리 일어나시기 바랍니다. 저와 목소귀자 장군이 있고 또 쓰쿠시의 백제식 산성을 지키고 있는 장군들이 있는 한, 그들이 쉽게 움직이지 못할 것이옵니다."

옆의 목소귀자도 천지왕에게 엎드려 아뢰었다.

"백제부흥군이 임존성을 잃고 갈 곳이 없을 때 전하께서는 우리를 구원해주시고 또 백제를 되찾을 것이라는 용기를 저희들에게 불어넣어주셨습니다. 저희들은 죽음으로 그 은혜를 갚고자 하옵니다. 부디 건강을 되찾으시어 백제의 사비성에서 전하와 함께 술을 들이켜며 목 놓아 울고 싶습니다."

중대형은 부여 풍과 목소귀자 장군의 말을 듣고 안심이 되는 듯 숨이 한결 가벼워졌다. 그러고는 조심스럽게 부여 풍에게 말했다.

"풍 왕자에게 부탁이 있소."

"형님, 말씀하십시오. 형님의 말씀 그대로 시행하겠나이다."

천지왕은 잠시 뜸을 들인 다음 말을 이어갔다.

"내 아들 오토모大友 왕자[46]를 잘 부탁하오. 나니와의 세력들은 왜를 백제와 단절시키려고 하고 있소. 이것은 물론 나에 대한 반발심이기도 하겠지만, 그들은 계속 내 동생 대해인을 꼬드기고 있소. 대해인은 마음이 약해서 흔들리고 있소. 나는 그것을 알지만 동생을 죽일 수가 없었소. 돌아가신 어머니 제명왕의 유훈도 있고, 어떻게 동생을 죽일 수 있단 말이오? 내 아들 오토모 왕자는 풍 왕자를 삼촌으로 잘 따르고 있고, 아직 나이는 어리지만 백제를 되찾아야 한다는 그 마음은 이 애비와 비교해도 낮지 않소. 그러니 풍 왕자는 백제를 되찾기 위해서라도 내 아들을 꼭 지켜야만 하오, 내 말이 무슨 뜻인지 알겠소?"

46　천지 천황의 맏아들. 임신의 난을 일으킨 숙부 대해인에게 세키가하라 지역에서 패배하고 자결하였다. 천황으로 인정받지 못하고 있다가, 1870년 메이지 천황에 의해 고분弘文〔홍문〕천황으로 추존되었다

"네, 목숨을 걸고 지키겠나이다. 걱정하지 마시옵소서."

천지왕은 부여 풍과 목소귀자의 손을 떨면서 꼭 잡았다. 그러나 그 잡은 손에 힘이 하나도 느껴지지 않았다.

임신의 난

672년 1월, 중대형 천지왕은 오우미노미야에서 46세의 나이로 사망했다. 뒤를 이은 오토모는 아직 어려서 정치적 경험이 부족했다. 천지왕이 죽었다는 소식을 듣고, 나니와 호족 출신인 오노 호무지 多品治는 군사들을 일으켜 대해인을 찾아갔다. 드디어 그렇게 기다리던 때가 왔다고 판단한 대해인은 오노 호무지를 만나자 이렇게 말하였다.

"매미는 땅속에서 7년을 기다렸다가 한여름에 시원하게 울음을 토해낸다고 했소. 이제 우리도 인고의 세월을 견뎠으니 하늘이 우리에게 기회를 준 것 같소. 형님의 그늘 아래에서 아무것도 할 수 없었던 나 자신이 부끄럽기만 하였소. 이제 오노 장군과 힘을 합하여 새로운 세상을 만들어 보고 싶소."

오노 호무지는 평소에 대해인의 숨은 의지를 알고 있었던 터라, 그도 숨죽이고 있다가 중대형이 죽었다는 소식을 듣자마자 군사를 일으켰던 것이다.

"이제는 명분보다는 실리가 중요하옵니다. 백제는 이미 멸망했습니다. 멸망한 나라는 어느 역사를 보더라도 되살아난 경우가 없사옵니다. 이제는 왜에서 우리의 나라를 건설해야 하옵니다. 비록 신의 몸에도 조상인 백제의 피가 흐르고 있지만 이제는 전쟁에 지친 백성을 생각해서라도 당나라와 화친을 맺고 왜에서 새로운 나라를 건설해야 하옵니다. 소장은 왕자님의 숨은 뜻을 알기에 참고 있다가 오늘에야 군사를 일으켰사옵니다."

대해인은 오노 호무지 장군의 말을 듣고는 가슴에 뜨거운 불덩이가 솟아오르는 것을 느꼈다.

"장군의 마음을 다 알고 있소. 나에게도 백제 왕족의 피가 흐르고 있지만 망한 본국 백제를 되살리기 위해서 무모한 전쟁을 하는 것은 계란으로 바위를 치는 격이라고 생각하고 있었소. 그러나 형님이 무서워서 한마디도 못하고 숨어서 살고 있었소. 형님과의 싸움은 원하지도 않았고, 형님과 싸운다면 하늘에 계신 어머니 제명왕께서도 허락하시지 않았을 것이오. 그러나 이제 형님이 돌아가셨으니 전쟁의 뜻을 접고 왜의 안정을 다져야 하는데, 부여 풍 왕자와 백제의 유민들 중심으로 어린 조카인 오토모를 내세워 다시 백제를 되찾을 전쟁준비를 하고 있오. 몇백 년에 걸쳐서 왜를 가꾸어온 백성들이 다시 전쟁의 고통 속에서 살아야 하는 것을 도저히 두고 볼 수는 없소."

대해인의 눈가는 이미 촉촉하게 젖어 들어가고 있었다. 대해인의 의지를 확인한 오노 호무지는 확신에 찬 어조로 말했다.

"백제 유민들이 오토모 왕자를 새로운 왕으로 내세우고 당나라와 신라를 상대로 전쟁을 계속한다면, 우리 왜도 본국 백제와 같이 영원히 역사에서 사라질 것입니다."

대해인의 결심은 이미 내려졌다. 일단 망한 본국 백제가 아쉽지만 미련은 버려야 한다. 여기 왜에서 새로운 나라를 건설해야 한다. 조상들에게도 보란 듯이 강성대국을 만들기로 결심을 굳인 후에 앞날에 벌어질 피바람을 잠재우기 위한 전략들을 하나하나 세우기 시작했다.

672년, 대해인 왕자는 그 뜻을 이루기 위한 대장정을 시작하였다. 그는 은둔을 마치고 요시노를 떠나 미노에 도착했다. 마침 그곳은 고구려를 탈출한 유민들이 모여 살고 있었다. 백제 부활을 꿈꾸는 오토모 왕자와 부여 풍의 반대세력으로, 고구려 유민들을 대해인 왕자가 흡수하게 된 것이다. 668년, 고구려가 멸망한 이후 미노에 들어와 있던 만 명의 고구려 유민들을 모은 대해인은 군세를 수만 명씩 두 길로 나누어 하나는 오노 호무지와 함께 기노 아베마로紀阿閇麻呂 · 미와노 고비토 · 오키소메노 우사기置始菟의 인솔 아래 이세의 산을 넘어 야마토大和로, 다른 하나는 오우미로 곧장 진격하게 했다.

중대형의 아들 오토모 왕자와 부여 풍은 대해인 왕자가 수만의 군사를 이끌고 오우미로 쳐들어온다는 소식을 듣고 병력 동원령을 내렸다. 이때부터 같은 백제인이지만 먼저 왜로 건너와 터를 잡고 살았던 구백제계와 백제 멸망 후에 건너온 신백제계 사이의 갈등이 전쟁으로 이어지게 되었다. 중대형이 살아 있을 동안 그의 힘에 눌려서 꼼짝 못 했던 구백제계는 중대형이 죽고 난 후에 대해인 왕자의 편을 들고 이탈하는 사람이 늘어났다. 백제 멸망으로 피난 온 신백제계는 중대형의 도움으로 요직을 차지하고 중대형이 죽은 후에도 왜의 모든 정사를 맡아서 관리하였다. 굴러들어온 돌이 박힌 돌을 빼내는 것과 같은 이치로 백제유민이 오기 전에 왜에서 안정적으로 생활하던 구백제계 사람들은 백제를 조상의 나라라고 섬기기는 했지만 백제 멸망 후의 유민들 같은 애절함은 덜하였다. 백제 유민들의 목표는 단지 백제를 되찾아서 고향으로 돌아가는 것 외에는 아무것도 없었다.

　오토모 왕자는 가까스로 인근의 구니로 피해 병력을 모으고, 야마토에서 또 군사를 모았다. 호즈미노 모모타리穗積百足, 이오에五百枝와 모노노베노 히무카物部日向, 이 세 사람이 군사를 모을 사자로서 야마토노미야코倭京로 파견되어 군사를 모으려 했지만, 무기 수송의 임무를 맡고 있던 모모타리는 살해당하고, 남은 두 사람의 사자는 모두 오노 호무지 장군에게 항복했다. 오노 호무지는 이후 서쪽과 북쪽에서 내습해오는 오우미 조정의 군사들과 격전을 펼쳤고, 초반에는 오우미의 오토모 왕자 측의 우세였지만 그는 거듭 군사를 재결집하여 마침내 오우미의 군사를 격퇴시켰다.

　오노 호무지의 구백제계 반역 세력들은 차츰 세력이 확장되어 오우미 조정을 위협할 지경에 이르게 되었다. 오우미 조정은 미노에도 군사를 보냈지만, 지도부 내에서 손발이 제대로 맞지 않아 혼란을 겪는 바람에 패하고 말았다.

마침내 부여 풍 왕자는 목소귀자 장군과 함께 오토모 왕자에게 말했다.

"반역의 세력이 늘어났다 하더라도 걱정하지 마십시오. 저희들이 목숨을 걸고 지켜드리겠나이다. 돌아가신 천지왕의 뜻을 이루기 위해 한 목숨 바치겠습니다. 저희들은 이미 백제 멸망과 함께 죽었어야 할 몸, 그런데 천지왕의 도움으로 백제를 되찾겠다는 일념으로 목숨을 부지해 왔습니다. 그 은덕의 십분의 일이라도 갚기 위해서 저희들은 전하를 이 위기에서 건져내고 저 반역의 무리들을 처단하겠사옵니다."

오토모는 부여 풍에게 말하였다.

"저 반란의 수괴가 삼촌인 대해인 왕자가 맞는가요?"

부여 풍은 고개를 숙였다. 대해인이 처음 반란의 기미를 보였을 때, 천지왕인 중대형이 그를 살려준 것이 이렇게 큰 화를 불러일으키고 있었다. 옆에서 듣고 있던 목소귀자가 말했다.

"전하, 조금도 걱정하지 마시옵소서. 저희 백제 유민들이 목숨을 걸고 오우미성을 사수하겠나이다. 두 번 죽지는 않겠사옵니다."

목소귀자의 목소리에서 영혼의 떨림이 느껴졌다. 본국 백제를 구하기 위해 목숨을 바치려고 했으나, 백제와 함께 죽지 못한 것이 가슴에 한이 되어 남아 있었는데, 이제 이역만리 왜에서 같은 백제인들끼리 전쟁을 해야 한다는 사실 때문에 가슴에 피멍이 응어리졌다. 대의를 위해 죽는다는 무사의 명분을 가지고 살아왔던 목소귀자는 황산벌에서 웃으면서 최후를 맞이한 계백 장군이 떠올랐다. 이 순간에 목소귀자는 계백 장군이 그렇게 부러울 수가 없었다.

대해인 왕자와 오노 호무지의 군대는 구백제계의 열렬한 환호 속에 오우미에 접근하고 있었다. 부여 풍과 목소귀자는 죽음을 각오하고 백제부흥군의 마지막 부대를 이끌고 세타瀨田(지금의 일본 시가 현 오쓰 시)에서 마지막 결전을 준비하였다. 부여 풍은 세타의 다리 위에서 7천 명의 결사대를 향하여 소리쳤다.

"이 다리가 뚫리면 우리가 백제를 되찾기 위해서 쌓았던 오우미성은 끝이 난다. 우리는 백제와 함께 죽었어야 할 몸들이다. 오늘 이 강을 목숨으로 지키지 못하면 영원히 백제는 사라진다. 우리 한 사람 한 사람이 백제의 꿈을 안고서 싸운다면 하늘도 우리를 멀리하지 않을 것이다. 우리가 죽으면 백제가 죽는다. 우리가 살면 백제가 산다."

7천 명의 백제 결사대는 목에 피가 나도록 소리쳤다.

"우리가 살면 백제가 산다."

목소귀자는 칼을 높이 빼들고 소리쳤다.

"계백 장군은 황산벌에서 5천 명의 결사대로 훌륭하게 싸우시다 명예롭게 돌아가셨다. 우리 백제의 무사도를 이곳에서 꽃피우자. 백제여 영원하라."

군사들의 사기는 하늘을 찔렀다.

"백제여 영원하라!"

고향을 잃고 외딴 섬나라로 피난 온 사람들이 외치는 피 끓는 절규.

전쟁은 시작되었다. 같은 피를 나누었고 같은 산천을 그리워했던 이들이 전쟁을 했다. 오래전에는 옆집에 살던 사람이었을 텐데, 칼과 활을 겨눈 상대가 집안 친척일 수도 있는데 그들은 그렇게 서로에게 증오를 겨누었다.

세타의 강을 사이에 두고 3만 명의 군사와 7천 명 결사대의 피비린내 나는 싸움이 일주일간 계속되었다. 목숨을 하늘에 두고 싸우는 7천 명의 결사대는 성난 맹수의 몰골 그 자체였다. 결사대의 표정들을 보고 3만 명의 군사들은 쉽게 정복하지 못하였다. 그러나 시간이 흐를수록 결사대의 핏발은 시들어 갔고, 자연의 힘을 이길 수는 없었다. 잠을 자지 않고 교대로 공격하는 적들을 물리칠 수가 없었다. 7일째 되던 날 드디어 부여 풍의 막사 앞까지 적들의 군사가 쳐들어왔다.

부여 풍은 온몸에 피로 뒤범벅이 된 목소귀자 장군에게 말했다.

"장군, 이제 우리가 저세상으로 갈 때가 된 것 같소. 명예롭게 죽을 수 있도록 장군이 나의 목을 베어주기를 바라오."

"왕자님, 우리 저승에서 의자 대왕을 뵈옵고 그곳에서 백제를 만듭시다. 백제의 무사답게 할복을 하시옵소서. 제가 고통을 없애드리겠나이다."

"장군과 함께 가는 저승길이라 마음이 편안하오."

부여 풍은 목소귀자 장군을 두 눈으로 똑바로 쳐다보며 미소를 지었다. 그러고는 복부 왼쪽을 깊게 찌르고는 한일자로 오른쪽으로 그었다. 고통을 참으면서 웃고 있는 그 모습을 보며 목소귀자는 고통을 줄여주기 위해 큰 절을 한 후에 부여풍의 머리에 칼을 내리쳤다. 밖에는 적들의 소리가 가깝게 들려왔다. 목소귀자는 단검을 꺼내어 복부를 찌른 후에 십자형으로 배를 갈랐다. 대해인이 부여 풍의 막사에 들어오자 목소귀자는 아직도 웃고 있었다. 숨이 끊기면서 마지막으로 웃는 모습이 악령의 모습이 아니라 신령의 모습으로 대해인에게는 다가왔다. 대해인은 부하들에게 말했다.

"이분들을 정중히 장사 지내도록 하라."

대해인은 한편으로는 백제를 사랑하는 이들의 사랑이 부럽기도 하였다. 그러나 그는 마음속으로 스스로에게 다짐했다

"부처님이시여, 나는 이곳에서 새로운 백제를 만들 것입니다."

대해인의 반란군들이 세타강에서 부여 풍과 목소귀자의 결사대를 섬멸하고 오우미궁으로 쳐들어왔다. 하루를 버티지 못하고 오우미성이 함락되게 되었다. 오토모 왕자도 삼촌 대해인에게 구차하게 목숨을 구걸하느니 명예롭게 죽겠다는 결심을 했다. 그는 함께 생활해온 백제 무사들의 무사도 정신에 감화를 받았었다. 오토모 왕자가 오우미성이 함락된 다음날 피난길에서 할복자살을 함으로써 그의 아버지 중대형이 꿈꾸던 백제의 회복은 영원히 역사 속에서 사라지고 말았다.

672년 임신년에 일어난 왜의 정치적 사건이 일본의 역사를 바꾸는 중요한 사건으로 역사에서 평가되고 있다. 이 임신의 난으로 왜와 백제는 서로 단절되며 왜는 백제의 그늘에서 벗어난 독립국가로서 발돋움하게 되었다. 그러나 그 임신의 난의 주체세력도 역시 구백제계가 주류로 정치적인 노선이 달랐을 뿐 그 뿌리로서의 백제를 벗어날 수는 없었다.

일본의 탄생

673년 2월, 대해인 왕자는 조카인 오토모 왕자가 자결하면서 왜왕으로 즉위했다. 그가 백제와 왜의 단절을 시도한 천무天武 천황이었다. 그는 백제 유민들이 백제를 되찾기 위해 세운 수도인 오우미성을 허물고 천지왕의 흔적을 지우고 싶었다. 오우미성의 흔적을 지우는 가운데 오우미성 깊은 곳에 간직한 한 통의 편지가 발견되었다. 그 편지는 어머니 제명왕이 죽기 전에 중대형에게 남긴 편지였다. 대해인은 그 편지를 읽고 그의 가슴을 쓸어내려야 했다. 모두를 물리친 후에 혼자서 그 편지를 몇 번씩 읽어 보았다.

사랑하는 아들 중대형 보거라.

어미로서 자식에게 큰 짐을 지우는 것 같아서 미안한 마음이 그지없다.

이 어미는 한평생 한 사람을 그리워하며 살아왔다. 그분이 너의 아버지인 의자 대왕이다. 내가 죽더라도 너는 아버지의 뜻을 이어서 백제를 되찾고 대백제의 꿈을 이어가야 한다. 이것이 어미의 마지막 유언이다. 그리고 동생 대해인에게는 네가 의자 대왕의 아들이라는 사실을 비밀로 해주기를 바란다. 너처럼 사랑을 주지 못한 너의 동생 대해인에게는 미안하구나, 내가 죽더라도 동생에게 잘해주기를 바란다. 아마 네가 이 편지를 읽을 즈음에는 나는 저세상 사람이 되어 있을 것이다. 나는 네가 의자 대왕의 아들이란 것이 자랑스럽다. 이 어미는 이 세상을 떠나지만 외롭지가 않다. 내가 사랑한 의자 대왕이 있기 때문이다. 의자 대왕은 내가 인생을 살아가는 힘이 되고 길이 되어 주었다. 어미는 사랑하는 사람이 있어서 행복했다. 그 사랑을 내 가슴에 안고 떠난다. 중대형, 너는 나에게 아들이자, 내가 사랑하던 의자 대왕이었다. 네가 태어나줘서 고마웠다. 사랑한다.

대해인은 보지 말아야 할 것을 본 것처럼 머리가 하얗게 표백되는 기분이었다.

'아버지 조메이왕과 나는 도대체 어머니에게 어떤 존재였을까? 나는 태어나지 말았어야 할 사생아인가?'

대해인은 가족들에게 배신당한 것 같은 심한 모멸감을 느꼈다. 자신만 모르고 있었던 가족의 비밀, 왜 어머니가 형만 편애했는지, 왜 어머니와 형이 목숨을 걸고 백제를 되찾으려 했는지 그 이유를 알게 되었다. 그날따라 술이 한없이 들어갔다. 대해인은 큰소리로 울부짖었다.

"어머니, 왜 저에게 말씀하시지 않았습니까? 저도 어머니의 아들입니다. 저의 아버지 조메이왕께서 어머니께 무엇을 그렇게 잘못하였나요? 어머니에게는 의자왕과 중대형밖에 없었던가요? 저의 존재는 어머니에게 무엇인가요?"

대해인이 소리쳐 울자 호위무사가 급하게 들어왔다. 대해인은 실성한 사람처럼 계속 소리쳤다.

"나는 어머니께도 버림받은 놈이다. 나는 이제부터 어머니를 내 머릿속에서 지우겠다. 나는 어머니도 형도 없는 혈혈단신 고아니라, 나는 고아다."

그렇게 짐승처럼 울부짖는 모습이 애처로워서 호위무사는 눈을 어디에 두어야 할지를 몰랐다. 다음날 아침 대해인은 다른 사람처럼 변해 있었다. 간밤에 흘렸던 그의 눈물이 그를 정화시키고 다른 사람으로 태어나게 한 듯 보였다. 대해인은 그동안 보여주었던 백제에 대한 자신의 애정을 몸으로 부정하는 것 같았다. 그 자신에게도 백제의 피가 흐르지만 어머니와 의자 대왕의 관계, 그리고 형에 대한 배신감 등으로 대해인은 그동안 자신이 품어왔던 백제를 오늘부터 놓아주기 시작했다. 대해인은 편지와 함께 오우미궁을 불태우고 다시 새로운 마음으로 아스카로 수도를 옮겼다. 아스카로 이동하면서 대해인은 옆에서 따르고 있는 호위무사에게 물었다.

"너는 간밤에 울부짖는 소리를 들었겠다. 너도 조상이 백제의 무사 집안이라고 들었다. 너도 백제를 그리워하느냐?"

호위무사는 왕의 울부짖음의 의미를 정확히는 알 수 없지만 어머니와 형에 대한 배신감이 편지에 있었을 것이라는 추측만 하고 있었다. 그는 또렷한 목소리로 말했다.

"이제 백제는 사라졌습니다. 백제는 죽었습니다. 이제 우리는 죽은 자의 나라가 아니고 산자의 나라로 만들어야 한다고 생각하옵니다. 죽은 자들이 통치하는 나라는 죽음이 있을 뿐이옵니다."

대해인은 호위무사를 흘끗 쳐다보고는 다시 물었다.

"너는 어머니가 살아계시냐?"

"제가 어릴 때 돌아가셨습니다."

"그러면 너는 죽은 어머니를 잊고 산 사람만 살아야 한다고 생각하느냐?"

호위무사는 대해인이 무엇 때문에 이런 질문을 던지는지 알고 있었다. 어머니에 대한 원한이 사무친 비수 같은 질문이었다. 호위무사는 한참을 생각하다 대답하였다.

"어머니를 어찌 잊을 수 있겠습니까? 다만 전쟁이 계속되어 왔고 저도 언제 죽을지 모르는 몸이라 어머니 생각할 겨를이 없었사옵니다."

대해인은 호위무사가 자신의 마음을 꿰뚫고 있는 것 같았다.

"나도 어머니와 형을 어제 오우미성의 타오르는 불길 속에서 놓아주었다. 이제 산 사람끼리 새로운 나라를 만들어 나가자."

대해인은 자신에게 하는 말처럼 중얼거리고는 하늘을 쳐다보았다. 저 하늘의 구름도 어머니와 형을 다정하게 품고 있는 듯 무심하게 흘러가고 있었다.

아스카로 돌아온 대해인은 대장간에서 더 높은 불길이 더 강한 무기를 만들어내듯이 더 깊은 고통이 그를 더욱 단련시켰다. 대해인은 왜를 새로운 나라로 만드는 작업을 하나하나 진행시켜나갔다. 먼저 임신의 난 공신들에 대한 논공행상에 따라 구백제계를 주류로 등용하였으며, 새로운 세력으로 고구려 유민을 등용시켰다. 그 세력의 숫자는 적지만 임신의 난 공로를 인정받아 관직에 등용시켰고, 백제 유민들 가운데도 학자와 지식인, 기술자들을 우대하였다. 죽은 백제와의 단절을 시도하고 살아 있는 왜를 중심으로 새로운 귀족 중심의 정권을 만들고자 노력하였다. 백제와 단절된 새로운 나라를 만들려면 먼저 나라의 이름이 필요했다. 대해인은 그 당시까지 백제의 속국이라는 의미에서 왜라고 불리고 있는 나라의 이름을 근본적으로 바꾸고자 했다. 새로운 나라의 이름을 무엇으로 지을까 고민하다가 사택소명沙宅昭明[47]을 불러서 나라의 이름에 대해서 연구하라고 지시를 내렸다. 사택소명은 백제에서 건너온 도래인 학자로서 중대형의 학문적인 스승 역할을 했었다. 대해인은 그의 학문을 높이 사서 그를 임신의 난 이후도 등용하였던 것이다.

47　《일본서기》에 의하면 천지 천황 10년(671) 봄 정월조에 의하면 좌평이며 법관대보法官大輔인 사택소명에게 대금하大錦下의 관위를 수여하는 등 60여 명의 백제 출신 귀족들에게 관위를 주었다고 한다.

사택소명이 며칠을 고민한 끝에 대해인을 찾아가서 아뢰었다.

"전하, 자고로 백제에서는 왜를 쳐다보고는 해가 뜨는 곳이라는 의미로 일본이라고 불렀사옵니다. 천하의 중심인 해가 처음 뜨는 나라, 일본이라고 하심이 어떠하오신지 아뢰옵니다."

사택소명도 백제의 후손인지라 백제에서 이곳 왜를 쳐다보면 해가 뜨는 곳이라는 의미로 일본이라고 부른 것을 기억해내고는 거기에 의미를 붙여 일본이라는 국호를 생각해낸 것이었다. 일본이라 부를 때마다 잊혀진 백제를 생각하고 싶은 속내도 감출 수는 없었다. 왜냐하면 백제 사람들이 왜를 불렀던 이름이 일본이었기 때문이었다. 대해인은 해가 뜨는 곳이라는 일본의 의미가 천하의 중심으로 새로운 나라를 만들고 싶다는 그의 포부와 일치한다며 흔쾌히 받아들였다.

"좋은 이름이오. 이 나라를 천하의 중심으로 만들고 싶소, 항상 해가 뜨는 나라, 모든 나라들이 이 일본을 바라보고 경배할 수 있도록 새로운 나라를 만들겠소."

대해인은 정식으로 국호를 일본으로 선포하고 앞으로의 외교문서에도 왜라는 이름은 절대 사용하지 못하게 하고 일본으로 통일하게 하였다. 이로써 대해인이 임신의 난 이후 정권을 잡은 이래, 처음으로 일본이라는 이름이 탄생하게 된 것이었다.

일본이라는 국호는 슬픈 운명 속에서 태어났다. 백제 사람들이 아침에 왜를 쳐다보면, 그곳에서 해가 떠올랐다. 그래서 왜를 해가 떠오르는 곳 '일본'이라고 불렀다. 백제인들의 입에서 오르내리던 일본이라는 말이 왜에서 백제를 잊고 백제를 멀리하기 위해서 지어진 이름이라니 이것 역시 역사의 아이러니가 아닐 수 없었다. 대해인은 옛날 원주민이 키가 작다고 해서 왜라고 불리던 말을 없애고 일본이라는 정식 나라의 명칭을 사용하면서 백제속국에서 왜를 독립국가로 옹립하며 대내외적으로 선포하였다.

나라의 이름을 일본으로 정한 대해인은 한 걸음 더 나아가 백제가 만들려고 했던 대백제의 꿈을 자신이 이루고자 새로운 작업을 진행하였다. 백제는 중국의 당나라와 대등한 위치에서 왕 중의 왕이라는 의미로 대왕의 호칭을 쓰면서 천하의 중심이 되고자 했다. 백제라는 의미가 백가제해, 즉 바다를 점령하고 천하를 호령한다는 의미였다. 그 백가제해의 나라를 이곳 일본에서 만들고자 했다.

그러나 백제는 당나라와 신라에게 무참히 짓밟히고 쓰러졌다. 패배한 나라의 인연을 끊고 그 뜻과 이상만 가지고 여기 일본에서 백제의 선조들이 꿈꾸었던 나라를 만들고 싶었다. 그러기 위해서는 패배한 백제가 잊혀야 했다. 그것이 대해인이 백제의 역사를 지우고 일본이라는 새로운 역사를 시작하는 시발점이 되었다. 대해인은 천무 천황天武天皇으로 즉위하면서 모든 신하들 앞에서 세 가지를 발표하였다.

첫째, 나라의 이름을 일본으로 한다.
둘째, 앞으로 왕의 호칭을 천황이라고 칭한다.

셋째, 새로운 일본의 역사서를 만들도록 한다.

대해인 천무 천황이 밝힌 세 가지는 앞으로 그가 나라를 어떻게 이끌어 갈지에 대한 방향이 정확하게 수립되었다는 의미였다.

그 첫 번째가 국호를 일본으로 대내외에 알려 새로운 독립국이 탄생하였다는 것을 만방에 알리는 것이었고, 그 두 번째인 천황이라는 호칭은 중국과 대등한 천하의 중심이라는 자신감이었다. 백제에서는 대왕의 호칭을 사용하였고, 중국에서는 황제의 호칭을 사용하였다. 대해인은 그보다도 높은 하늘에서 내린 황제라는 의미로 천황으로 명칭하게 하였다. 그뿐만 아니라 이전의 왕들의 호칭을 모두 천황으로 바꿈으로써 하늘에서 내린 특별한 왕이라는 것을 강조하였다. 대해인의 세 번째 작업은 그것을 합리화시키기 위한 역사서의 기술이었다. 일본이라는 새로운 나라에 맞는 새로운 역사서가 필요하였다. 망한 백제의 흔적을 지우고 천황으로서의 존엄을 백성들에게 내세우기 위하여 백제에서 온 학자들을 시켜 《백제서기》와 같은 《일본서기》를 만들라고 지시를 내렸다. 당시의 중국 기록서에 보더라도 백제서기는 중국에서도 참조를 할 만큼 그 권위가 인정되는 최고의 역사서였다. 대해인은 백제에서 건너온 학자, 태안만려太安万侶(오노 야스마로)[48]를 불러놓고 말했다.

---

48 1979년 일본역사학회는 나라 시 다와라쵸의 한 차밭의 경사지에서 '백제 멸망 후에 백제에서 도래한 지식인으로 오노 야스마로(?~722)의 묘가 발견되었다'고 발표했다. 태안만려는 일본에서 누구보다도 높이 평가되고 있는 역사적 인물이다. 《고사기》를 비롯하여 《일본서기》의 편찬을 주도했던 학자였다.

일본의 탄생

"이제 일본이라는 나라가 새롭게 탄생하였소. 새로운 나라에 걸맞은 새로운 역사가 필요하오. 우리 모두가 백제의 후손임은 부인할 수 없는 사실이지만 백제는 이미 멸망했소. 멸망한 백제의 뒤를 잇는다는 것은 패배주의에 물들 위험성이 있소. 이에 짐은 하늘에서 이어받은 천황으로 부르게 할 것이며 이는 하늘에서 내려온 우리의 조상 해모수를 잇는다는 의미로 천황의 명칭을 사용하는 것이오. 백제는 망했지만 백제의 정신을 잇자는 것이 짐의 생각이오. 그래서 새로운 나라의 새로운 역사서가 필요하오. 나라 이름을 일본으로 정했으니 그 이름에 맞는 역사서를 준비해주기 바라오."

태안만려는 고개를 숙이고 대해인이 바라는 역사서가 어떤 것인지 헤아렸다.

"뜻을 받들어 준비하겠나이다."

"일본의 뿌리를 《백제서기》의 기록에 맞추어 사용하고 《일본서기》가 완성된 후에는 《백제서기》는 한 권도 남겨두지 말고 불살라버리도록 하시오."

"그렇지만 조상들의 역사를 없앤다는 것은…"

태안만려가 말을 끝내기도 전에 대해인은 버럭 소리를 질렀다.

"망한 나라의 역사는 아무 소용이 없소. 우리 일본이 그 정신을 잇는다고 말하지 않았소? 우리 일본은 백제보다 몇 배나 강한 나라가 되어서 백제의 한을 풀어줄 것이오."

태안만려는 차마 천무 천황의 명을 거역할 수 없었다. 그가 택한 마지막 방법이 있다면 찬란했던 백제의 역사를 아무도 모르게 숨기는 것이라 판단했다. 하지만 숨겨진 그 시절의 역사는 아직까지 그 실체를 드러내지 못하고 있었다. 태안만려는 지금과는 달리 명분을 가장 중요하게 여겼던 학자였기에 누군가를 통해 백제사 일체를 어디엔가 숨겼을 가능성이 컸다. 임성 태자의 가문이 이미 제작해두었던 《씨족기》를 집안 깊이 감춘 것처럼 말이다.

《일본서기》는 《백제서기》, 《백제본기》, 《백제신찬》을 기본으로 하면서 백제와 고구려의 조상인 해모수 신화를 일본의 것으로 만들고 백제의 담로였던 이전의 왕들을 천황으로 만들면서 백제의 역사를 일본의 역사로 둔갑시켜 나갔다.

대해인 천무 천황은 천황의 즉위식에 오르면서 이렇게 말했다.

"이제 우리는 백제의 나라가 아니라 일본의 나라를 만들어야 한다. 이제 망해버린 조상의 나라 백제는 영원히 역사 속에서 사라졌다. 새로운 일본이 있을 뿐이다."

대해인 천무 천황은 백제 중심이 아니라 일본 중심의 역사를 만들기 시작하였다. 그는 백제의 찬란한 역사를 일본 속으로 삼켜버렸다.

chapter 13

백제와 일본은 하나다, 2018년

일본에서 온 전화

문 교수는 연구실에 앉아 백제 멸망사를 점검해 보고 있었다. 그가 내린 결론은 어쩌면 대해인, 승려였던 도침, 부흥군의 장군이었던 복신 그리고 의자왕을 비롯한 그의 아들들 모두 결국엔 백제에 대한 사랑이 깊었다는 것이었다. 그 사랑을 표현하는 방식이 때론 시기와 질투로 혹은 간계와 배신으로 마지막으로는 영원한 단절의 형식으로 나타난 게 아닌가 싶었다. 일본 사람들은 물론 백제인들, 나아가 한국인들은 그 뿌리가 하나였다. 사실은 미워하려야 미워할 수 없는 관계였던 것이다.

문 교수는 자료를 들여다보느라 침침해진 눈의 피로를 풀어주려고 창가 쪽으로 걸어갔다. 하루 종일 에어컨 바람을 쐬어서 그런지 머리도 맑지 않은 듯했다. 그는 창을 활짝 열었다. 계절 학기를 들으러 온

학생들과 취업 공부를 하려는 학생들로 캠퍼스의 모습은 학기 중과 다를 바 없었다. 활기 가득한 그들의 목소리와 매미 울음이 뒤섞여 북적거리는 느낌을 주었다. 차도와 인도를 따라 큰 그늘을 만들어주는 느티나무에 매미들이 터를 잡고 지나가는 여름을 아쉬워하는 듯 줄기차게 울어댔다.

'1,400년 전에도 여름은 있었고 매미들도 있었겠지. 사랑도 있었고 증오도 있었던 것처럼.'

문 교수는 부쩍 감상적이 되어 가는 자신에 대해 적잖이 놀라곤 했다. 나이가 든 탓이라고 씁쓸하게 웃고 말았다. 그가 창을 닫고 제자리로 돌아와 앉자마자 연구실 문을 두드리는 소리가 들렸다. 조민국이었다.

"교수님, 마사코 양인데요. 전화 연결해드릴게요."

"그래."

마사코가 한국을 떠난 지도 일주일 정도 지났다. 불과 며칠 얼굴 보고 백제사에 대해 이야기를 나눴을 뿐인데 그녀는 오랜 세월 친하게 지냈던 친구이거나 가족 같은 느낌이 들었다. 백제가 맺어준 인연이라 감사하기도 했다.

"마사코 양, 어쩐 일입니까?"

"별일 없으시죠?"

"여긴 별일 없어요. 연구실도 그냥 그대로고요. 혹시 또 누군가 집을 뒤지거나 협박 전화 같은 걸 받은 건가요?"

"아니에요. 조용해요. 아마 《씨족기》 같은 건 없다고 판단한 거 같아요. 그게 아니라면 천무 천황이 백제 역사를 기록한 책 모두를 없애라고 지시했을 때에 과거 왕족의 족보도 모두 폐기되었을 거라 믿는 거 같아요."

"마사코 양, 저는 학자입니다. 어느 순간에는 차마 양심을 저버리지 못하게 된다는 말입니다. 《일본서기》를 완성한 태안만려라는 인물이 정말 모든 기록을 없애버렸을 거라 생각하지 않아요. 우리가 찾지 못할 뿐이라 생각해요. 어쩌면 일본 학계에선 이미 찾아냈을지도 몰라요. 그리고 아무도 찾을 수 없는 깊은 곳에 숨겼거나 그도 아니면 소각시켜 버렸겠지요. 하지만 역사학자는 그렇게 할 수 없어요. 그 역사의 기록이 어떤 의미를 지니는지 알기 때문입니다. 그건 한 나라의 기록이기 이전에 인간사의 기록이기도 하고요."

"저도 조금은 그렇게 생각했어요. 아버지가 《씨족기》가 있을 거라 믿는 데에는 그만한 근거가 있을 거라 생각했거든요. 그래서 말인데요."

마사코가 잠깐 뜸을 들였다.

"혹시 오늘이나 내일, 아니 가까운 근래에 야마구치로 와주실 수 있나 해서 전화드렸습니다."

"야마구치요?"

야마구치라면 한때 '서경'이라 불렸던 곳이었다. 고대 도시 교토와 쌍벽을 이룰 정도로 번성한 도시였다. 야마구치 한복판에서 기마상을 본 일이 있었는데, 그가 야마구치를 번성시킨 장본인으로 '오우치 히로요'라는 백제 사람이었다.

"가긴 가야죠. 아직 제대로 둘러보지 못한 곳이 너무 많기도 하고요. 잠깐만요."

문 교수는 조민국을 불렀다.

"혹시 우리 개학 전에 학과와 연관된 행사가 있었던가?"

"행사는 없는데요."

"그럼 다른 일은?"

"학기 초에 외부 특강이 몇 개 잡혀 있습니다. 그리고 행사랄 건 없지만 학과에서 개학 전 단합대회가 있습니다."

"음, 단합대회는 못 가겠네."

"일본에 가셔야 합니까?"

"그래."

"저도 가야 하지 않겠습니까?"

문 교수는 조민국을 빤히 쳐다보았다.

"조교 보조하는 애가 똑똑해서 웬만한 일은 잘 처리할 겁니다. 그리고 개학 전이라면 시간도 충분할 것 같고요."

그가 문 교수의 뒤를 이어나갈 것이다. 그렇다면 역사와 관계된, 특히 백제사와 관계된 일이라면 보고 듣고 느껴 두어야 한다는 게 문 교수의 생각이었다.

"오늘이나 내일 야마구치에 올 수 있느냐는 전화야."

"아, 그럼 가야죠. 마사코 양이 부르면 더더욱."

조민국의 입이 귀에 걸렸다.

문 교수는 그를 나가게 하고 다시 통화를 했다.

"가능해요. 언제쯤 가면 좋을까요?"

"빠르면 빠를수록 좋을 거 같아요. 어쩌면《씨족기》를 찾을 수 있을 지도 모르겠어요."

"그래요!"

마사코의 입에서《씨족기》라는 단어가 나오자 문 교수의 심장이 뛰기 시작했다.

"알았어요. 스즈키 교수한테도 연락해서 같이 보도록 합시다. 중국에서 곧바로 한국으로 왔다가 혼자 무령왕릉을 다녀온 후에 닷새 전인가 일본으로 돌아갔어요."

"그래요. 가능한 빨리 오세요."

문 교수는 마사코와 통화를 끝냈다. 그는 조민국을 불렀다.

"민국아, 야마구치에 빨리 가야겠다. 마사코 양이《씨족기》를 찾을수 있을지도 모르겠다는 말을 했어. 스즈키 교수에게도 연락하고."

"네, 알겠습니다."

방을 빠져나가는 조민국의 발걸음에 신명이 붙어 있었다. 문 교수는 새삼 자신이 제명과 의자를 맺어 주려 했던 임성 태자가 된 기분이 들었다.

돌아갈 수 없는 땅

　문 교수는 백제 멸망 후 자료들을 정리하던 계획을 마무리 짓기 위해 밤을 새우기로 했다. 조민국도 연구실에 남아 제 몫의 일을 해내느라 같이 밤을 새우게 되었다.

　문 교수는 특히 의자왕이 당나라에 끌려간 뒤의 백제와 일본 상황에 대해 기록된 사료들을 점검하고 또 점검해보았다. 밤새는 일은 흔한 일인데 이젠 좀 벅찼다. 그래도 자꾸 미루면 더 늦어질 것 같아 무리를 해서라도 이번 방학이 끝나기 전에 마무리 지어야겠다고 다짐하고 있었다. 모니터를 들여다보느라 눈이 뻑뻑할 즈음 조민국이 노크를 하고 연구실로 들어왔다. 그의 손에 아메리카노 커피 두 잔과 도너츠가 들려 있었다.

　"교수님, 밤새시려면 든든하게 먹어두셔야 합니다."

문 교수가 모니터 앞에서 물러나 응접 테이블 앞으로 자리를 옮겼다.

"내가 조교 하나는 진짜 잘 뽑았다."

"그럼요. 아무나 교수님의 조교가 될 수 없습니다. 하루 24시간이 모자랄 정도니까요."

"그래?"

"그럼요. 연애할 시간도 없다니까요."

조민국은 문 교수 앞에 도너츠 포장지를 펼쳐놓으면서 너스레를 떨었다.

"교수님, 《일본서기》를 뒤지다 보니까 백촌강 전투에서 패배한 후에 중대형 왕자의 심정에 대한 기록이 있더라고요."

"그래, 있지. 중대형 왕자가 백제 사람이라는 걸 증명하는 기록이기도 하고."

"돌아갈 수 없어 애타는 마음을 적어놓은 기록이더군요."

조상의 무덤을 모신 곳이 고향이고 본국인 것은 예나 지금이나 다를 바 없었다. 중대형은 구묘지소丘墓之所[49]라는 표현을 썼다. 구묘지소란 조상들의 뼈가 묻혀 있는 선산을 가리킨다. 《일본서기》에 백제가 구묘지소로 표현되어 있었다. 천지 천황이 된 중대형의 심정이

49　《일본서기》천지 천황 2년조에 다음과 같은 기록이 있다.

州流降矣事无奈何百濟之名絶于今日丘墓之所豈能復往
주류성이 함락되고 말았구나, 어찌할고 어찌할고, 백제의 이름이 오늘로 끊어졌으니,
조상의 무덤을 모신 곳 이제 어찌 다시 돌아갈 수 있으리.

　　　　　　　　　　　　　　　　　돌아갈 수 없는 땅

어떠했을지 짐작이 갔다.

"교수님, 다른 사람들에게도 마음이 끌리지만 전 개인적으로 중대형 왕자 그러니까 천지 천황에 대해 끌리더라고요. 의자왕도 비운의 왕이긴 하지만 그 역시 비운의 왕자였잖아요. 평생 진짜 아버지를 두고 아버지라 한 번도 부르지도 못했고요. 그가 왜 그토록 백제의 부활을 위해서 목숨을 걸고 싸웠으며, 백제 유민들과 함께 백제를 되찾기 위해서 모든 귀족들의 반대에도 불구하고 수도를 오우미로 옮겨 백제 유민들과 백제식 산성을 쌓는 등 온힘과 정성을 쏟아 부은 이유를 알겠더라고요. 백제에 대한 그리움 그리고 아버지에 대한 그리움이 강렬했을 것 같습니다. 그는 아들 오토모에게 유언으로 백제를 되찾으라고 했잖아요. 어떻게 보면 그가 백제인보다 더 백제인 같았다는 생각이 듭니다."

문 교수는 도너츠와 커피를 먹으며 그의 이야기를 경청했다.

"민국아, 다 살펴본 건지 모르겠지만 '백제대왕'으로 호칭되었던 천지 천황의 존재는 백제 멸망 당시의 한일 관계의 흔적을 엿볼 수 있는 존재야. 《일본서기》는 천지 천황이 백제 멸망 당시 서거한 생모인 제37대 제명 천황의 뒤를 이어 그해 7월 24일, 흰 삼베옷을 입은 채 즉위식도 마다하고 조정의 정사에 올랐다고 기록하고 있어. 중대형 왕자는 661년 나가쓰노궁長津宮에서 백제 부여 풍 왕자에게 직관織冠을 수여했지. 이때 부여 풍 왕자는 군병 6천여 명의 백제부흥군을 이끌기 위해 본국 백제로 들어갔을 때 백제 조신 좌평佐平 귀실복신鬼

室福信이 마중하며 땅에 엎드려 모든 국정을 그에게 맡으라고 아뢰었다고 《일본서기》는 적고 있기도 해. 이때는 백제가 제31대 의자왕(재위 641∼660)을 마지막으로 멸망한 지 1년이 지난 때였지."

밤이 깊어가고 있었다. 조민국이 벽에 걸린 시계를 힐금 쳐다보았다. 자정이 다 되어가고 있었다. 문 교수도 덩달아 시계를 보았다.

"약속 있냐?"

"아닙니다. 제가 무슨 약속이 있겠습니까. 전 백제랑 결혼한 사람입니다."

조민국은 넉살도 좋았다. 그렇게 말해놓고 실실거리며 웃었다.

"내가 네 진심을 알고 싶은데…."

"물어보십시오."

"너 혹시 마사코 양 좋아하냐?"

커피를 들고 마시던 조민국이 갑자기 사레들렸는지 커피를 뿜어냈다. 다행히 순간적으로 고개를 돌리는 바람에 문 교수의 얼굴에 뿜어대지는 않았다.

"교수님도 참. 좋아하다뇨. 만난 지 얼마 안 됐잖습니까."

"좋아하지 않는다? 그럼 내가 마사코 양 소개팅 시켜줘도 되겠네. 그만한 여자 만나기 힘든 세상이니까. 좋은 놈으로다가."

"교수님! 저 마사코 양 좋아합니다. 아니 좋아졌습니다. 왜 그런지 모르겠지만 좋습니다."

조민국은 소파에서 벌떡 일어나 허둥대며 말했다. 문 교수가 웃음을 참지 못했다.

"알았다. 알았어. 진즉 알고 있었다. 그럼 그만한 자격이 있는지 보자. 백제 멸망 무렵에 말이다, 왜로 넘어간 백제인이 어느 정도였는지 아냐?"

"알다 뿐입니까. 교수님은 대충은 싫어하시잖습니까. 정확하게 알고 있죠. 천지 천황, 그러니까 중대형은 백제 멸망 직후에 왜로 건너온 수십만 명의 백제유민들을 맞아들여서 오우미 땅 가무사키神前군에 주택과 논밭을 줬습니다. 665년 10월에는 백제인 남녀 5만 명에게 아즈마국東國에 터전을 잡아주고 관급도 베풀었고요. 666년 3월에는 오우미 땅으로 천도한 천지 천황은 2년 뒤에 좌평 여자신余自信과 좌평 귀실집사鬼室集斯 등 백제인 남녀 7만여 명을 오우미의 가모蒲生군으로 불러들였습니다. 이게 모두《일본서기》에 적혀 있는 내용입니다. 도호쿠대학 사학과 세키 아키라關晃 교수가 연구한 바를 밝혔는데요. '그 무렵 백제인 약 40만 명 이상이 일본으로 건너왔다'고 설명했습니다. 그 당시 왜의 전체 인구가 50만 정도였으니 엄청난 인구 폭발이 일어난 거죠. 지금의 일본 인구의 시작이라고도 할 수 있습니다."

조민국은 선 채로 발표를 했다.

"그만 긴장하고 앉아. 마사코 양이 어찌 생각할진 모르겠지만 내 보기에 그만한 여자 만나기 힘들 것 같다. 임성 태자의 후손이어서가 아니라 자신의 삶을 대하는 태도가 긍정적이고 밝아서 좋더라."

조민국이 문 교수의 맞은편에 긴장을 풀며 털썩 주저앉았다.

"교수님, 제가 마이니치신문에서 찾은 기사도 있습니다."

"마이니치신문?"

"네. 당시에는 천도에 항의하는 백성들이 많았습니다. 《일본서기》에 보면 '3월 왕도를 오우미로 천도했다. 이때 천하의 백성들은 왕도 이전을 반대하고 비난하며 간諫하는 자들이 많았다. 풍자 노래가 많이 나왔고, 낮이고 밤이고 수많은 방화 사건이 잇따랐'는 기록이 있습니다. 그래도 중대형 천지 천황은 천도를 감행하잖습니까. 이 시기에 대해 마이니치신문 기자인 이시하라 스즈무石原進가 '천지 천황은 천도에 필요한 고도의 토목 기술이며 경제적 기반을 백제유민들의 집단에서 찾아냈다. 망명 백제인들의 우수한 기술로 일본 각지에 백제식 산성이 구축됐다. 천지 천황의 오우미 천도는 조선반도의 정세를 강하게 의식한 극히 군사적인 색채를 띠었다고 생각된다'고 분석했더라고요."

"그런 기사가 다 있었군."

"저 역사학도로 손색이 없지 않습니까. 저도 긍정적이고 밝은 편이지 않습니까?"

조민국은 대답이 필요 없는 질문을 했다. 문 교수는 그저 웃었다.

"그래. 훌륭하다. 천지 천황은 독실한 불교 신자였어. 오우미 지역의 유적 중에서 스후쿠사崇福寺(숭복사) 절터가 그걸 증명하지. 스후쿠사는 천지왕의 명으로 오우미 천도 이듬해인 668년 세워졌지. 현재이 유적에서 진신사리가 발굴되었는데 오우미신궁에 국보로 보존되고 있어. 오우미 지역에서는 현재 백제사百濟寺 등, 백제와 관련된 많은 유물들이 발굴되고 있지. 이 밖에 백제왕족이며 왜 왕실의 이름난 조신이며 학두學頭였던 귀실집사의 묘지와 그의 사당 '기시쓰신사鬼室神社(귀실신사)' 등 명소가 이곳에 있고."

"제가 교수님을 존경하는 건, 그 시절의 이야기를 연도 하나, 일본인의 이름자 하나, 틀리지 않고 정확하게 기억하고 계시는 점과 그 사료들을 바탕으로 백제사를 추론해내신다는 점입니다. 더 중요한 건 그 추론이 후에 유물 발굴 등을 통해 진실임이 밝혀질 땐 짜릿하기도 하고요."

"비행기 너무 태우는 거 아니냐?"

"사실이잖습니까."

"오늘은 늦었다. 내일 몇 시 비행기지?"

"가장 빠른 게 내일 오후 2시라서 그 비행기로 끊었습니다."

"그래? 공항에 도착해서 수속하고 나가면 늦어도 4시는 되겠구나. 오늘은 그만 들어가자."

문 교수는 연구실을 정리했다. 마사코는 분명《씨족기》가 발견될지도 모른다고 말했다.《씨족기》가 발견되면 일본뿐만 아니라 한국에서도 파란이 일게 분명했다.《씨족기》역시 백제사일 가능성이 농후하기 때문이다.

문 교수는 조민국과 헤어져 자신의 소형차에 올라탔다.

백제의 땅에서

문 교수와 조민국은 야마구치로 가는 비행기를 탔다. 조민국은 제사보다 젯밥에 관심이 많아 보였다. 시종 덜렁대고 산만해 보였다. 마사코를 다시 만날 수 있다는 사실 때문이리라.

"일본이 언제부터 일본이라는 이름을 사용했는지 알지?"

"그럼요. 일본이라는 국호가 성립한 시기는 대략 백제 멸망 후 7세기 후반에서 8세기 초로 여겨지고 있습니다. 8세기 초에 당나라에서 기록된 '당력'에는 702년에 '일본'에서 사신이 왔던 것으로 기록되어 있고요. 당나라 역사서인 《구당서》와 《신당서》에도 이때의 견당사에 의해 '일본'이라는 새로운 국호가 당나라에 전해졌다고 합니다. 두 역사서 모두 일본이라는 국호의 유래에 대해 '해가 뜨는 땅에서 가까운 것이 국호의 유래이다'라고 적고 있습니다. 재미있는 건 국호의 변경

이유에 대해서는 '왜국이라는 명칭을 싫어했기 때문'이라고 합니다. 대해인의 입장에서 보면 싫을 만도 했을 것 같습니다."

문 교수는 비행기와 나란히 떠 있는 구름에 눈길을 주었다. 그 구름은 1,400년 전의 구름과도 다르지 않을 터였다.

"현재는 702년에 일본이라는 국호가 당나라에 의해 승인되었다고 하더라고요. 일본 최초의 역사서인 《일본서기》도 대해인, 천무 천황에 의해서 새로 쓰이기 시작해서 그의 아들 대에 완성했고요. 백제를 멸망시킨 신라를 원수의 나라로 여긴 것도 그때부터였을 겁니다. 임진왜란이나 일제강점기도 어떻게 보면 고향을 회복하기 위한 작업이라 해도 과언이 아닐 겁니다."

곤지왕과 임성 태자가 꿈꾸었던 대백제의 꿈이 왜곡되고 뒤틀린 형태의 일본으로 나타난 것이었다. 대해인은 그때까지 끈끈하게 이어져 오던 백제와 왜국의 관계를 단절하기 시작하고 새로운 독립된 국가로서 역사까지 조작하기 시작했다. 대해인이 백제와의 단절을 시작한 것은 어머니 제명왕과 중대형에 대한 복수심에서 비롯되었다는 민간의 기록도 있었다. 문 교수는 대해인의 심정이 인간적으로 이해되어 가슴이 찡했다. 하지만 대해인은 현재 일본인들 사이에서 지금의 일본을 만든 일등공신으로 추앙받고 있다. 현재 일본의 교과서에도 '天皇'을 칭호로 삼고 '日本'을 국호로 정한 최초의 군주로 나오며, 일본인들에게 최고의 천황으로 존경받고 있다.

일본의 입장에서 본다면 천무 천황은 어쩌면 가장 위대한 왕일지도 모른다. 그러나 그도 백제인의 피가 흐르고 있었기 때문에 언젠가는 백제의 영광을 일본에서 만들어보고 싶은 욕망이 없지 않았을 것이다.

"…천무 천황 대해인은 백가제해의 나라를 일본에 건설하려는 바람을 실현시키고자 했을 겁니다. 그게 일본인들의 가슴에 깊게 뿌리 박혀 호시탐탐 조선반도와 만주를 침략하게 만들었던 거라 생각되기도 하고요."

다시 조민국의 이야기가 귀에 들어왔다.

"일본이 백제로부터 독립 선언과 과거사 지우기를 하면서 출생을 숨기기 위해 하늘로부터 내려온 천손족天孫族이라고 자신들을 위장하지 않았습니까. 한반도 본국에서는 신라에게 패망의 수모를 당하였지만 이역 일본 땅에서는 선택받은 민족임을 강조하였던 거죠."

그래서 천무 천황 대해인은 일본 민족의 영웅으로 추앙시되는 반면, 백제 부활을 꿈꾸었던 제명 천황과 중대형인 천지 천황은 일본에서 그 존재도 모를 정도로 고의적으로 외면받고 있었다. 그러니 임성 태자 역시 마찬가지였다. 제명 천황에 대해서는 악의적으로 왜곡시켜 능력 없는 여왕으로 폄하하고 있고, 천지 천황에 대해서는 독재와 폭군으로 묘사하면서 실패한 군주로서 역사서에도 거의 등장하지 않았다. 임성 태자 역시 전설 속의 인물이 되어버렸다.

"너 천무 천황의 능에 가본 적 없지?"

"이번에 다녀올까요?"

"시간이 되면 한번 가보면 좋겠지. 일본은 역대 천황의 능을 잘 관리하는 편이야. 특히 천무 천황 그러니까 대해인의 능묘는 나라 아스카무라明日香村의 회외대내릉檜隈大内陵이고 여기에 지토持統 왕과 합장되어 있는데 참배객들이 줄을 잇지. 그런데 두 사람만은 예외야."

"알 거 같습니다. 제명 천황과 천지 천황이겠죠."

"그래. 심지어 제명 천황과 천지 천황의 묘는 외딴 곳에 위치해 있어서 일본인들도 그 능을 찾을 수 없을 정도로 소외받고 있어. 되도록이면 세인들의 관심을 받지 못하게끔 국가적으로 노력하고 있는 느낌마저 들더군."

"그 두 천황이 각광받는다면 백제의 후손이라는 일본의 뿌리가 드러나니까 지금의 일본으로서는 절대로 용납할 수 없겠죠. 현재 일본인들은 천황을 신격화하면서 존경하고 있지만 제명 천황과 천지 천황에 대해서는 철저히 무시하고 있습니다. 그들이 왜 목숨을 걸고 백제를 되살리기 위해 수도를 옮겼는지, 왜 백촌강 전투에 전 국민 동원령을 내리면서까지 백제를 구하기 위해 몸부림쳤는지 알리고 싶지 않은 겁니다. 일본 입장에서 그래봐야 백제 속국이었다는 걸 증명하는 꼴이 되니까요. 백제의 후손으로서 우수한 백제문화를 이어받아서 더 큰 나라를 만든 건 분명 축하 받을 일입니다. 백제의 찬란한 문화가 이곳 일본에서 다시 살아나서 세계의 강국으로 성장했습니다. 그런데도 여전히 역사를 왜곡한 채 바로잡으려 하지 않는 나라죠. 그 왜곡의 이면에는 고향을 그리워하는 애달픔이 담겨 있을 겁니다."

꼭 15여 년 전 제명 천황의 능을 찾아가 참배를 올린 적이 있었다.

그땐 제명 천황의 위치를 지금처럼 중요하게 생각하지 못했을 때였다. 문 교수는 이번에 온 김에 다시 한 번 들러야겠다고 다짐했다.

'제명 천황이시여, 일본인들의 오래된 한을 풀어 주소서. 이제 우리가 일본인의 아픔을 보듬어 주겠습니다.'

문 교수는 절로 그런 기도를 했다. 어느새 비행기는 공항에 도착하고 있었다.

인덕릉의 초대장

짐을 찾아 출구로 나서던 문 교수는 전방을 바라보며 걸음을 멈추었다. 마사코는 보이지 않고 의외의 인물이 기다리고 있었다. 이시모라 다라시 교수와 후지와라 교수였다. 문 교수는 그들을 못 본 척하며 두리번거렸다. 마사코는 보이지 않았다.

"나와서 기다릴 거라 생각했는데 좀 늦는 모양이네요. 전화 한번 해 볼까요?"

"조금만 기다리면 오겠지."

문 교수는 짐을 들고 출구 부근의 의자에 몸을 붙이고 앉았다. 조민국도 그의 곁에 앉았다.

"교수님, 저 사람들 세미나에서 봤던⋯."

조민국이 말을 끝내기도 전에 이시모라 교수와 후지와라 교수가 문 교수 앞에 섰다.

"문규백 교수님 오랜만입니다."

이시모라 교수가 먼저 손을 내밀었다. 그는 문 교수의 스승과는 일정 정도 친분이 있었다. 몇 차례 본 적이 있었지만 직접적으로 인사를 나눈 적은 없었다. 문 교수가 자리에서 일어나 그의 손을 잡았다가 놓았다.

"저 역시 오랜만입니다. 학술발표 때마다 보면서도 인사를 못 나누었네요."

후지와라 교수도 그에게 손을 내밀었다. 문 교수는 그의 손을 잡으며 만감이 교차했다. 그들이 문 교수를 기다린 이유도 궁금했지만 그들이 오늘 이 시간에 우리가 이곳 공항에 도착하리라는 걸 어떻게 알았느냐는 점이었다.

"오해하지 마세요. 다음 달에 있는 학술대회에 참석해 달라고 전화를 드렸는데 조교인 듯한 분이 오늘 오신다기에 마중 나온 거니까요."

그 점은 이해가 되었다. 부조교에게 일정과 시간을 알려두었으니 그들이 충분히 알 수 있는 일이었다.

"그런데 여기까지 나오신 이유가 궁금하군요."

"문 교수님 스승님은 제가 잘 알고 있지요. 그분께선 그래도 우리의 고대사 중 천지 천황 이전 시대까지는 동등한 국가였다고 인정해주셨던 분이셨죠."

문 교수의 얼굴이 일그러졌다. 스승에 대해선 말하고 싶지 않았다.

식민사관의 역사사관에서 크게 벗어나지 못한 채 생을 마감하신 분이었다. 어느 자리에선가 백제가 일본의 속국일 수도 있다는 망언을 했던 적도 있었다. 그래도 스승이기에 끝까지 모셨던 분이었다.

"그건 그분의 생각이니 제게 강요할 건 아니지요."

조민국이 어깨를 잔뜩 부풀린 후 그들 앞에 섰다. 문 교수가 그를 제지했다.

"아무튼 그건 그렇다 치고요. 여기 오신 이유가 뭡니까?"

후지와라 교수가 초대장을 내밀었다. 문 교수가 초대장을 받았다.

"다음 달 인덕 천황릉 앞에서 고대사에 대한 학술발표회가 있습니다. 세계적인 대회이고 해서 초대장을 드리는 겁니다."

'인덕 천황릉? 무슨 꿍꿍이지? 그분도 결국 백제인인데. 얼마나 왜곡해서 발표를 할 것인가?'

문 교수는 그런 생각이 먼저 들었다.

"초대장이면 그냥 우편으로 보내셔도 될 텐데요."

"지난번에 초대장을 팩스로만 달랑 보낸 게 결례라는 생각이 들어서요."

두 교수의 속내를 읽을 수가 없었다. 불편한 사람을 굳이 마중까지 나올 사람들이 아니었다.

"교수님, 저기⋯."

멀리서 잰걸음으로 오는 마사코가 보였다. 후지와라 교수와 이시모라 교수를 보고는 걸음을 늦췄다.

"저기 지난번 심포지엄의 히어로가 오시는군요."

후지와라 교수가 마사코를 보고 비아냥거렸다.

"문 교수님, 일본에서 뭘 찾고 돌아다니시는지 모르겠지만 이제 그만하세요. 백제가 일본의 속국이었다는 건 백촌강 전투에서도 명백하게 드러났습니다. 대륙 진출을 위한 중요한 전략적 요충지이니 대대적으로 지원에 나설 수밖에 없었던 거 아닙니까. 자식이 아프다는 데 가만히 있는 부모가 있겠습니까? 최선을 다해 자식을 살려야 하는 거 아닙니까? 그러니까 행여 힘 빼지 마시고 조용히 관광이나 즐기다 가세요."

문 교수는 적잖이 놀랐다. 그가 일본에 드나드는 이유를 알고 있다는 것과 최근에 아스카 일대를 돌아다니고 있다는 사실도 그들은 알고 있었다.

'모를 리 없겠지.'

그렇다면 호텔 앞에서 차로 공격했던 일도 이들과 연관이 있을 것이고 한동안 문 교수 일행을 미행했던 청년들도 이들의 하수인일 터였다.

"뭐가 켕겨서 남의 뒤를 쫓고 다니시는지요."

문 교수는 입에만 담아두려 했던 말을 꺼냈다.

"허,허. 뒤를 쫓다뇨. 일본대국의 학자가 그런 일을 할 리가 있겠습니까. 더 이상 헛힘 쓰지 말라고 찾아온 겁니다. 백제는 백제고 일본은 일본일 뿐입니다. 조금은 영향을 받긴 했겠지만 일본에서 백제에 준 영향이 더 지대하고 큽니다."

후지와라 교수의 얼굴이 빨갛게 달아올랐다. 그는 최소한 거짓말을 쉽게 하지 않는 사람이라는 징표였다. 그렇다면 그가 믿는 사실들을 그 역시 진실이라고 파악하고 있다는 말일 수도 있었다.

"문 교수님, 사실은 걱정이 되어서 왔소. 우린 유적과 유물을 통해서만 역사적 진실에 접근하려는 학자요. 물론 우리의 주장과 한국의 주장이 다르다는 것도 충분히 알고 있소. 하지만 우린 학자의 방식으로 여러분을 주시하지만 다른 방법으로 여러분들을 경계하는 사람들이 있다는 말을 전하러 온 거요."

이시모라 교수가 후지와라 교수를 힐끔 쳐다보았다. 문 교수 일행의 뒤를 쫓으라고 사주를 하진 않았지만 적어도 그런 사실에 대해서는 알고 있다는 말이었다.

"그래서 말씀드리는 거요. 일본에서 더 이상 나올 게 없소. 그러니 돌아가셔서 사료 연구에 매진해 보시는 게 어떠하신가 권유하는 거요. 우리도 우리 쪽에서 진실에 접근할 수 있는 사료가 나오면 반드시 보내드리리다."

"오죽이나 보내주겠다."

조민국이 한국말로 대꾸를 했다. 두 교수는 그의 말을 알아듣지 못한 눈치였다.

"걱정하지 마시오. 우리도 두루두루 조심하겠소. 염려해준 건 고맙소. 언젠가는 우리의 주장이 옳다는 게 밝혀지지 않겠소."

그래도 민족적 자존심은 버릴 수 없는 모양이었다. 이시모라 교수가 재빠르게 마지막 말을 한 후 등을 돌리려 했다. 문 교수가 손을 뻗어 그의 팔을 잡았다.

"제가 뭘 찾는지 아실 거라 생각합니다. 만약 그 기록을 찾아내면 교수님에게 오늘의 이 순간이 치욕의 순간이 될지도 모르겠군요. 왜는 백제의 담로 중 하나였을 뿐입니다. 역사적 진실을 자꾸만 왜곡하지 마세요. 그리고 저 역시 뭔가 발견이 되면 제 쪽에서 충분히 연구가 끝난 후에 꼭 보내드리도록 하지요."

마사코가 가까이 다가와 섰다. 그 뒤에 스즈키 교수의 모습도 보였다. 그러자 후지와라 교수가 이시모라 교수의 팔을 잡아끌었다. 두 사람은 한 발 떨어진 후 허리를 반쯤 숙여 인사를 했다. 이 와중에도 예의를 갖추었다. 문 교수도 지지 않고 그대로 인사를 해주었다. 두 사람은 마사코나 스즈키에겐 눈길도 주지 않고 멀어져 갔다.

"저 사람들이 왜 여길 온 거죠?"

스즈키 교수가 물었다.

"학과 사무실에 전화를 해서 제가 오늘 오는 줄 알고 있더라고요. 초대장을 주더군요. 속내야 일본에서 휘젓고 다니지 말고 조용히 돌아가라고 경고하러 온 것이죠. 우릴 미행하고 호텔 정문에서 사건이 일어난 것까지 알고 있는 눈치더라고요. 조금은 학자의 양심이 남아 있어서 더 큰 화를 당하기 전에 돌아가라고 하네요. 자신들이 우리한테 해코지하는 이들과는 다른 부류임도 명백히 밝히고요."

"어디까지 믿어야 하는 거죠? 우리 집 서재나 스즈키 교수님 연구실도 뒤지고 차로 돌진을 하기도 했잖아요."

"모르긴 몰라도 학자들이 한 짓은 아닐 겁니다. 명백한 역사적 증거가 나타나면 저들도 결국엔 수긍할 그런 학자일 뿐입니다."

"그럼, 우익 단체들이겠죠."

문 교수가 고개를 끄덕거렸다. 그런 후 마사코와 스즈키 교수에게 초대장을 보여주었다.

"아, 이거요. 지금 일본 정부에서 난리입니다. 각국 역사학자들을 초청하고 인덕릉 앞에 행사할 수 있게 무대 공사가 진행되고 있어요. 대대적으로 선포하겠다는 뜻이겠죠. 이건 우리가 잘 쓰는 방식이기도 하고요."

스즈키 교수의 얼굴에 씁쓸한 미소가 번졌다.

네 사람은 공항 건물을 나와 마사코의 차에 올라탔다.

백제의 한, 일본의 한

"일단 숙소부터 잡으시죠."

"야마구치에선 어디가 좋나요?"

"야마구치는 사실 백제 동네라 해도 과언이 아닌데. 저의 고향이기도 하고요. 아, 백제 호텔이 어떨까요?"

"좋지요."

조민국이 재빠르게 말했다. 두 사람은 지난번보다 더 가까워진 듯했다. 두 사람이 역사서에 대해 주거나 받거니 말을 나누었다. 자연스럽게 문 교수는 스즈키 교수와 이야기를 나누었다.

"이번에 중국에 가서 재미있는 사실들을 발견했습니다. 결국엔 백제에 관한 연구가 되어버리고 말았습니다."

"무슨 말씀이신지?"

"교수님도 아시겠지만《삼국유사》에는 없는, '송서'나 '남제서' 그리고 '양서' 등에 보면 백제 관련 기록들이 여럿 발견되지 않습니까."

"그렇죠."

"우연한 기회에 중국 동부해안 그러니까 백제와 가까운 중국 쪽을 둘러볼 일이 있었습니다."

"무슨 일로요?"

"사실 일본 역사 기록 중에 잘 알려지지 않은《풍토기》기록집에 왜가 신들의 시대에 중국 대륙에 진출했다는 내용이 있어서 확인차 다녀온 길입니다. 혹시 근거가 될 만한, 그러니까 언어나 풍습 같은 걸 찾을 수 있지 않을까 의뢰가 들어와서 갔던 건데 다른 사실들만 확인하고 돌아왔죠. 의뢰한 측에서 비밀리에 해달라고 부탁해서 지난번에 말씀을 못 드렸네요. 학자는 직접 가서 눈으로 확인하고 또 확인해보는 게 도리라 생각해서 다녀왔지요. 과거 백제가 진출했던 지역들에 왜의 속국 지역이 몇 군데 있다는 설도 있었거든요."

"어찌 되었습니까?"

"비밀을 지켜달라는 말을 이해하겠더라고요. 중국 동부 해안 쪽엘 가보니까 도시들의 이름 중에 백제태수들의 이름이 등장하는 지역이 너무 많더라고요. 요녕성과 하북성 일대 그리고 발해만 연안 지역인데, 그 지역을 백제가 다스렸다는 기록이 미미할 뿐, 사실상 백제의 담로였다는 것만 확인한 여정이었죠."

"일본은 대륙에 대한 미련이 많겠죠. 거기만 다녀오셨나요?"

야마구치 도심으로 들어오니 일본의 냄새를 충분히 느낄 수 있었다. 마사코가 모는 차는 백제 호텔 쪽으로 달려갔다

"간 김에 한 곳 더 들러봤는데."

마사코는 호텔 주차장으로 들어가 차를 주차했다.

"내릴까요?"

"아뇨. 스즈키 교수님 하시던 이야기마저 하고 내리시죠. 저희도 이 참에 들어보죠."

마사코가 세 남자의 눈을 번갈아 쳐다보며 동의를 구했다. 세 남자 모두 고개를 끄덕거렸다.

"그럽시다. 제가 한 곳 더 다녀온 데가 중국 남쪽에 있는 광서 장족 자치구에 있는 '백제향'이라는 마을이에요. 가보니까 아직도 맷돌을 쓰는데, 백제의 맷돌과 거의 똑같더라고요. 외다리방아도 백제 방아와 거의 유사했습니다. 이 마을의 중심지는 '백제허'인데 말뜻대로라면 백제의 유적지라는 말이더군요. 백제에서 꽤 먼데 그곳까지 백제가 다스렸다는 것만 확인하고 돌아왔죠."

"다음 방학 때나 연휴 때 저도 한번 다녀와야겠네요. 동남아 지역까지 담로가 있었다는데 제 눈으로 직접 봐야겠습니다. 먼 거리까지 담로가 있었다는 건 좀 놀라워요."

스즈키 교수와 문 교수의 이야기가 끝나자마자 마사코가 차의 시동을 껐다.

조민국이 호텔 체크인을 하고 네 사람이 2층에 있는 로비의 휴게실

응접 테이블에 모여 앉았다.

"스즈키 교수님도 아시겠지만 고조선에서 부여, 고구려, 백제로 이어지는 삼한의 정통은 기마민족인 부여족이었죠. 그 부여족이 만주벌판을 중심으로 광활한 대륙을 호령하던 고구려와 백제로 이어졌고 신라와 당나라에 합병되면서도 다시 고려와 발해라는 이름으로 되살아난 겁니다. 신라의 지배계급층은 흉노가 멸망한 후에 남하한 천여 명의 김일제 후손들이 토착세력인 박혁거세의 신라를 무너뜨리고 김씨의 신라를 만든 것이라고 하죠. 통일신라시대에 신라의 김씨 왕조는 완전히 한반도에 토착화되어 우리의 조상으로 자리잡게 된 겁니다. 만주족인 청나라가 중국을 지배했지만 중국에 흡수된 것과 마찬가지로 신라 왕족 김씨는 우리 역사의 일부분이 되었던 겁니다. 고구려를 계승한 고려에서 조선에 이르기까지 우리 민족의 뿌리는 부인할 수 없는 부여족입니다. 결국 한국과 일본은 같은 뿌리 속에서 탄생한 형제의 나라라는 말이기도 하고요. 유전학적으로나 언어학적으로나 같은 민족임을 부인할 수가 없을 겁니다. 그 사실을 한국인도 알고 있고 일본인들도 알고 있죠. 서로 형제인 줄 알고 있으면서 왜 한국과 일본은 만나기만 하면 싸우고 물어뜯으려고만 할까요? 이제 서로 냉정하게 이성을 되찾고 서로 형제의 눈을 보면서 이해하도록 노력해야 하는 시대가 왔어요. 심리치료에서도 그 병을 먼저 진단해야만 한다고 해요. 근원적으로 그 병의 뿌리가 어디에서 왔는지를 찾는 것이 현대의학적으로도 중요하다는 말이죠. 정확한 진단이 나와야 처방이 가능하기 때문인데 한국과 일본의 증오의 깊은 뿌리는 백제에서부터 발생한 것이라고 봐요. 가슴 깊은 곳의 상처를 치료하지 않으면 병은 치료할 수가 없잖아요. 한국과 일본의 화해는 먼저 백제의 역사를 되돌리는 것으로 시작해야 한다고 생각하는 건 그 이유 때문인 거죠. 그러기 위해서는 먼저 백제의 한을 풀어야 할 겁니다. 한국과 일본이 서로 마음을 열고 깊게 잠겨 있던 백제의 문을 열어야만 합니다. 백제의 문이 열리면 닫혔던 한국과 일본의 문도 열릴 텐데 한국이 먼저 마음의 문을 열어야 하겠죠. 일본사람들이 느끼는 뿌리 깊은 백제의 한이 무엇인지 알고, 그것부터 풀어주려는 노력을 해야 한다는 말입니다."

스즈키 교수는 고개를 끄덕거렸다.

"일본이 임진년에 조선을 침공했을 때 유교 사관으로 역사를 바라보던 조선의 학자들이 어떻게 형님의 나라를 침공할 수 있느냐고 분개했다던 기록을 본 적이 있습니다. 문 교수님 이야기를 듣고 보니까 딱 그 생각이 나네요. 형님의 나라가 먼저 한을 풀어주려고 노력해야 일본도 한을 풀지 않겠습니까."

네 사람이 소리 내어 웃었다.

"어떻게 보면 제가 중국엘 다녀온 것도 결국에는 백제와 왜 혹은 일본과의 관계를 풀어보려는 노력의 일환이기도 한 것이었습니다. 역사적 진실 하나를 밝혀낸 것이기도 하니까요."

"백제의 한을 이해하기 위해서는 백제가 멸망한 후의 일본의 역사를 봐야 해요."

그동안 입을 다물고 있던 조민국이 조용히 입을 열었다.

"백제가 멸망한 후에 나라 시대, 헤이안 시대를 거치면서 일본은 끊임없이 통일 신라를 공격하잖아요. 그건 백제에 대한 복수였다고 생각해요. 신라의 문무왕이 왜적을 물리치기 위하여 바다에 수중릉을 하였을 정도였으니까요. 실제로 762년, 일본이 발해와 함께 신라를 침공하려고 했던 여러 가지 정황들이 문서로 남아 있기도 하고요. 758년, 일본의 정사 오노노 다모리가 발해에 국사로 파견되었는데 일본은 신라를 침공하려는 계획을 세웠고 이를 위해서는 발해의 참여가 절실했기 때문이었어요. 발해와 일본이 남북으로 협공하면 신라를 정복할 수 있을 것이라고 판단했던 거죠. 발해에게 신라 침공 계획을 알리면서 협조를 부탁하기 위해 먼저 사신을 보냈던 겁니다. 759년, 그 준비를 위해 일본은 전국적으로 500척의 배를 만들라는 명령을 내렸어요. 각 지역별로 구체적으로 만들 배의 척수를 할당했고 완성 기한은 3년을 주었죠. 그리고 진구 황후를 모신 신사 향추묘에서 762년 신라를 침공하겠다는 선언을 하기에 이르렀고요. 그러나 정작 신라정벌을 목표로 한 762년, 일본은 신라를 침공할 수가 없었어요. 그 이유는 발해가 국내 사정으로 군대를 보낼 수 없다고 사신을 보내왔기 때문입니다. 그 당시 안녹산의 난[50]으로 발해 주변의 정세가 어수선했기 때문인데 자칫 발해가 신라를 침공했을 경우 안녹산이 이 빈틈을 타서 발해를 칠 수도 있었던 거죠. 발해 입장에선 여러모로 이 계획이 부담스러울 수밖에 없었던 겁니다. 결국 발해는 시간만 끌었고 일본에서는 신라 침공을 주도하던 후지와라노 나카마로가 결국 실각하면서 신라 침공 계획이 없던 일이 됩니다."

문 교수는 오늘도 그가 믿음직스러웠다. 한국과 일본 나아가 중국에서도 왜곡되고 있는 역사적 진실을 밝혀낼 학자로 손색이 없었다.

"일본은 백제를 되찾아야 한다는 기억을 백제가 멸망한 지 100년이 지나도 잊지 않고 가슴속에 간직하고 있었던 게지. 일본의 입장에서는 그만큼 백제를 멸망시킨 신라가 미웠을 거야. 그래서 고구려의 후손인 발해와 손을 잡고 마지막으로 신라를 멸망시키려고 계획을 세웠는데 수포로 돌아갔고. 하지만 백제의 원수를 갚겠다는 생각은 신라가 있는 한 계속되었지. 그 후에 신라가 멸망하고 고려가 들어서면서 일본과 고려는 서로 대등한 입장에서 서로를 인정하게 되었지."

"결국 일본의 뿌리는 백제라는 말이군요."

마사코가 처음으로 한 마디를 거들었다. 이번엔 스즈키 교수가 헛기침을 한 후 말을 이어나갔다.

"유전학적으로도 한국과 우리는 유전자가 거의 동일합니다. 고조선, 부여, 고구려, 백제가 우리 삼한의 뿌리이며 일본의 뿌리죠. 한국말과 일본말은 완전히 같은 말이며, 백제의 고어가 지금의 일본어가

---

50 755년. 당나라 절도사 안녹산이 일으킨 반란. 그는 이민족 군사 8천여 기를 중심으로 한족과 이민족 출신으로 구성된 군사 15만 명을 이끌고 하남을 향해 진군했다. 그는 현종 주변의 부패를 척결하고 양귀비의 사촌인 재상 양국충楊國忠의 토벌을 명분으로 내세웠다. 당나라는 반란군의 분열을 틈타 공격을 멈추지 않았고, 763년 사조의가 자결하면서 9년의 난에 종지부를 찍었다.

된 거라고 보고 있습니다. 우리 그러니까 일본의 언어학자가 한국과 일본의 순수 고유어 5천 개를 비교해서 어원이 같다는 것을 밝혀낸 바도 있고요. 지금 한국을 맹비방하는 아베 수상의 조상도 백제인이고, 천황까지도 2002년 한일 월드컵 때 일본인들의 반대를 무릅쓰고 자신이 백제인의 피를 이어받았다고 밝힌 적이 있어요."

"우리가 먼저 마음의 문을 열고 일본인들 가슴 깊이 자리 잡은 한을 보듬어준다면 그들의 응어리도 조금씩 풀리지 않을까?"

곤지왕이나 임성 태자 그리고 제명 공주가 한국과 일본이 이렇게 원수처럼 지내는 것을 알면 지하에서 얼마나 가슴 아파 할 것인가. 반한감정을 가지고 오늘도 확성기를 틀어 놓고 한국인을 비방하는 일본인들이 바로 우리가 잃어버린 백제의 후손들이었다. 잃어버린 역사인 백제의 한이 그 사람들의 확성기를 통해 한반도에 닿기를 간절하게 바라는 것은 아닐까?

문 교수는 제명 공주의 소리가 들리는 것 같았다

역사는 스스로 말을 한다

잠시 침묵이 이어졌다. 문 교수는 마사코가 부른 이유를 직접적으로 물어보려다 말았다. 그녀가 먼저 이야기하리라 생각한 때문이었다.

자리를 옮겼다. 이런저런 염려 때문에 호텔 내 1층에 있는 레스토랑으로 네 사람이 모여 앉았다.

"여기 호텔 식당엔 딱히 먹을 만한 게 없습니다. 조식 위주의 식당인데다 메뉴도 별로 없는데 괜찮으시겠어요? 그래도 한식이 나옵니다."

마사코가 메뉴를 둘러보며 말했다.

"우리가 뭘 먹으러 온 건 아닙니다. 샐러드에 계란 곁들일 빵이면 되겠네요."

아직까지 식욕이 왕성한 조민국이 입맛을 다셨지만 딱히 반기를 들지는 않았다. 샐러드와 샌드위치 위주로 음식을 주문하고 마사코는 하던 이야기를 이어나갔다.

"백제의 영혼들이 무엇을 말하고 싶은지 이제야 그 한을 조금이나마 이해하게 되었습니다. 역사의 진실은 누가 억지로 감추려 해도 감출 수 없는 것이라 생각합니다. 역사는 살아 움직이는 생물입니다. 우리가 그 역사의 진실을 알아야, 역사적 가치가 있는 것입니다. 백제인들이 마지막까지 목숨을 걸고 지키려고 했던 진실 앞에서 저도 고개가 숙여지곤 했습니다. 그래서 더더욱 험한 시위를 하는 분들의 심정이 이해되지 않기도 합니다."

뜻하지 않게 마사코는 눈이 촉촉하게 젖어들었다. 스즈키 교수는 마사코를 위로하며 말했다.

"마사코 양 염려하지 마세요. 우리 모두가 그런 것도 아니고, 일부 극렬 우익학자들과 그 추종자들이 아무리 백제의 역사를 지우려고 해도 역사는 스스로 말을 하는 것이니 크게 걱정하지 않아도 될 겁니다. 그게 고고학이니까요. 고고학은 죽음의 문화를 통해서 삶의 문화를 찾아내는 학문입니다. 그리고 죽음의 문화는 결코 거짓말하는 법이 없습니다."

문 교수는 스즈키 교수를 만나면 만날수록 사람이 진국이라는 생각이 들었다.

"아무리 감추어진 역사라고 하더라도 왕들의 무덤은 모든 걸 말하죠. 그래서 죽음의 문화, 즉 무덤 속에 역사의 진실이 있다고 봐도 되고요. 역사는 승자의 역사라고 말하지만 그 진실을 덮을 수는 없는 겁니다. 안타깝게도 백제 역사 왜곡의 주범은 일본에 있기보다는 우리 《삼국사기》에서 찾아야 할 거 같습니다."

"우리 일본인들이 잘못을 많이 했어요."

문 교수는 정색을 했다.

"일본인 전체가 잘못한 건 아닙니다. 식민사관에만 젖어 연구를 하는 극소수 몇몇이 그런 생각을 가질 뿐이죠."

"맞아요. 저나 마사코 양도 뿌리가 백제에 있다지만 왜곡을 바로잡으려 하는 일본인이잖아요. 일본의 권력자들이 자신들이 편리한 대로 역사를 조작하기 때문에 문제가 생기는 것 같습니다. 제가 생각하기에는 일본의 역사 왜곡은 두 단계로 설명될 수 있어요."

"두 단계라는 것은 무슨 의미인가요?"

"필요에 의한 역사 왜곡인데 그 역사 왜곡이 상당히 다른 각도에서 진행된 겁니다. 그 첫 번째가 대해인, 천무 천황에 의한 백제와의 단절을 위한 역사 왜곡이고, 두 번째가 일제시대 한일 합방으로 인한 조직적인 역사 왜곡이죠."

"혹시 스즈키 교수님께서 이렇게 열심히 뛰어다니시는 게 백제인들에게 미안해서인가요?"

마사코가 말을 끊고 물었다.

"꼭 그렇지만은 않습니다. 그분들에게 미안하기도 하고 학자로서 양심을 지켜야 하기에 그런 거죠. 그럼, 계속할까요?"

마사코가 말을 끊어 미안하다는 언급을 했다.

"괜찮습니다. 궁금한 거 즉시 물어보지 않으면 나중엔 잊어버리게 되죠. 그건 그거고 왜곡에 대해서 계속해서 말해보자면 첫 번째의 왜곡은 단순히 멸망한 백제와의 단절을 위해 정통성 확보를 위한 작은 왜곡이었지만, 두 번째 일제시대의 조직적 왜곡은 한일합방의 합당한 명분을 위해 한국의 역사를 조직적으로 고대부터 일본에 예속되어 있었고 우리의 지배를 받았다는 것으로 자료를 조작하면서까지 왜곡시켜 나간 겁니다. 메이지유신 이후의 일본은 급격한 근대화로 청나라와 러시아를 무찌른 후에 동양의 변방에서 중심으로 우뚝 서게 되었던 겁니다. 그래서 백제 멸망 이후 조상대대로 바라던 한국을 병합하고 그 명분을 합리화하기 위해 역사 왜곡을 조직적으로 시도하게 된 거라 봐요."

마사코는 얼굴이 화끈거리는 것을 참을 수가 없었다.

"아무리 그래도 자신의 조상이 부끄러워서 조상을 바꾸려고 한단 말입니까?"

"그 점은 이렇게 이해하면 될 것 같습니다. 원래 신분이 미약하던 사람이 갑자기 돈을 많이 벌거나 무력으로 권력을 잡으면 자신의 조상들을 우상화시키거나 신분을 세탁하는 경우가 역사에서 수없이 찾아볼 수 있습니다."

"일본인들이 갑자기 성공한 졸부의 심정과 같다는 말씀이신가요?"

마사코는 얼굴을 붉히며 스즈키 교수에게 조심스럽게 물었다. 문 교수는 스즈키 교수를 주시했다.

"우리는, 다시 말해서 근대 일본은 백제의 문화를 바탕으로 서양문물을 받아들이면서 아시아의 최강자가 되었습니다. 그러나 그 이전 시대에는 항상 역사적으로는 백제 등에 종속된 입장이었죠. 일본은 아시아의 강자가 되고 한국을 합병한 후에 명분이 필요했던 겁니다."

"그 명분이 역사 왜곡과 조작으로 이어졌다는 말씀이군요."

스즈키 교수가 고개를 끄덕거렸다. 그들의 접시 위에 놓인 샌드위치며 샐러드들이 조금씩 줄어들었다.

"백제는 이미 멸망해버렸기 때문에 패배자 백제보다는 새로운 나라가 필요했던 겁니다. 그 뿌리는 백제이지만 백제의 색깔을 지우고 백제의 모든 것을 일본의 것으로 만들려고 노력했던 거죠. 그게 천무 천황의 백제 지우기 작업이었습니다. 그러나 대해인, 천무 천황도 뿌리는 백제인이었기에 비밀리에 천황가 내에서는 조상인 백제대왕을 위해 신전을 만들어 조상들께 몰래 기도드렸던 겁니다. 세월이 흘러 메이지 유신 이후 아시아의 맹주가 되고 조선을 집어삼킨 후에 승리자 입장의 일본은 그것 이상의 역사 왜곡이 필요했을 겁니다. 아예 백제를 자신의 식민지로 만드는 작업을 조선총독부에서 조직적으로 왜곡하기 시작했던 거죠. 고대사의 자료가 희박하다는 이유로 자료를 견강부회식으로 자신에게 맞게 조작해 나가면서 말이죠. 왜가 백제의 22담로 중의 하나라는 것을 완전히 뒤바꿔서 백제가 왜의 식민지라는 것을 날조해서 조선의 식민지를 합리화시킬 명분이 필요했던 겁니다."

"그들은 영원히 역사를 속일 수 있다고 생각했던 것일까요?"

마사코는 질문을 하면서 문 교수와 조민국의 눈치를 살폈다.

"역사를 일시적으로 속일 수는 있지만 영원히 속일 수는 없어요. 책으로 남겨진 역사적 기록은 없지만 땅속에 묻힌 역사적 기록들이 진실을 말해주고 있잖아요. 일제시대 학자들은 그 유물마저 왜곡시키는 작업을 비밀리에 진행시켰습니다. 그 대표적인 사례가 광개토대왕 호태비의 비문을 교묘하게 글자를 바꾸어 조작해놓고는 그 흔적을 지우려고 한 증거들을 현대 과학이 밝혀냈잖아요. 하지만 부끄럽게도 우리 일본 정부는 인정하지 않잖아요."

"말없는 다수가 더 문제이겠죠. 그들이 침묵하고 있으니까 극우주의자들이 더욱 기승을 부리고 있는 거고요."

스즈키 교수가 말하고 마사코가 추임새를 넣듯 호응했다.

복腹

　식사를 끝내고 네 사람은 호텔을 빠져나와 커피전문점으로 향했다. 주문을 하고 자리에 앉을 때까지도 마사코는 별다른 이야기를 꺼내지 않았다. 대신 그녀는 두어 차례 주변을 꼼꼼하게 살폈고, 자리도 구석진 쪽으로 일행을 유도했다. 주변 테이블과 등진 자리인데다 파티션으로 자리와 자리가 나누어져 일부러 고개를 빼들고 보지 않고서야 옆 자리에 누가 앉아 있는지 볼 수 없는 구조였다. 자리에 앉은 후 마사코를 긴 숨을 내쉬었다. 커피가 각자의 앞에 놓인 후 마사코는 정색을 하고 문 교수의 얼굴을 빤히 들여다보았다.

　"무슨 하실 말씀이라도?"

　그녀가 숄더백에서 책 한 권을 꺼냈다. 그러곤 테이블 위에 내려놓았다. 문 교수와 스즈키 교수 그리고 조민국이 고개를 앞으로 내밀고

책을 들여다보았다. 무척 낡고 오래된 책이었다.

"《고사기古事記》?"

"네, 맞습니다.《고사기》하권입니다."

"하권이면 인덕(진토쿠) 천황부터 추고(스이코) 천황 시대까지 기록된 내용이네요."

"그런데 이걸 왜?"

유서 있는 집안에서는《일본서기》와 함께 복사본으로도 한두 권 정도는 소장하고 있는 일본의 역사책이었다. 그만큼 흔한 역사책이었다. 한국으로 치자면《삼국사기》나《삼국유사》와 같은 책인 셈이었다.

"원래 형태의 책이 아니라면 현대식으로 개정해서 낸 책으로 일본 가정에 흔한 책이기도 하잖습니까. 그런데 이 책에서《씨족기》에 관한 문장이라도 있던가요? 한 마디도 그런 문장은 없었는데."

조민국이 책과 마사코를 번갈아 보았다. 다만 마사코가 테이블 위에 올려놓은 책에선 깊은 세월을 먹은 퀴퀴한 냄새가 풍긴다는 게 좀 달랐다. 묶음 상태도 보니 현대의 방식이 아니었다. 일일이 수제로 작업해서 한 권 한 권 만든 책이었다. 책의 모서리는 낡아 부서질 듯 닳아 있었고 '고사기'라는 글자도 선명하지 않았다.

"그래요. 흔한 책입니다. 저희 집 책은 다만 굉장히 오래되었고 안에 뭔가 색다른 게 들어 있습니다."

그녀의 말대로 테이블 위에 놓인《고사기》는 오래된 고서 같았다. 보관만 잘하면 책도 천 년 이상은 버틸 수 있었다. 옻칠을 하고 습기가 들지 않도록 하면 이천 년도 보관이 가능했다. 고대 국가의 미라만 해도 그렇지 않은가. 옻칠을 해서 시신을 원형대로 보관하는 지혜를 가지고 있었다. 책을 오래 보관하는 방법은 그리 어려운 일도 아니었다.

"안에 뭐가 있다뇨?"

"펼쳐보세요."

문 교수가 《고사기》를 한 장 한 장 넘기기 시작했다. 일본 천황의 신화와 전설의 기록 등이 담긴 내용이 펼쳐졌다. 중간쯤 넘겼을 때 문 교수는 놀라 절로 신음을 내뱉었다. 스즈키 교수도 조민국도 눈을 동그랗게 뜨고 책을 쳐다보았다. 책의 안에 홈이 파여 있었고 그 안에 비단보자기에 쌓인 뭔가가 들어 있었다. 보자기가 천장에서 내려온 빛을 받자 마치 스스로 지닌 빛을 뿜어내는 듯했다. 비단보자기가 천 년이 넘은 것이라면 천 년 동안 모아왔던 빛을 한순간에 뿜어내는 것이리라. 열어서는 안 될 판도라의 상자를 눈앞에 두고 있는 기분도 들었고, 책이 빛을 받는 순간 이미 역사는 타임머신을 타고 돌아가 진실을 드러낸 것 같은 기분도 들었다.

"저도 사실은 겁이 나서 꺼내서 펼쳐보지 못했어요."

마사코가 말했다. 조민국이 주변을 재빠르게 살폈다. 문 교수도 본능적으로 주변을 살폈다. 스즈키 교수는 커피전문점 안은 물론 거리 쪽까지 살폈다. 다행인지 모르겠지만 감시자로 보이는 사람은 없었다.

"펼쳐봐도 되나요."

"펼쳐보시라고 가져온 거예요."

문 교수는 떨리는 손을 진정시키느라 여러 차례 심호흡을 했다. 몇 번 손을 내밀었다가 거두기도 했다. 손바닥보다 좀 큰 보자기 안에 한국과 일본의 운명이 담겨 있을지도 모른다는 생각에 문 교수는 잠시 주저했다. 어쩌면 이 책 안에 감춘 보자기 속의 물건은 영원히 빛을 보지 않아야 하는 것인지도 몰랐다. 그래도 학자로서의 호기심을 억누를 수가 없었다. 그건 스즈키 교수나 조민국도 마찬가지였다. 그들의 눈이 빛났다.

문 교수는 손끝을 떨며 책 속에서 보자기를 꺼냈다. 미세하게 시큼한 냄새가 풍겼다. 오랜 세월의 때가 묻은 보자기. 얼마의 세월을 책 속에서 숨죽이고 있었던 것인지 알 수 없었다. 문 교수는 귀퉁이를 잡고 천천히 넘겼다. 보자기를 풀자 다시 안에 4절지 크기의 옷감이 나왔다. 이번에는 문 교수가 천천히 옷감을 펼쳤다. 완전히 펼치자 글자 한 자가 나타났다.

'腹'

"복? 배를 의미하는 복?"

문 교수가 마사코를 쳐다봤다. 조민국과 스즈키의 눈이 그녀에게 쏠렸다.

"그렇네요. 복!"

마사코는 물론 스즈키 교수도 낮고 깊게 숨을 내쉬었다.

"이걸 어디서 발견한 거죠?"

문 교수가 물었다.

"일전에 아버지 서재에 누군가 들어와서 온통 뒤집어 놓고 갔다고 말씀드린 적이 있었잖아요."

문 교수는 스즈키 교수의 연구실이 난장판 될 즈음 마사코의 집 서재에도 누군가 들어와 뒤지고 갔다는 말을 들은 기억이 났다.

"저희 본가는 옛날 모습 그대로입니다. 대대로 살았던 집이죠. 천 년은 된 것 같아요. 지붕을 수리하고 실내 인테리어를 좀 손보긴 했지만 서재도 그 자리 그대로고요. 집에 들어오니까 서재가 엉망이 되어 있는 거예요. 책장에서 책들이 죄다 쏟아져서 바닥에 널브러져 있었죠.《고사기》도 그 책들 중에 하나였는데 다시 책장에 꽂다가 보니까 다른 앞의 두 권과 다르게 하권이 유독 가볍더라고요. 그래서 펼쳐 본 겁니다. 아버지가 한 번도 펼쳐보지 않았다는 게 신기했어요. 그리고 내내 가지고 있다가 교수님 오시기를 기다린 거고요. 그런데 복은 뭘 의미하는 거죠?"

문 교수는 내용물을 다시 책 속에 넣고 책을 닫은 후 마사코에게 건넸다.

"음, 사람의 배라는 뜻인데. 배에 뭘 감추었다?"

"복장!"

조민국이 느닷없이 소리를 질렀다. 그 바람에 커피전문점에 앉아 있던 다른 손님들 몇 명이 일행 쪽을 쳐다보았다. 조민국이 제 손으로 입을 막았다. 문 교수는 그를 쳐다보며 눈을 부라렸다.

"죄송합니다. 저도 모르게 흥분이 되어서. 복장일 겁니다. 그러니까 과거 우리 선조들을 보면 중요한 문건이나 보물 등을 부처님의 복장 속에 감추었어요. 대웅전 불상의 배 안에 감추었다는 거죠."

스즈키 교수가 손뼉을 쳤다. 문 교수는 고개를 끄덕거렸고 마사코는 눈을 동그랗게 떴다.

"그렇다면《씨족기》를 찾을 가능성이 있어요."

"어디에 있는 사찰일까요?"

"그야 당연히 임성 태자가 창건한 호후시에 있는 고류사의 불상 아닐까요? 호후시가 야마구치 현에 있는 거고. 야마구치 현은 사실상 임성 태자 가문의 동네라 해도 과언이 아닌 곳이잖아요."

마사코가 조민국을 빤히 쳐다보았다. 그녀가 일행을 야마구치로 부른 이유를 알 것 같았다. 게다가 조민국은 마사코의 마음을 꿰뚫어보고 있는 듯한 기분이 들었는지 우쭐해했다.

"그래서 제가 야마구치로 오시라 말씀드린 것이기도 해요. 사실 임성 태자 할아버지와 연관된 불상은 사실상 이 야마구치에 모두 있다고 해도 과언이 아니니까요."

조민국은 얼굴이 빨개져 괜히 사방을 둘러보았다. 그들에게 관심을 보이는 사람은 없었다.

"호후시의 고류사라? 그럴 법해요. 물론 다른 몇몇 사찰도 임성 태자가 창건을 주도하기는 했지만, 당시에 고류사만큼 큰 사찰은 없었을 겁니다. 규모로 보았을 땐 말이죠."

"아시겠지만 과거에는 굉장히 큰 사찰이었는데 지금은 규모가 많이 축소되었죠."

"맞아요. 임성 태자의 벽화가 그려진 그 사찰이잖아요."

조민국이 마사코의 말을 받았다.

"서둘러요. 언제 어디서 일이 어긋날지 모르잖아요. 우리처럼 생각하는 사람들이 있을지도 몰라요."

네 사람은 서둘러 커피전문점을 빠져나왔다.

그들은 마사코의 차를 타고 호후시로 향했다. 그리 멀지 않았다. 고류사로 가는 동안 문 교수는 《씨족기》가 발견되었을 경우 한국과 일본의 역사에 미칠 영향을 생각해봤다. 천황가의 뿌리가 백제에 있다는 사실이 적혀 있을 가능성이 높다고 가정한다면 파란이 일게 분명했다. 《씨족기》는 천황가의 족보이기 이전에 고대사를 밝히는 중요한 단서임이 분명할 터였다. 하지만 그 한 권의 족보를 거대한 역사학계가 인정하겠느냐, 하는 문제가 남아 있었다. 그러나 발견될 《씨족기》에 담긴 내용이 진실이라면 한국과 일본의 증오를 걷어낼 수 있는 힘도 가지고 있을 터였다. 그런데 지금은 《씨족기》에 어떤 내용이 담겨 있는지 아는 사람은 단 한 사람도 없었다. 그저 천황과 왕가의 족보를 기록하다 만 《씨족기》가 있었다는 역사적 기록만 남아 있을 뿐.

마사코는 동승자들이 불안할 정도로 거칠게 운전했다.

"사실 우리 가문은 야마구치에서 번성했습니다."

"네, 알고 있죠. 백제가 한국 땅에 있을 때 일본 최대의 도시였으니까요."

"그 도시를 건설한 가문이 바로 저희 가문이에요."

"가본 적 있습니다. 오우치 관저 터라는 곳이었는데 일본 최대 규모의 저택이었죠."

"맞아요."

마사코와 문 교수는 고대 국가 시절의 야마구치 시에 대해 이야기를 나누었다. 스즈키 교수와 조민국은 둘의 이야기를 경청했다.

"야마구치 시는 오우치 가문의 동네라 해도 과언이 아닐 겁니다. 야마구치 현의 호후 시 역시 오우치 가문의 동네였을 겁니다. 그러니 그곳에 고류사와 같은 대형 사찰을 창건했겠지요."

마사코의 말을 문 교수는 충분히 수긍했다. 야마구치라는 대도시 건설에 공을 들였던 사람들이 오우치 가문 사람들이라는 점도 야마구치에서 쏟아져 나온 유물들로 증명이 되었다.

마사코는 제법 속도를 높여 운전을 했다.

"왜 그런지 모르겠지만 고류사에도 저희 집에 들어왔던 인간들이 다녀갔을 것 같아요. 부처님의 복장까지 뒤지지는 않았겠지만, 그것도 모르는 일이죠."

대화의 주제가 야마구치 시에서 고류사로 바뀌었다.

"그런데 우리가 가면 뒤져볼 순 있는 건가요?"

"궁사님도 아시는 분이라 제가 가면 부탁드릴 수 있을 겁니다. 저 어려서 놀던 곳이기도 해요."

"그래도 무작정 불상 복장을 뒤지겠다고 할 순 없잖습니까?"

"밤새 불공 좀 드리겠다고 말해야죠."

마사코나 문 교수의 바람대로 고류사의 불상 복장 안에 《씨족기》가 있기를 바랐다. 임성 태자는 불교를 숭상했던 사람이라 일본의 도시 여러 곳에 그가 창건한 사찰이 제법 많았다. 그중에 가장 큰 사찰이 아마 고류사일 터였다. 게다가 그곳엔 임성 태자의 보물 세 가지가 있었다. 해질 무렵, 마사코의 차가 고류사 주차장으로 들어섰다.

마사코가 앞서고 세 사람이 그녀의 뒤를 따랐다. 오후 늦게 나타난 일행을 주지는 별다른 의심 없이 받아주었다. 보물을 구경하겠다는 게 아니라 임성 태자를 위해 기원하는 불공을 드리겠다고 하니 선뜻 본당을 열어주었다. 게다가 이즈음이 임성 태자의 기일이기도 했다. 한 가지 더 힘이 되었던 건 마사코가 임성 태자의 46대 손이라는 것을 주지 스님이 알고 있다는 사실이었다.

네 사람이 본당으로 들어갔다. 과거 500여 명의 승려들이 불법을 닦던 곳이었다는 게 의심될 정도로 대웅전 역시 그리 크지 않았다.

네 사람은 누구랄 것 없이 중앙에 모셔져 있는 불상을 보았다. 아스카 대불이나 여느 사찰의 불상처럼 거대하거나 아름답거나 화려하진 않았다. 어떤 면에서는 과거의 영광에 비하면 더없이 초라해 보이는 불상이었다.

"과연 저 석불 안에 《씨족기》가 있을까요?"

마사코가 그렇게 말하는 조민국을 돌아다보았다.

"임성 태자 할아버지가 저를 이곳으로 이끌었다고 생각해요. 모든 걸 바로잡으라고 말이죠."

스즈키 교수와 문 교수 그리고 조민국은 자신들도 모르게 침을 삼켰다. 법당 안에는 네 사람의 숨소리만 가득했다.

"어떡하죠?"

마사코가 문 교수를 쳐다보았다. 그러자 조민국이 불상 쪽으로 다가갔다.

"제가 조교하면서 힘쓸 일이 별로 없었는데 오늘은 힘 좀 쓰겠네요. 우리 가문은 남원에서 알아주는 장사 집안이거든요. 제가 불상을 어깨로 밀면 안으로 들어가던가 손을 넣어 뒤져보세요. 배 부분에."

조민국은 누가 말릴 사이도 없이 불상의 어깨에 자신의 어깨를 기댔다. 석불이라 제법 무거울 법했다. 하지만 조민국이 '끙' 하는 신음 한 번에 불상이 기우뚱 기울어졌다. 문 교수는 새삼 조민국이 장사라는 사실을 깨달았다. 그 순간에도 그가 역사학도라는 게 믿어지지 않았다. 그는 그러니까 고대사의 세계에서 보자면 수만 명의 병사들을 거느린 장수라 할만 했다. 유도나 씨름 선수를 해도 훌륭하게 해냈을 그가 역사학도였다. 문 교수는 그 어느 때보다 그가 믿음직했다.

"뭐 하세요."

조민국의 행동을 멀뚱 지켜만 보던 세 사람이 허둥댔다. 그중 가장 날렵한 마사코가 불상 아래로 몸을 낮췄다.

"제 몸 하나는 겨우 기어 들어갈 수 있겠네요."

"조심해요."

마사코는 망설임 없이 불상 아래로 기어 들어갔다. 문 교수는 눈을 불안하게 굴리며 출입문과 불화들을 둘러보았다.

"배 있는 부분이라고 했죠."

"네 맞아요. 얼른 뒤져봐요. 이게 생각보다 무게가 엄청나요."

조민국의 얼굴이 빨갛게 달아오르기 시작했다. 문 교수와 스즈키 교수가 달라붙어 같이 힘을 썼다.

"깜깜해서…."

잠시 침묵이 이어졌다. 그러더니 마사코의 낮은 신음소리가 들렸다.

"있어요. 뭔지 모르겠지만."

마사코가 불상 아래에서 빠져나왔다. 그녀의 몸이 완전히 나온 걸 확인한 후 조민국과 두 교수는 천천히 불상을 내려놓았다. 조민국은 기진맥진해 법당 바닥에 드러누웠다.

마사코는 법당 바닥에 불상의 복장에서 꺼내온 걸 펼쳐놓았다. 1,400년을 불상의 복장 속에서 보냈을 전설 속의 족보. 갇힌 세월이 무색할 정도로 책은 낡지 않았다. 글자들이 희미했지만 분명 책이었다. 천무 천황이 《일본서기》를 완성한 후에 사실을 은폐하기 위해 모든 서적을 없애라고 명령했을 때 누군가 이렇게 숨겨놓은 것이다. 조민국이 벌떡 일어나 앉아 휴대폰으로 조명을 밝혔다.

"씨…족…기…. 《씨족기》가 맞네요."

순간 마사코가 가방을 열고 얼른 책을 넣었다. 나머지 세 사람도 제 짐을 챙겼다. 법당을 나와 세 남자는 서성거렸고 마사코는 주지실을 찾아가 일행 중 급한 일이 생겨 머물지 못하고 떠난다고 전했다.

네 사람은 서둘러 주차장으로 향했다. 문 교수는 심장이 쿵쾅거려 바닥을 딛고 걷는 발에 현실감이 느껴지지 않았다. 전설로 전해질 뿐, 실제로 존재하리라고는 믿지 못했던 책이 지금 나온 것이다.

"어디로 갈까요?"

"후쿠오카의 모모치 해변으로 가요. 제명 공주가 백제 파병을 위해 도착한 곳이기도 하고, 그녀가 마지막을 맞이했던 곳이기도 하잖아요. 백제와 일본의 한이 응결된 곳이라는 생각도 들고요. 왜 그런지 이 책은 그곳에서 봐야 할 거 같아요. 거기 해변에 근사하고 조용한 리조트도 있고요."

"리조트요?"

"네. 마리노아 리조트라고 있는데 전망이 백제를 바라보는 방향이에요. 어쩌면 거기 주인장도 백제 사람일지 모르겠네요."

말을 끝낸 마사코가 살짝 웃어 보였다. 너무 긴장이 되어 운전대를 잡을 수 없다는 마사코를 대신해 조민국이 운전대를 잡았다. 차는 한여름 밤을 뚫고 후쿠오카로 달려갔다. 문 교수와 스즈키 교수 그리고 조민국 역시 어디든 아무 곳에나 들어가 책을 펼쳐보고 싶은 마음을 억누르고 참았다. 왜 그런지 쉽게 펼쳐보아서는 안 될 것 같다는 기분이 들었다.

씨족기

마사코는 어렵지 않게 거실에서 바다가 보이는 리조트 방을 구했다. 네 사람은 서둘러 배정받은 3층의 방으로 올라갔다. 그들은 말없이 움직였다. 그러면서도 사방을 살피는 일을 게을리 하지 않았다. 지금 마사코의 가방 속에 어쩌면 일본의 역사 전체를 뒤흔들어버릴지도 모르는 족보가 들어 있었다. 적어도 1,400년 전에 기록된 족보였다. 《신찬성씨록》 이전에 기록된 천황가와 그 주변 인물들에 관한 족보. 여러 검증 과정을 거쳐야겠지만 눈으로 살펴본 것만으로도 《씨족기》는 적어도 천 년은 훌쩍 건너온 듯 오래된 느낌을 주었다

네 사람이 방의 거실에 섰다. 멀리 현해탄의 수면 위로 핏빛 노을이 깔리고 있었다. 그 노을 너머 진실을 잃어버린 백제가 있었다.

마사코가 테이블 앞에 앉자 세 사람도 그녀의 주변에 자리를 잡고

앉았다.

그녀는 가방에서 조심스레 《씨족기》를 꺼냈다. 《신찬성씨록》 이전에 기록된 문서라면 지금 눈앞에 펼쳐진 《씨족기》는 1,400년 동안 잠들어 있었던 문서라는 말이었다. 1,400년이라는 시간을 훌쩍 건너뛰어 현재 네 사람 앞에 그 모습과 진실을 드러내려 하고 있었다. 《씨족기》가 품고 있는 내용이 무엇이든 이 문서는 이미 훌륭했다. 파괴되지 않은 채 그 세월을 견뎌왔다는 것만으로도 이 문서는 충분히 추앙받을 만했다. 문 교수는 주변의 모든 물질과 자연이 사라지고 《씨족기》와 네 사람만 공간에 남아 있는 듯한 착각에 빠졌다. 《씨족기》를 펼치면 그 동안 이름으로만 만났던 인물들이 허리에 칼을 차고 혹은 관복을 입고 때론 말을 타고 튀어나올 것만 같았다. 문 교수가 그중 가장 만나고 싶었던 인물은 제명 공주였다.

네 사람의 호흡이 어지럽게 방 안을 돌아다녔다. 어떤 절제나 질서를 요구할 수 없는 순간이었다. 마사코가 제 가슴을 한 차례 누른 후 첫 장을 넘기기 시작했다.

《씨족기》는 매우 꼼꼼하게 한 인물 한 인물에 대해 기록하고 있었다. 언제 어디에서 태어났는지, 살았던 집은 어디였는지, 부모는 누구인지, 천황으로 언제 즉위를 했는지, 언제 사망했는지, 주변 인물들은 누구이며 그들은 어디에서 와서 어디에 정착했으며 어떤 공적을 세웠는지 그리고 어디에 묻혔는지 등등 세밀하게 기록하고 있었다.

이 인물들 중에 마사코가 유독 관심을 보인 인물은 당연하게도 임성 태자였다. 추고, 서명, 황극, 효덕, 제명 천황 이렇게 다섯 명의 천황 시절을 함께 살아온 백제의 태자인 임성 태자의 기록이 가장 궁금했다. 그는 그렇게 5대 천황의 시절에 백제 도래인이자 소가 대신 못지않게 막강한 권력을 행사했던 인물로 기록되어 있었다. 적어도 추고(스이코) 천황 역시 백제와 깊은 인연이 있음을 드러낸《씨족기》였다. 백제 역사 왜곡을 시작한《고사기》나《일본서기》로부터 목숨으로 지켜낸《씨족기》였다.《고사기》하권에 등장하는 천황들에 대한 기록보다 훨씬 더 꼼꼼하게 진실이 기록되어 있었다. 그들의 근본이 어디인지는 물론 주변 인물들 역시 그 뿌리를 어디에 두었는지에 대한 기록이었다. 곤지왕에 대한 기록은 물론 아좌 태자에 대한 기록 역시 상세하게 적혀 있었다.

일본 역사학계에서 전설적인 인물로 치부해버렸던 인물들이 실존했으며 그들이 왜 왕실에 막강한 영향력을 미쳤으며 천황의 뿌리엔 백제가 있다는 가계도가 네 사람의 눈앞에 펼쳐져 있었다. 백제 왕실과 일본 왜 왕실의 가계도까지 상세하게 기록되어 있었다.《씨족기》의 내용은 문 교수가 그토록 주장하던 이론의 역사적 사료였다. 역사는 정확한 사료에 의한 고증이 뒷받침되어야 한다. 그 정확한 사료가 지금 문 교수의 눈앞에 펼쳐져 있었다. 문 교수는 갑자기 목이 말랐다. 냉장고로 달려가 물병을 꺼내 들고 물을 들이켰다. 마사코와 조민국은 베란다로 나가 막힌 숨을 토해내느라 크게 심호흡을 했다. 문 교수가 베란다로 다가가자 조민국은 흥분한 듯이 말했다.

"교수님, 저《씨족기》가 사실이라면 우리도 그렇지만 일본도 완전히 뒤집어지겠는데요."

문 교수 역시《씨족기》의 내용을 사실이라고 판단한다면 뒤집어지는 정도가 아니라 개벽이 일 정도로 파괴력을 지닌 책이라 생각했다. 스즈키 교수만《씨족기》를 천천히 살피고 있었다.

"실은 어제 유성을 봤어요. 그리고《씨족기》를 찾을 수 있게 해달라고 빌었죠. 어쩌면 그 유성을 보낸 사람이 임성 태자 할아버지인지도 모르겠네요."

"그게 아니라면 의자왕이나 제명 공주일 수도 있겠죠."

"의자왕에 대한 기록도 잠깐 나왔어요. 기록에는 의자왕의 생몰연도가 미상인데 저《씨족기》에는 태어난 연도도 있었어요."

너무 큰 진실과 기록이라 꼼꼼하게 살피지 못했는데 그 와중에 마사코는 의자왕의 탄생 연도까지 살펴본 모양이었다. 자신의 눈에 쏙 들어오는 어떤 문장들이 있기 마련이었다. 문 교수는 제명 천황의 이름과 그 유래 그리고 그의 주변인에 대한 기록이 가장 먼저 눈에 들어왔고 조민국은 의자왕의 가계도에 눈길이 가장 많이 갔다고 말했다.

"문제는 저걸 어떻게 발표하느냐죠."

"인덕 천황릉 앞에서 세계적인 심포지엄을 열 때 발표할 수 있을까요?"

마사코의 말에 문 교수는 가슴이 뛰었다.

"검증 전인데 그게 가능할까요? 그쪽에서 받아들이지 않을 텐데."

"그러니까 우리가 아닌 다른 사람을 통해 다른 주제로 발표할 수 있게 해야겠지요. 스즈키 교수님 같은 분으로 말이죠."

세 사람이 거실 쪽으로 눈길을 주었다. 그런데 스즈키 교수가 보이지 않았다. 세 사람이 베란다에서 거실 쪽으로 들어왔다.

"교수님, 어디 가신 거죠?"

"그러고 보니까 《씨족기》도 안 보이는데요?"

조민국이 사방을 뒤지기 시작했다. 그 와중에 문 교수가 물잔으로 눌러 놓은 메모지 한 장을 발견했다.

문 교수님, 마사코 양 그리고 조민국 씨 진심으로 죄송하고 또 죄송합니다. 여러분들을 만나며 오랜 시간 고민하고 또 고민하고 고민했습니다. 만약 《씨족기》가 발견되면 나는 어찌해야 하느냐, 하는 문제로요. 진실을 밝혀야 하는 학자임엔 분명하지만 저 역시 일본인입니다. 일본인이기 이전에 저 역시 백제인일 것입니다. 그런 제가 어찌해야 하나요? 이 책이 발표되면 우리 일본뿐 아니라 한국 역시 소용돌이 속에 휘말려들고 말 것입니다. 일본의 국민들은 모두 좌절하고 말지도 모릅니다. 일본인의 분노가 더 표출될 수도 있습니다. 이는 한국에도 도움이 되지 않을 것입니다. 한국과 일본은 서서히 아주 조금씩 다가가야 한다고 생각했습니다. 이처럼 너무 파격적으로 진실에 접근하는 건 위험하다는 결론에 이르렀습니다. 일본의 국민들에게는 엄청난 분노와 좌절을 일으키게 할 것입니다. 일본인들은 이 책이 나오지 않아도 진실을 알고 있습니다. 다만 그 진실이 두려울 뿐인 것입니다. 두려움을 없애야 합니다. 그래서 이 책은 영원히 지워버리는 게 옳다는 판단이 들었습니다. 이건 열어서는 안 될 역사의 판도라 상자입니다. 저를 죽이셔도 어쩔 수 없습니다. 부디 용서하시길.

문 교수는 그 순간 제명 천황의 둘째 아들 대해인이 떠올랐다. 그제야 스즈키 교수가 바로 대해인 가문의 후손일지도 모른다는 데까지 생각이 미쳤다.

"교수님!"

조민국이 다급하게 문 교수와 마사코를 불렀다. 두 사람이 창가로 달려갔다.

리조트 정문 앞에서 택시에 올라타고 있는 스즈키 교수가 눈에 들어왔다. 그가 탄 택시가 노을이 채 물러나지 못한 항구를 등지고 리조트 마당을 빠져나가고 있었다. 어디론가 떠날 보트와 어선들이 조용히 정박한 채 그렇게 택시는 멀어져 갔다.

"스즈키, 저 인간이 저럴 거라고 상상도 못했습니다."

조민국이 출입문을 열고 득달같이 달려 나갔다. 마사코도 뛰어나가려 하는 걸 문 교수가 팔을 잡아 만류했다.

"저 책의 운명은 저기까지인 모양입니다. 세상에 나와 찢기고 상처 입고 아파하느니 어쩌면 저렇게 가는 게 나을지도 모르겠네요."

"교수님, 그럼 어떡해요. 백제와 일본의 진실은 어떡하느냐고요. 《씨족기》를 찾아야 해요."

"저러다 하나둘씩 진실이 드러날 거라 생각해요. 저는 두 가지는 명확하게 봤습니다. 제명 공주와 의자왕이 임성 태자의 저택에서 살았다는 것. 그리고 그 둘이 혼인을 약조했던 사이였다는 사실까지도 보았습니다. 어딘가에서 그 두 분이 우릴 또 부를지도 모릅니다."

마사코는 몸에 힘을 빼고 베란다 쪽으로 걸어갔다. 리조트 마당 한복판에 서 있는 조민국이 보였다.

"진실이 사라지더라도, 아니 진실을 감추어야 한다고 하더라도 그건 우리 손으로 해야 할 것 같아요. 감추든지 버리든지 그건 우리의 몫이에요."

마사코가 숄더백을 야무지게 어깨에 걸쳐 메고 방을 빠져나갔다. 문 교수도 그녀의 뒤를 쫓았다. 그녀의 말이 맞다는 생각이 들었다. 제명 공주가 백제를 구하기 위해 왜의 열도에서 병사를 모집하고 배를 만들도록 지시했던 건 백제를 구하기 위함이기도 했지만 근본은 의자왕을 구하기 위한 것이었다. 《씨족기》는 그런 그녀의 순수한 의도를, 역사에서 사라져버린 의자왕의 고독과 슬픔을 그리고 중대형과 대해인의 고뇌를 밝혀줄 진실이었다. 만약 영원히 묻혀야 한다 하더라도 마사코의 말처럼 그건 제명을 닮은 마사코의 손에 의해 처리되는 게 맞았다. 문 교수는 차 문을 열고 기다리는 마사코의 차에 천천히 몸을 들이밀었다. 운전대를 잡은 건 조민국이었다.

"그런데 어디로 가죠?"

"고류사!"

마사코는 확신했다. 스즈키 교수가 역사학자이기에 《씨족기》를 들고 사라지기 전에 분명 임성 태자를 만나고 가리라고.

임성 태자에게 보내는 스즈키의 눈물

조민국은 마사코의 차를 주차장에서 멀리 떨어진 곳에 주차했다. 혹시 스즈키 교수가 고류사에 있다면 그가 눈치 채지 못하도록 하려는 의도였다.

세 사람이 차에서 내렸다. 그들은 최대한 발소리를 죽이며 앞으로 걸어 나갔다. 해가 이미 떨어진 뒤라 그런지 고류사의 앞마당은 물론 주변에도 사람의 그림자라곤 보이지 않았다.

"스즈키 교수가 왜 여길 왔다고 생각하세요?"

조민국이 낮은 목소리로 마사코에게 물었다.

"《씨족기》를 만들겠다는 시도가 임성 태자 할아버지로부터 시작되었으니까요."

조민국이 고개를 끄덕거렸다. 문 교수는 숨소리조차 죽이며 두 사람의 뒤를 따랐다. 노을이 서편으로 꼬리를 남기고 넘어가고 있었다. 고류사 사위는 서서히 어둠으로 물들어 갔다. 마사코는 스즈키 교수가 있는 곳을 알기라도 하는 듯 막힘없이 앞으로 걸어 나갔다. 경내의 전등은 모두 꺼진 상황이었지만 노을이 남긴 잔여 불빛과 멀리 서 있는 가로등 불빛에 희미하게나마 길을 볼 수 있었다. 조민국이 스마트폰을 꺼내 플래시를 켜려다 문 교수의 제지를 받고 다시 주머니에 쑤셔 넣었다.

"쉿, 무슨 소리가 들려요."

본당 쪽이었다. 문 교수와 조민국도 귀를 기울였다. 두런거리는 목소리가 들렸다. 가까이 다가갈수록 목소리에 격앙된 감정이 담겨 있다는 걸 느낄 수 있었다. 그럴수록 누가 시킨 것이 아님에도 그들은 몸을 더 낮추었다. 소리가 나는 쪽으로 걸음을 옮기다 보니 본당의 임성 태자 초상화 앞에 서 있는 사람이 보였다.

"…당신은 알고 계셨지요? 제가 대해인 가문의 사람이라는 걸 말입니다. 그래도 진실은 진실, 거짓은 거짓이라는 신념으로 살아왔다는 것도 아시죠."

목소리의 주인공은 스즈키 교수였다. 조민국이 불쑥 앞으로 나가려는 걸 문 교수가 팔을 잡아 만류했다. 마사코도 걸음을 앞으로 내밀었다가 석등 뒤에 몸을 숨겼다. 그녀는 석등에 등을 의지한 채 바닥에 주저앉았다. 문 교수도 그녀의 곁에 앉았고 조민국만 선 채로 스즈키 교수를 노려보았다. 어디선가 매캐한 냄새가 나는 것도 같았다.

"저는 이게 세상에 나오도록 구경만 할 수 없습니다. 제가 대해인 가문의 자손이기 이전에 전 일본의 역사학자입니다. 아시잖아요. 역사라는 게 결국엔 승자의 기록이라는 걸 말입니다. 그런데 이미 1,400년 전에 사라져버린 백제의 역사를 꺼내서 뭘 어쩌자는 겁니까. 진실을 안다고 해서 달라지는 게 뭐가 있겠습니까. 그 시절부터 알 만한 사람들은 다 알고 있는 이야기입니다. 굳이 사료를 발굴해 밝히지 않아도 우리의 시작이 백제에 있다는 걸 다들 알고 있습니다. 뭐라 말씀 좀 해보세요."

스즈키 교수는 임성 태자 초상화와 마주 선 채 오른손을 저어댔다. 어둠 속이라 자세히 보이지는 않지만 《씨족기》일 터였다.

"저는 오늘 대해인이 그랬던 것처럼 백제와의 역사를 지웠습니다."

세 사람은 스즈키 교수의 등을 바라보고 있는 터라 그가 무슨 행동을 하는지 보이지 않았다.

"보세요. 숨겨진 역사는 이제 사라졌습니다. 이 책은 그야말로 판도라 상자입니다. 열어서는 안 될 책입니다. 때론 진실이라는 게 영원히 묻히는 게 나을 때도 있다는 거 아시잖습니까. 천지 천황이 의자왕의 아들이라는 걸 제명 공주가 밝히지 말았어야 했습니다. 그랬다면 의자왕은 조금은 더 홀가분하게 죽음을 맞이했을지도 모릅니다. 제명 천황은 천지 천황에게 그 사실을 영원히 가슴에 묻어두고 가야 옳았던 겁니다. 그랬다면 의자왕이 구천을 떠돌진 않았을지도 모릅니다. 아들을 아들이라고 부르지 못한 그 세월, 결국에 아들에게 패망한 백제만 보여준 의자왕이 어떤 기분으로 죽음을 맞이했을지 모르시죠? 태자님은 모르실 겁니다. 일본에서 가장 강력한 권력자 중의 한 분으로 살다 가셨으니까요. 도시 전체가 태자님의 도시 아닙니까."

스즈키 교수는 쉼 없이 말을 이어갔다.

"그런데 왜 이제야 이런 책이 세상에 나오게 만드신 거죠? 도대체 이유가 뭐란 말입니까? 일본과 한국을 혼란의 도가니로 몰아넣는 게 태자님의 생각입니까?"

스즈키 교수의 목소리가 점점 높아지고 있었다.

"저는 이 책을 영원히 묻어버릴 겁니다. 대해인이 그랬던 것처럼 말입니다."

스즈키 교수는 발을 들어 뭔가를 짓밟기 시작했다. 잿더미 속에 남은 뭉치였다.

"아니, 저거 《씨족기》 아닙니까?"

조민국이 씩씩거리며 낮게 중얼거렸다. 문 교수는 이 상황이 이해되었다. 이제 책을 원형대로 되돌릴 수 없다는 사실도 깨달았다.

"먼 훗날 우리가 하나임을 당당하게 밝힐 수 있는 날이 올 겁니다. 하지만 지금은 아닙니다. 두 나라만 혼란에 빠질 겁니다. 그런데 왜, 그런데 왜 제게 이런 갈등을 남겨 주신 건가요?"

스즈키 교수 앞에 희미하던 불꽃이 다시 타올라 임성 태자의 초상화를 비추었다.

"교수님, 어떻게 좀 해보세요."

조민국이 문 교수에게 귓속말을 퍼부었다.

"제가 지은 죄가 얼마나 큰지 압니다. 하지만 저로선 이럴 수밖에 없었습니다. 나의 뿌리가 백제라지만 전 일본 사람이기도 하기 때문입니다. 저는 일본 사람이기 때문입니다."

불빛이 삭아들고 있었다.

"교수님!"

"늦었어."

"조금이라도 살려야죠."

문 교수가 조민국의 손을 잡았다.

문 교수는 이제 《씨족기》 찾기를 포기했다. 이미 재가 되어 세상의 밤으로 흩어져버리고 말았다. 마사코도 몸을 감싸고 있던 긴장이 풀렸는지 석등에 등을 의지한 채 주저앉아서 스즈키 교수보다는 밤하늘의 별들을 올려다보고 있었다.

"왜 제게 이런 고통과 갈등을 주시는지요? 도대체 왜, 왜!"

스즈키 교수가 무릎을 꿇으며 털썩 주저앉았다. 그는 조용히 흐느끼기 시작했다.

"내가 저걸 그냥!"

이번에도 문 교수는 조민국을 막았다. 마사코는 더 이상 앉아 있을 이유가 없다고 깨달았다. 그녀가 주차장 쪽으로 걸음을 옮기자 문 교수도 그녀의 뒤를 따랐다. 조민국만 남아 씩씩거렸다. 문 교수와 마사코는 조민국을 재촉하지 않았다.

"스즈키!"

문 교수와 마사코가 시야에서 멀어지자 조민국은 스즈키 교수에게 달려갔다. 그는 이미 재가 되어버린 책을 살리려 손을 뻗어봤지만 이미 책의 운명은 끝이었다. 조민국은 괴성을 지르며 운명을 다한 《씨족기》를 내려다보았다. 스즈키 교수는 그들이 나타나리라 짐작했던 듯 놀라지도 않았다. 처분만 기다리는 범죄자처럼 고개를 푹 떨군 채 흐느끼고 있었다.

"난 당신 정말 좋게 봤습니다. 하지만 다른 일본 역사학자들과 하나도 다를 게 없네요."

조민국은 왼손으로 그의 멱살을 잡고 일으켜 세웠다. 오른손을 들고 그의 얼굴을 가격하려던 조민국이 앞으로 뻗어나가던 손을 멈추었다. 스즈키 교수의 눈물을 본 때문이었다.

"그래요. 나를 흠신 두들겨 패주세요."

"도대체 왜 그랬어, 왜?"

"나도 모르겠습니다. 나도 모르겠습니다."

조민국은 스즈키 교수의 멱살을 잡았던 손에서 힘을 빼냈다.

"왜 그러셨어요. 왜!"

조민국은 잿더미를 뒤져 그나마 완전연소되지 않은 책의 귀퉁이와 중심 부분을 그러모았다. 스즈키 교수는 망연한 눈으로 그런 그를 쳐다보기만 했다.

"민국 씨 미안하오. 진심으로 미안하오. 나는 오늘부터 역사학자가 아니어도 좋소. 미안하오. 미안해."

스즈키 교수는 여전히 어깨를 흐느꼈다. 조민국은 그에게 발길질을 한 번 한 후 뒤돌아섰다.

"교수님, 진실은 말입니다. 손바닥으로 가려지지 않습니다. 아니 이 사찰을 뒤덮은 밤으로도 감출 수 없는 겁니다. 내가 언젠가는 의자왕과 제명 공주에게 있었던 사실들을 정확하게 밝힐 겁니다. 꼭 그렇게 할 겁니다."

조민국도 스즈키 교수를 등지고 앞으로 걸어 나갔다.

"언젠가 나이를 먹으면 당신을 이해할 수 있을지도 모르겠지만 지금은 당신을 이해할 수가 없습니다."

"죄송합니다."

스즈키 교수가 조민국의 등 쪽을 향해 절을 하다시피 엎드렸다. 환청이었을까. 잠깐 고개만 돌려 스즈키 교수를 쳐다보았는데 임성 태자의 초상화에서 빛이 흘러나와 그의 어깨를 감싸는 듯했다. 어쩌면 임성 태자가 그를 용서했을지도 모르겠다는 생각이 들었다.

조민국은 문 교수와 마사코가 기다리는 주차장 쪽으로 천천히 걸어 나갔다. 스즈키 교수의 흐느낌이 그의 뒤를 따라붙었다.

epilogue

제명의 무덤을 찾아서

왠지 모르게 문 교수는 제명 천황의 무덤을 찾아가서 그분을 뵙고 싶었다. 제명의 모습이 문 교수의 머리를 떠나지 않고 계속 맴돌고 있었기 때문이었다. 그분을 만나 1,400년 전의 기록인 《씨족기》도 찾아냈다는 말도 전하고 싶었다. 그 기록 속에 의자왕과 제명 천황이 혼인한 사이였다는 것과 중대형이 둘 사이의 유일한 혈육이었음을 나타낸 문구도 보았다는 사실을 전해주고 싶었다.

문 교수는 조민국, 마사코와 함께 제명의 무덤을 찾았다. 제명의 능묘陵墓는 월지강상릉越智崗上陵으로 나라 현奈良縣 다카이치 군高市郡의 산속에 있었다. 그들은 교토에서 JR선을 타고 한참을 달린 후에 시골의 한적한 와키가미역에서 내렸다. 택시를 타고 제명 천황의 무덤으로 가자고 하니 택시기사도 그 위치를 정확히 모르는 듯했다. 15년 전에 왔을 때에도 헤맨 일이 있었다. 그땐 택시조차 귀해 택시 잡는 데에만 몇 시간을 허비했었다. 그런데 15년의 세월이 흐른 지금에도 제명 천황의 능을 아는 택시기사가 없다는 사실이 문 교수의 가슴을 아프게 만들었다.

기사는 어디엔가 전화를 걸더니 이상한 사람들이라는 눈치로 차를 몰고 산속으로 달렸다. 그만큼 제명의 무덤을 찾아오는 사람이 없다는 이야기였다. 산속의 작은 마을에 택시가 도착해서 길을 헤매고 있는데 한국의 어느 시골사람과 똑같이 생긴 인상 좋은 중년의 사내가 밭을 매고 있는 모습이 눈에 띄었다.

"혹시 제명 천황의 무덤이 어디에 있는지 아십니까?"

질문을 하자 일행을 쳐다보고는 길이 끝나는 곳의 왼쪽에 있다고 알려주었다. 도로의 어느 표지판에도 제명 천황의 무덤이 있다는 표시는 하나도 없었다. 문 교수는 마사코를 쳐다보고 말했다.

"마사코 양도 제명 천황의 무덤이 여기에 있다는 것을 오늘 처음 알았죠?"

마사코도 미안하다는 듯이 말했다.

"죄송합니다. 저도 오늘 처음 알았습니다. 다른 천황들을 모시는 신사는 가봤지만…, 제명 천황의 무덤이 여기 이 시골에 있다는 것은 처음 알았습니다."

세 사람 사이에 잠깐 동안 침묵이 흘렀다. 그 침묵은 제명에 대한 미안한 마음의 표시였을 것이다. 팻말 하나 없는 시골의 야산에 묻혀 있는 제명 천황. 가파른 산길의 계단을 한참 올라가니 먼저 조그만 왕비의 묘가 나왔다. 그리고 거미줄을 제치고 한참을 올라가니 드디어 산 능성에서 제명의 무덤을 만날 수 있었다. 일본 궁내청에서 설치한 작은 표지 하나가 이곳이 제명의 무덤이라는 것을 알려주고 있었다. 그런데 그 표지판에는 이곳에 제명 천황과 그녀의 손자인 천지 천황의 아들 건왕이 함께 묻혀 있다고 적혀 있었다.

그녀의 무덤은 관리한 흔적도 없이 나무가 울창하게 우거져 있었으며 표지판마저 없다면 누가 봐도 동네의 야산으로 오해할 정도의 느낌이었다. 문 교수는 제명의 무덤 앞에 고개를 숙였다. 찾아오는 사람이 없어 외롭게 누워 있는 제명의 모습을 보는 순간, 문 교수는 자신도 모르게 울컥 눈물이 쏟아졌다. 그 눈물의 의미를 문 교수 자신도 이성적으로는 이해할 수 없었다. 마사코는 물론 조민국도 당황했지만 어쩌지 못하고 그런 그를 지켜보기만 했다.

백제를 진정으로 사랑하고 의자왕을 사랑했던 여인이 이곳에서 외롭게 잠들어 있다고 생각하니 문 교수는 제명에게 무릎이라도 꿇고 사죄하고 싶었다. 우리 모두가 그녀를 무시한 채 이곳에 홀로 버렸다는 생각에 후손으로서 죄책감이 앞섰기 때문이었다. 마사코는 문 교수의 눈물을 보자 그것이 자신의 잘못인 양 부끄러워서 몸둘바를 몰라 했다. 마사코는 아무 말도 없이 손수건을 문 교수에게 건넸다. 조민국은 뒤돌아서서 초라한 길을 바라보았다.

마사코가 건네 준 손수건에서 야릇한 향기가 났다. 문 교수는 그 향기가 제명이 전해주는 백제의 향기가 아닐까 문득 생각해보았다.

'백제의 향기는 우리에게 무엇을 전해주고자 하였을까? 10년 전의 사건도 잊혀진 채 무심하게 흘러가는 것이 오늘날 우리의 기억인데, 1,400년 전 우리에게서 잊혀진 백제의 기억을 되살리려고 애쓰고 있는 제명의 향기, 즉 백제의 향기는 우리에게 무엇을 전달하고 싶은 것일까?'

문 교수는 마사코를 쳐다보면서 제명 공주가 마사코와 닮았을지도 모르겠다고 생각해보고는 혼자 쓸쓸히 웃음을 지어 보였다. 백제의 비밀을 풀고자 그렇게 발버둥 쳤던 문 교수의 심장은 더 단단해졌다. 비록 《씨족기》를 잃었지만 그런 기록이 존재한다는 사실을 안 것만으로도 훌륭한 성과라고 생각했다.

사람은 모두 죽음 앞에서는 엄숙해진다. 모든 인간은 죽음을 피해 갈 수는 없지만 죽음을 망각하고 살아가고 있다. 그러나 죽음이 끝이 아니라 시작이라는 말이 있듯이, 제명의 죽음은 끝이 아니라 1,400년이 지난 지금에도 우리에게 그 따뜻한 향기를 전해주고 있다. 그럼 다시 시작이었다. 제명의 향기는 죽음을 넘어서고 시공간을 초월해서 영원히 살아남아서 우리의 가슴에 전해지고 있다고 믿는다. 그 순간 문 교수의 가슴에 제명의 향기가 그대로 전해졌다.

"영원히 죽지 않을 것처럼 살고, 살지 않은 것처럼 죽어라."

제명은 영원히 죽지 않을 것처럼 백제의 부활을 위해 온 몸을 바쳤으며 죽어서는 살지 않은 것처럼 후손들에게 잊혀지고 있는 것이다.

　'일본에서도 인정받지 못하고 한국에서도 잊혀져 간 비운의 공주이자 천황인 제명 공주, 그녀가 하늘에서 지금 우리를 바라보고 있다면 무슨 생각을 하고 있을까? 세상이 아무리 변해도 그 근본은 변하지 않는다고 믿었던 제명은 그 근본마저 바꿔버린 오늘의 한국과 일본을 바라보며 지하에서 눈물을 흘리고 있지나 않을지.'

　"백제는 한국과 일본의 뿌리였다."
　문 교수의 입에서 느닷없는 말이 튀어나왔다.
　"백제는 한국과 일본의 뿌리입니다."
　무덤가를 서성거리던 조민국이 문 교수의 말을 따라했다. 마사코는 얼이 빠진 두 사람을 쳐다보았다.
　"같은 뿌리에서 나온 줄기들이 이렇게 서로 헐뜯고 싸운다면 그 뿌리가 온전하게 보존될 수 있을까? 뿌리가 튼튼하지 못하면 그 줄기는 더 이상 뻗어나갈 수가 없지 않은가."
　그 목소리가 마사코와 조민국에게는 제명의 목소리처럼 들렸다.
　문 교수는 제명 천황의 무덤 앞에 술을 따르고 한국식으로 절을 올렸다. 조민국과 마사코도 뒤에서 문 교수를 따라서 제명에게 절을 올렸다. 제명의 한을 일러바치기라도 하는 듯이 산속의 새들이 목놓아 울고 있었다. 백제를 지키기 위해 사랑도 목숨도 바친 제명의 꿈이 안타깝기만 하였다. 그녀의 꿈이 산들바람에 흔들리고 있었다. 1,400년이 지난 지금 아무도 찾지 않는 이 외딴 곳에서 제명은 문 교수와 그 일행들에게 그동안 간직하고 있던 그녀의 속마음을 전달하는 것 같았다.

제명의 꿈은 백가제해의 나라 즉, 세계의 중심에 백제를 놓게 하는 것이었다. 그 제명의 꿈을 겉으로 보기에는 후손들이 잘 해내고 있었다. 한국과 일본은 이미 세계 경제대국의 중심으로 우뚝 서 있다. 그러나 이 둘이 제명의 뜻을 이어받아 백제라는 뿌리 속에서 서로 화합할 때 제명이 이루고자 했던 백제의 꿈이 실현될 수 있을 것이다. 문 교수는 한국에서 가져온 소주를 제명의 무덤 앞에 뿌렸다.

'백제의 향기를 한국과 일본에 내리게 도와주소서. 공주님의 향기가 일본의 후손들에게 닿아 그들의 마음을 열게 하시고 한국 사람들에게도 닿아 포용력을 키우게 도와주소서. 백제의 향기가 우리의 가슴에 따뜻한 온기로 보듬어주시고 그 향기가 한국과 일본의 아픔을 치유하게 하시어 서로의 고통을 없애주소서.'

문 교수는 생각나는 대로 제명의 무덤 앞에서 기도를 드렸다. 조민국도 곁에 서서 머리를 조아렸다. 마사코도 참배를 드리는 동안 꼼짝도 하지 않고 정성들여 기도를 했다.

"마사코 양도 기도를 드렸나요?"

마사코는 얼른 대답하지 않았다. 그녀의 눈가에 눈물이 그렁그렁 고여 있었다. 마사코의 눈물이 그 어떤 기도보다도 강하게 문 교수에게 흘러가 닿았다. 조민국도 슬쩍 눈물을 훔치는 모습을 보였다.

한 시간 남짓 머물렀던 세 사람은 제명의 무덤을 뒤로하고 내려가기 시작했다.

"언젠가 제가 꼭 의자왕의 무덤을 찾아내서 이곳으로 모셔 오겠습니다."

조민국이 주먹을 쥐면서 장담했다.

"꼭 그래야 한다."

문 교수가 목소리에 잔뜩 힘을 주고 그의 각오를 격려해주었다.

"두고 보십시오. 제명 공주와 의자왕은 반드시 만납니다."

조민국이 성큼성큼 앞서 걸었다. 그 뒤를 문 교수와 마사코가 따라갔다. 아침 햇살이 조민국의 어깨 위에 쏟아져 내리고 있었다. 앞서 걷던 조민국이 걸음을 우뚝 멈추었다. 그의 맞은편에 스즈키 교수가 서 있었다. 조민국은 말아 쥐었던 손을 풀었다. 스즈키 교수도 멈춰 서서 그들을 쳐다보았다. 문 교수는 스즈키 교수를 쳐다보며 슬쩍 미소를 지었다. 그는 결국 진실을 따라갈 학자라는 걸 잘 알고 있었다. 스즈키 교수는 뒤로 물러나지 않았다. 그의 얼굴에도 희미하게 미소가 피어나고 있었다. 백제를 너무나도 사랑했기에 백제와의 단절을 시도했던 대해인. 그 후로도 끝없이 백제의 부활을 위해 신라를 침공했던 그 후손들. 문 교수는 스즈키 교수의 심정을 충분히 이해했다.

그가 허리춤까지 가볍게 손을 들어 보였다. 문 교수는 잠깐 망설이다가 같이 손을 흔들어 주었다. 조민국도 손을 들었다가 내려놓았고 마사코는 뒷짐을 쥔 채 서서 길 위에 말없이 서 있는 남자들 사이에 흐르는 감정의 교류를 구경했다. 비록 《씨족기》를 태워버린 스즈키 교수였지만 그들은 결국 진실을 향해 묵묵하게 걸어 나가리라는 걸 누구보다 마사코가 잘 알고 있었다. 문 교수와 조민국 그리고 스즈키 교수의 거리가 좁혀졌고 마사코도 두 사람의 뒤를 따라갔다. 그들은 제명 공주와 의자왕과 임성 태자와 아좌 태자가 그들 몸을 빌려 현현한 것처럼 눈부시게 빛났다.

참고문헌

강종원, 《백제 국가권력의 확산과 지방》, 서경문화사, 2012

권오문, 《일본천황 한국에 오다》, 현문미디어, 2010

김수태, 《백제의 전쟁》, 주류성, 2007

김영덕, 《일본을 낳은 백제 다무로》, 바히네, 2017

김용운, 《한·일간의 얽힌 실타래 — 신라 백제에서부터 한·일까지》, 문학사상사, 2007

김용운, 《한·중·일의 역사와 미래를 말한다》, 문학사상사, 2000

김용운, 《천황이 된 백제의 왕자들》, 한얼사, 2010

김운회, 《우리가 배운 백제는 가짜다 — 부여사로 읽는 한일고대사》, 위즈덤하우스, 2017

김현구, 《동아시아 세계와 백촌강 싸움》, 고려대학교출판문화원, 2016

김현구, 《백제는 일본의 기원인가?》, 창작과비평사, 2006

문안식, 《백제의 왕권》, 주류성, 2008

문안식, 《백제의 흥망과 전쟁》, 혜안, 2006

박영규, 《한권으로 읽는 백제왕조실록》, 웅진지식하우스, 2004

변린석, 《백강구전쟁과 백제. 왜 관계》, 한울, 1994

변인석, 김준권, 김현철, 배진영, 《백제의 최후, 백강구전쟁 — 백강구전쟁을 통해서 본 동아시아사의 새로운 인식》, 도서출판 무공문화, 2015

승천석, 《백제의 장외사, 곤지의 야스까베 왕국》, 책사랑, 2009

심정보, 《백제 산성의 이해》, 주류성, 2009

양기석, 《백제 정치사의 전개과정》, 서경문화사, 2013

오윤성춘, 《백제 곤지와 동성왕 — 아버지와 아들 이야기》, 북랩, 2017

우다 노부오, 《백제화원 — 일본은 백제의 꽃밭이었다》, 이연숭 옮김, 디자인하우스, 1999

이남석, 《백제 웅진의 품에 안기다》, 서경문화사, 2016

이남석, 《백제의 무덤 이야기》, 주류성, 2004

이동식, 《일본 천황은 백제 무왕의 자손》, 국학자료원, 2015

이시와타리 신이치로, 《백제에서 건너간 일본천황》, 안희탁 옮김, 지식여행, 2002

이원회, 《일본 천황과 귀족의 백제어》, 주류성, 2015

이재준, 《백제멸망과 부흥전쟁사》, 경인문화사, 2017

이정면, 《고대 한일관계사의 진실, 일본고대국가는 누가 만들었는가》, 이지출판, 2014

이희진, 《백제왕조실록 2 성왕 ~ 의자왕 편》, 살림출판사, 2016

이희진, 《의자왕을 고백하다 — 의자왕과 계백 진실은 무엇인가》, 가람기획, 2011

차준완, 《백제의 길 위에 서서 — 백가제해 강역으로의 시간여행》, 문예바다, 2014

한성백제박물관, 《개로왕의 꿈, 대국 백제》, 서울책방, 2016

한성백제박물관 《근초고왕 때 백제 영토는 어디까지였나》, 서울책방, 2014

한성백제박물관, 《백제의 성장과 중국》, 서울책방, 2015

한성백제박물관, 《한국사 속의 백제와 왜》, 서울책방, 2015

홍윤기, 《일본 속의 한국 문화유적을 찾아서》, 서문당, 2002

홍윤기, 《일본천황은 한국인이다》, 효형출판, 2000

황순종, 《임나일본부는 없었다》, 만권당, 2016

후루카와 가오루, 《화염의 탑: 오오우치 요시히로》, 조정민 옮김, 산지니, 2013

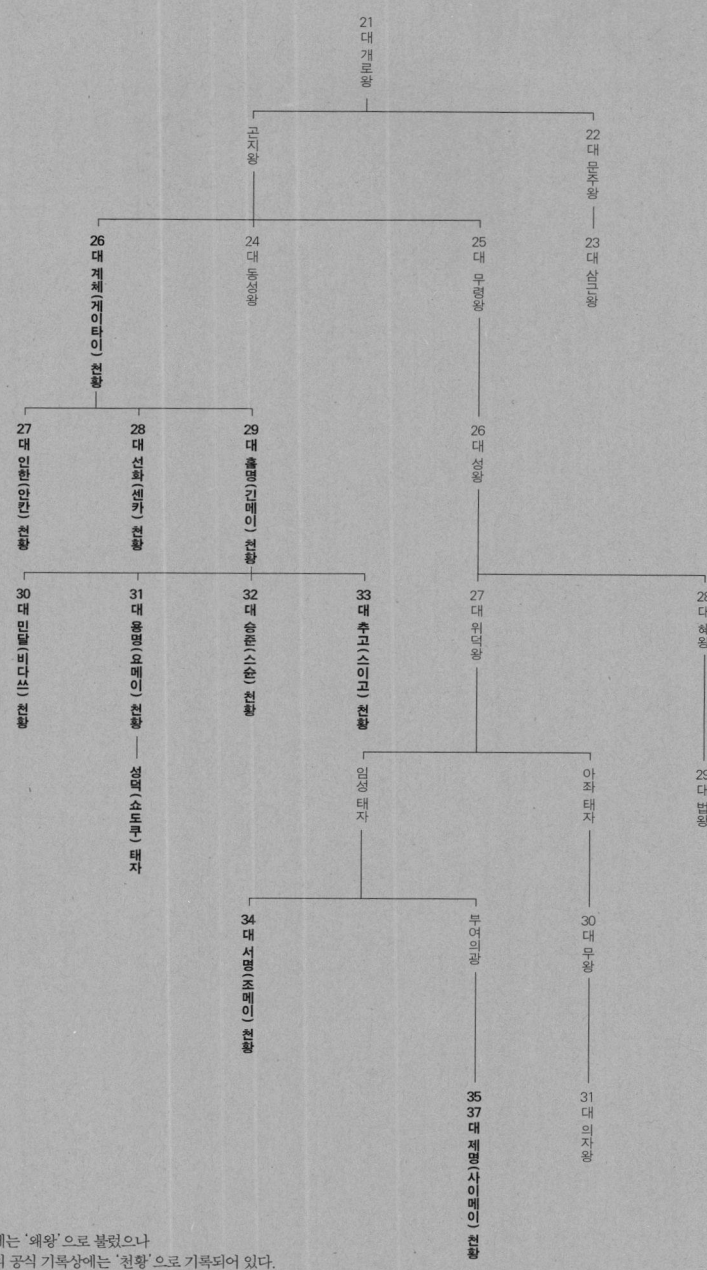

백제 왕실과 왜 왕실 가계도

당시에는 '왜왕'으로 불렸으나
일본의 공식 기록상에는 '천황'으로 기록되어 있다.